BUZZ

© Buzz Editora, 2023
© Elliot Schrefer, 2023
Publicado por Katherine Tegen Books,
selo da HarperCollins Publishers.
Título original: *The Darkness Outside Us*

Publisher ANDERSON CAVALCANTE
Editora TAMIRES VON ATZINGEN
Editora assistente FERNANDA FELIX
Assistente editorial LETÍCIA SARACINI
Preparação GABRIELE FERNANDES
Revisão MARINA MONTREZOL
Projeto gráfico ESTÚDIO GRIFO
Assistente de design LETÍCIA ZANFOLIM
Ilustração de capa SARAH MAXWELL

Nesta edição, respeitou-se o novo Acordo Ortográfico da Língua Portuguesa.

Dados Internacionais de Catalogação na Publicação (CIP)
(Câmara Brasileira do Livro, SP, Brasil)

Schrefer, Eliot
A Escuridão ao Nosso Redor / Eliot Schrefer
Tradução: Bárbara Waida
São Paulo, Buzz Editora, 2023

Título original: *The darkness outside us*
ISBN 978-65-5393-200-5

1. LGBT – Siglas   2. Romance norte-americano   I. Título.

23-168119   CDD-813.5

Índice para catálogo sistemático:
1. Romances: Literatura norte-americana   813.5
Aline Graziele Benitez, Bibliotecária, CRB-1/3129

Todos os direitos reservados à:
Buzz Editora Ltda.
Av. Paulista, 726, mezanino
CEP 01310-100, São Paulo, SP
[55 11] 4171 2317
www.buzzeditora.com.br

ELIOT SCHREFER

A ESCURIDÃO AO NOSSO REDOR

Tradução BÁRBARA WAIDA

Para Eric

Titã, lua de Saturno, é o corpo celeste mais próximo
que pode abrigar vida humana.

23 de janeiro de 2470:
O primeiro colono chega até lá,
Cidadão #1 da Colônia da Corporação Cusk.

Os dois países restantes da Terra,
Dimokratía e Fédération,
unem-se para celebrar

... até que, seis semanas depois,
o posto avançado de Minerva Cusk se apaga de repente.

O mundo presume que
sua grande esperança esteja morta.

Dois anos mais tarde,
chegam relatos de que a baliza de emergência de Minerva
foi acionada manualmente.

Uma missão de resgate é lançada.

Esta é a história do que acontece depois.

A ESCURIDÃO AO NOSSO REDOR

Eu estou vivo?

Minha mãe não responde às minhas batidas.
Seus pés fazem sombra na fresta de luz embaixo da porta.
A voz de minha irmã no fim do corredor.
– Ambrose, vem cá.
A cama de Minerva está quente, e nela sou abraçado. Não sabia que precisava tanto daquilo.
Quando paro de fungar, ela sussurra:
– Enquanto eu estiver viva, alguém amará você.

Sua voz ressoa sobre uma praia de areia rosada: *Levanta, Ambrose. Vamos apostar corrida até a ponta.*

Agora Minerva está se afogando. Seus braços fortes golpeiam o oceano, mas não a levam a lugar nenhum.

Tento gritar, mas apenas abro a boca, a garganta seca.

A vida inteira, Minerva nunca precisou de ajuda.

Não consigo abrir os olhos.

Não estou onde achei que estivesse. Tento chamá-la mais uma vez, apesar da queimação na garganta. *Estou indo! Vou salvá-la!*

Batidas de policarbonato contra policarbonato, rangidos e chiados. Um zumbido constante.

Quando abro os olhos, o mundo não parece diferente.

Estou cego.

Tilintar, zumbido.

Não estou cego – estive na escuridão absoluta. Agora há luz.

– Tem alguém aí? – pergunto, piscando contra o clarão roxo.

Uma voz surge. Eu a reconheço.

– Você sofreu um acidente, Ambrose. Estava em coma. Avisarei quando puder se mover.

– Mãe? Onde você está? – Minha voz parece um soluço. Minha mãe odiaria a fraqueza nela.

– Não sou sua mãe, embora possa soar como ela – responde a voz. – Estou usando a membrana vocal dela.

Membrana vocal. Nave. Certo. Estou na *Diligência*.

– Você é o sistema operacional – digo. Meus olhos se movem nas órbitas. Paredes de policarbonato branco, "04" impresso em numerais grandes e grossos ao lado da porta. Não há areia. Este não é um lugar próprio para areia. Estou na missão. – Me atualize sobre minha irmã.

Minha mãe – meu sistema operacional – não precisa de tempo para pensar. Suas palavras começam antes que as minhas terminem.

– Você está em uma missão para recuperar Minerva, ou o corpo dela.

– Sei disso, s.o. – retruco. – Pedi uma atualização.

O chão zune. Sou tomado por uma imagem: meus pais, meus irmãos e minhas irmãs brincando na nossa areia rosada da Cusk; Minerva cortando as ondas do mar fumegantes em seu traje de corrida branco; minha mãe gritando "Mais rápido, Minerva, você consegue ir mais rápido"; meus dedos cor de bronze fundido procurando uma concha na tórrida areia artificial. No azul ao longe, o espaçoporto de minha família, as antenas de rádio girando. Satélites gentis sempre o visitam.

– Essa demora é porque você não tem informação ou porque Minerva está morta? – pergunto. Tenho mais a acrescentar, mas falar dói demais.

– Vou atualizá-lo assim que estiver pronto.

Consigo balançar a cabeça, as vértebras rangendo.

– Não é assim que funciona. Você vai me atualizar agora.

– O lançamento enfrentou complicações, mas no fim teve êxito – diz o s.o. – Você está a bordo da *Diligência Coordenada*, a semanas da Terra e sua lua. Estamos adiantados no caminho até a baliza de emergência em Titã. O sinal dela não sofreu alterações.

É claro que minha irmã está viva. Morrer seria fracassar, e Minerva Cusk não fracassa. Tento engolir, mas não tenho saliva.

– Água – rosno.

– Na cabeceira – diz o s.o.

Meus olhos saem de foco e então se concentram em uma mão. É a minha, mas a observo como se fosse de outra pessoa quando ela bate na bandeja de policarbonato ao lado. *Gosto de minha mão*, meu cérebro piscante decide. *É uma bela mão*. Há um copo de água ali, longe e, de repente, perto demais. Erro minha boca, a água escorre pela bochecha. Os músculos do meu braço se contraem num nó assim que o copo cai e rola para longe. Consigo dizer uma palavra em meio à dor. Essa palavra é "ai".

Um gemido no cômodo ao lado, então um robô entra, margeando a parede. Parece a metade de uma bola de basquete branca. Dá um gemido delicado antes que pinças articuladas surjam de uma abertura, peguem o copo e o endireitem. Um bocal surge de outra abertura e coloca mais água.

– Hidratação para quando você conseguir pegar o copo – diz minha mãe. Não: minha mãe está na Terra. Não vou me permitir cometer o mesmo erro. – Talvez queira se alongar antes de tentar beber outra vez.

Estico o outro braço, que se mostra afixado a um acesso venoso. Sinto cãibras em seus músculos, e ele cai de novo na cama. Na maca. Meus músculos se contraem mais, e arquejo. De novo, não consigo me forçar a tentar beber.

Há uma leveza no mundo, como se estivesse de volta com meus colegas cadetes espaçonautas àquela tarde em que levamos uma garrafa de PepsiRum até a floresta, provocativos, ousados, ávidos, bêbados antes que percebêssemos estar ficando bêbados. Beijei quatro deles naquele dia, antes de me esgueirar dali correndo. Mas não posso estar bêbado após um coma. Você apenas se sente bêbado.

– Minha pressão sanguínea – murmuro, estremecendo.

– Sim, sua pressão sanguínea ainda está baixa. Não se levante até que eu lhe dê permissão, Ambrose Cusk.

– Um coma é impossível – digo, piscando diante de minha própria estupidez. Não pelas palavras ditas, mas por ter tentado falar; ter esfregado voluntariamente o interior da garganta na areia.

– Não posso deixá-lo descansar muito tempo – diz minha mãe/minha não mãe. – Por termos decolado sob condições tão apressadas, as defesas que deveriam protegê-lo foram ineficazes. Você desmaiou antes mesmo que a nave deixasse a atmosfera terrestre. Por favor, apenas aceite os fatos. Estamos atrasados.

Condições apressadas? Tento perguntar ao sistema operacional o que isso significa, mas apenas solto um grunhido. Tento dizer que Ambrose Cusk *não* desmaia, mas apenas solto um grunhido.

Não estou à altura dos padrões de minha irmã mais velha.

– Seu discurso não é evocativo o bastante para que eu infira quanto às suas intenções – o S.O. continua. – Portanto vou seguir com minha rota prévia de conversa.

Enquanto o S.O. fala, flexiono as mãos. Os tendões começam a se aquecer: primeiro a ponta dos dedos e depois o restante de cada dígito. Contraio o pé, a bunda. Fico sem fôlego com o esforço, mas, se continuar fazendo isso, no fim conseguirei ficar em pé.

– Temos um vazamento de ar e chegaremos a um asteroide com núcleo de água congelada em um-vírgula-sete dias. Essa água pode ser eletrolisada para reabastecer nosso oxigênio, então combinei velocidade e rotação para que possamos capturá-lo. Se perdermos essa oportunidade, o sistema de suporte vital na *Diligência Coordenada* poderá se tornar inútil.

Eu me balanço de um lado a outro, e, embora meu estômago não esteja embrulhado, parece que virei outra garrafa de Pepsi-Rum. Vou vomitar em breve, sem dúvida alguma. Aperto os dentes e levanto o braço direito. Os músculos travam, os dedos viram garras. Mas, me concentrando e respirando para aguentar a dor – ok, uivando seria uma palavra melhor –, consigo pegar o copo de policarbonato na cabeceira. Ergo-o até minha boca. A maioria do líquido escorre pelo queixo, molhando meu peito, mas um pouco goteja para dentro.

O robô entra zumbindo e reabastece o copo. Dessa vez, uso o braço esquerdo para beber, já que o direito se contorceu de novo em uma garra. Ainda mais água vai para dentro. Estou pegando o jeito de como é ter um corpo.

Quero perguntar quanto tempo passei apagado. Mas o S.O. está certo – o sistema de suporte vital é nossa prioridade.

– Então coletamos esse asteroide ou eu morro – digo.

As profundezas arenosas de minha memória oferecem o salão principal da Academia Cusk, repleto de condecorações e medalhas, uma fila de cadetes espaçonautas em trajes de algodão engomados que crepitam como papel. Declarações se projetam no ar: quem passou para a próxima fase da triagem, quem deu mais um passo rumo à concorrida vaga na missão. O nome e o avatar de Minerva brilhando três anos atrás, ela toda dentes brancos e confiança; sua importante partida para investigar Titã. A única pessoa que realmente me amava, banhada em honrarias, celebrada por milhões, não mais me pertencia. Minha imagem projetada ali três anos depois, eu todo dentes brancos e quase tanta confiança, quando fui escolhido para salvá-la.

– Me lembro do treinamento – murmuro. – Me lembro de ser selecionado. Me lembro do último dia na praia, antes de subir para o escaneamento médico corporal completo. Mas não me lembro do lançamento. Nenhum resquício dele.

– Não me surpreende – diz o s.o. – Você foi sacudido no transporte. Processadores orgânicos são tão frágeis.

– Não seria a primeira batida nesta cabeça – respondo, experimentando tocar minha cabeça. Nossos treinadores nos prendiam àqueles brinquedos de parque de diversões compostos de longos braços e nos giravam, medindo quanta força-g conseguíamos suportar. Eu sempre ia bem nesses testes. – Quanto tempo passei apagado?

– Duas semanas – afirma o s.o.

Merda. Isso é vergonhoso. Desmaiar não fazia parte do plano da missão.

Eu me sento, balanço as pernas para os lados. Má ideia. Grito e caio de volta na maca.

– Fique parado até que eu diga que está pronto, Ambrose – diz o s.o. com a voz de minha mãe. Um zumbido e um gemido enquanto Rover desliza pela parede. Uma vez ao meu lado, surgem-lhe as pinças, uma cápsula delicadamente segura entre elas, recheada de conteúdo macio. O que quer que esteja dentro desse invólucro parecido com o de uma linguiça é marrom e pastoso, com bolhas gasosas se agitando. Tem cheiro de... tempero.

– s.o., Rover acabou de fazer cocô?

– De certo modo, sim – declara o s.o. – A microfauna de seu intestino precisa ser reabastecida imediatamente para evitar qualquer resposta inflamatória autoimune. Esses organismos são selecionados para habitar seu trato digestivo com proporções saudáveis de bactérias.

– Comer merda não estava no plano da missão – respondo. Eu me lembro das instruções para o resgate de Minerva, do programa de viagem na *Diligência*. Só não me lembro do início da missão.

– Nem do coma.

Uau. Maldade.

Rover reabastece o copo de água.

– Goela abaixo – diz a voz de minha mãe.

– Bom uso do coloquial – falo. – Presumo que essa fala seja pré-programada. – Dou uma boa olhada na cápsula. Pelo menos posso agradecer ao centro de controle de missão por encapar essa merda antes de me fazer comê-la. – Por sinal, minha mãe nunca diria "goela abaixo". Minhas substitutas,* sim, mas minha mãe é muito refinada para isso. Tenho quase certeza de que ela nunca chegou perto de uma fralda. Nem sequer a vi durante os dez primeiros anos de minha vida. Minerva praticamente me criou.

Coloco a cápsula na boca e a empurro com água. A agonia de engolir me faz urrar. Com os olhos marejados, finjo um sorriso.

– Por favor, mamãe, posso comer mais?

– Isso é microfauna suficiente por enquanto – diz o s.o.

– Sim – falo, enquanto arroto o arroto mais desagradável que qualquer humano já arrotou. – De acordo.

As bordas da sala vibram. Fecho os olhos, concentro-me na respiração para não vomitar. "É melhor fazer da náusea sua amante, Minerva me disse em uma longa caminhada pela propriedade da família depois que ela descobriu que eu tinha sido selecionado pela Academia Cusk. É a única coisa que vai te acompanhar durante todo o treinamento." Com ela na cabeça, surfo nas ondas de enjoo até que elas arrefeçam.

– Quanto tempo até alcançarmos minha irmã?

– Aproximadamente cento e noventa e um dias.

Conforme minhas veias se enchem de fluido, minha mente faz conexões óbvias que, há um minuto, não seria capaz de fazer. Um sorriso se estampa em meu rosto, causando cãibras também nesses músculos. Pode não parecer, mas estou em êxtase.

– s.o., estamos no espaço!

---

* No original, *surrogates*. O termo parece abranger mais do que apenas a gestação, incluindo também a criação de maneira coletiva, por isso a opção de usar "substitutas" sem o qualificador "mãe". [N. T.]

Nos milissegundos que se passam antes que o s.o. responda, imagino-o reavaliando a decisão do centro de controle de missão de me enviar.

– Sim, espaçonauta Cusk. Estamos no espaço.

Arranco o acesso venal, balanço as pernas e me levanto. Rover faz bipes alarmados enquanto me assiste ficar em pé. Sangue pinga no chão branco e brilhante. Meu sangue.

Meus pés são bolhas gigantes cheias de fluido, inchados e roxos e vermelhos onde o sangue tensiona a pele. Um raio embranquece minha visão.

-* Tarefas restantes: 342 *-

A água derramada do copo forma gotas no tecido impecável de meu macacão.

Tenho a pior de todas as ressacas. Pior até que aquela de quando me contorci com cadetes seminus na aventura florestal com a PepsiRum.

Levanto a cabeça, e ela faz barulho ao descolar do chão coberto de vômito. É uma sensação quase tão maravilhosa quanto minha cefaleia excruciante.

– Você está a bordo da *Diligência Coordenada* – diz o s.o.

– Eu me lembro – respondo, estremecendo. – Desmaiei, só isso. Faça Rover me trazer um pano úmido. – Fico em pé com esforço e consigo me manter ereto ao estender os braços como um surfista.

– O pano úmido está a caminho – informa o s.o.

Eu me inclino e vomito com elegância.

– Dado o que você continua a produzir, é fortuito que não estejamos na porção com gravidade zero da nave – fala o s.o.

– De acordo – digo, limpando a boca. – Limpar vômito em g-zero manteria Rover ocupado um tempão. Abra a porta, s.o.

– Tem certeza de que está pronto para andar por aí? – pergunta o s.o.

– Tenho. Não duvide de mim, s.o. E me atualize sobre o sinal de Titã assim que possível.

A porta para fora da enfermaria desliza suavemente para o lado, dando visão para um pequeno corredor branco. Estou descalço, e, embora cada passo me faça sentir como se bolhas fossem cutucadas na sola dos pés, a dor é tolerável. *Bom trabalho, Ambrose. Você está andando!*

– Esteja preparado para se sentar quando sentir necessidade. A cabeça humana é pesada, e fica distante do chão, e facilmente se danifica com quedas.

– Com certeza, é uma falha de design – digo, engolindo a última onda de náusea. – Muito melhor não ter cabeça nem corpo como você.

– Tendo a concordar.

– Sim, essa entrelinha já estava bem óbvia. – Cheguei à próxima porta. – Abra esta também, S.O. – ordeno.

Ela começa a deslizar, mas emperra bruscamente, deixando apenas espaço suficiente para eu resvalar para dentro.

– Vou precisar consertar esta porta – afirmo. – Imagino que você ainda não tenha feito isso porque o mecanismo está além do alcance de Rover, certo?

– Correto. Embora Rover seja habilidoso em manutenções planejadas, foram se acumulando tarefas que ele não consegue resolver. Tenho um log de serviços de manutenção que preciso que você realize. Segue a lista: trezentos e quarenta e dois itens. Um: na sala 00, checar a fiação sob o trilho. Dois: na sala 00, diagnosticar as leituras erráticas de hidrogênio. Três: na sala 01... – Agora o S.O. realmente soa como minha mãe.

– Agora, não – digo, batendo um dedo na têmpora. Não é ali que minha cabeça dói mais: esse prêmio vai para a base do crânio. – Abra todas as portas até que eu possa examiná-las. Não vou correr o risco de ficar preso em lugar nenhum.

– Feito – diz o S.O. – Talvez eu deva colocar as portas sob "Kodiak", de qualquer jeito.

Kodiak? A missão está lentamente voltando à minha memória; acho que é algo de que ainda não me lembrei.

– As prioridades agora são a atualização sobre Titã e conseguir alguma reposição de oxigênio daquele asteroide – anuncio, e viro o corredor, e a ampla janela da sala 06 está a minha frente.

Caio de joelhos, as mãos cobrindo a boca.

As estrelas!

Todas aquelas explosões nucleares enviando ondas de luz, cujo destino de pouquíssimas é se dissipar em minhas retinas. Olho para o vazio entre elas, um nada mais absoluto que qualquer vácuo na Terra. No espaço, sem nenhuma atmosfera para anuviar minha visão, mesmo aquele vazio revela mais pontos distantes de luz.

Nenhum lugar está de fato vazio. O pensamento faz com que eu me sinta profundamente vazio. De algum modo, o espaço é tão melancólico que não é nada triste, como uma nota tão baixa que deixa de soar. Mesmo o pesar de minha insignificância parece insignificante.

Passei milhares de horas de treinamento em uma cópia da 06. Na Terra, eu chegava à réplica da *Diligência* caminhando por um hangar de um quilômetro, cheio de helicópteros militares e robôs de guerra desligados, fresadores em treinamento e mecânicos, crianças refugiadas assistindo dos campos do lado de fora das cercas elétricas. Às vezes, quando os ciclones de calor e as tempestades de areia do verão global eram muito ruins, as amplas portas do hangar eram seladas. Ao serem abertas, porém, mostravam um horizonte à distância, os amarelos e os azuis brilhantes e o rosa artificial da praia de Mari.

Os trechos amarelos e azuis onde eu treinava se transformam num preto profundo, borrifos de opala rodopiando fora da janela conforme a nave gira. A *Diligência* rotaciona para produzir gravidade simulada, fazendo com que as estrelas escorram pelo céu.

– Pode ser que você tenha interesse em olhar para onde estou mirando – diz a voz de minha mãe. Tê-la por perto é uma sensação estranha.

– Nós definitivamente vamos trocar sua membrana vocal.

– Utilizo a entonação vocal da Presidente Cusk, mas não carrego nenhum acesso artificial derivado da neurologia dela, apesar do papel desempenhado pela empresa dela no meu design.

– Sei disso, s.o. – O ponto descrito pelo s.o. rotaciona para fora de vista, então me deito para esperar, grato por sentir a pressão do chão contra minha espinha. Pode ser que eu fique aqui um tempo. – s.o., por que exatamente eu desmaiei? O que bateu na minha cabeça? Eu não faço esse tipo de coisa.

– Está se aproximando agora – responde o S.O. – Veja!

Minha irritação desaparece, porque o que vejo é realmente incrível. A Terra. Pequena, mas grande o bastante para parecer azul, e não branca como as estrelas. Pressiono o rosto na janela. Há nuvens rodopiantes na metade visível da esfera, traços de terra marrom por baixo. Consigo distinguir os ciclones de calor, como os que devastaram a Austrália e a Firma Antártica apenas meses antes de nossa partida, que nos forçaram a transferir o lançamento para a base de Mari.

O mais surpreendente de tudo? A lua. Todas as vezes que imaginei este momento, esqueci de também imaginar a lua orbitando a Terra. Ali está ela, brilhando branca de um lado, preta do outro. A Terra tem um bichinho de estimação numa coleira invisível. É meio adorável, não que eu fosse dizer isso em voz alta.

Faz com que eu pense em Titã, em sua própria órbita ao redor de Saturno, com suas oitenta e uma irmãs. Onde Minerva está, viva ou morta.

– Estou contente que você tenha acordado a tempo de ver as cores da Terra – diz o S.O. – Mais algumas semanas de viagem, e, para o olho humano, vai se parecer com qualquer estrela ou planeta.

O computador dizer que está "contente" é uma afetação de programação que sempre detestei. Aqui, isolado no espaço, é mais desconcertante ainda. Este sistema operacional, que não tem sistema límbico e, portanto, nem emoções, e que tem minha vida nas mãos, pode mentir.

– Poderia passar a eternidade olhando pra isso – digo, deslizando o corpo pelo chão branco, apontando para estrelas individuais como se pudesse dar zoom nelas. Espero que o S.O. não tenha notado minha tensão. Meu coma, os danos inesperados na nave: a conta não fecha.

– Não posso prometer a eternidade, mas você deve ter mais de meio ano para continuar olhando – responde o S.O.

– Esse é um número impreciso – falo. – Estou decepcionado. Que tipo de S.O. é você?

– Usei o grau de especificidade que um humano provavelmente escolheria nessa situação. Uma estimativa de tempo mais precisa seria zero-vírgula-cinco-dois-três-dois...

– Obrigado, s.o. – interrompo. – Assim é melhor. – Bato o nó de um dedo na parede de policarbonato da nave. – Isso é tudo que nos separa da aniquilação. De morrer no vazio.

– Por favor, evite as tendências niilistas do seu perfil de personalidade. E "nos" é um pronome inapropriado para esta situação. Eu sobreviveria tranquilamente a uma ruptura no casco da nave.

– s.o., que insensível – digo. *Especialmente na voz de minha mãe*, acrescentei em silêncio. A insensibilidade é o ponto forte dela, embora ela a chamasse de força. Fui criado por substitutas da família Cusk, enquanto minha mãe comandava os negócios. Ela nem me gestou. No entanto, pagou uma fortuna para obter o esperma reconstruído de Alexandre, o Grande, como meu DNA paterno. Quem sabe isso seja amor?

– Sinto muito. Enquanto você dormia, desenvolvi o que decidi chamar de Teoria da Membrana Universal da Vida – informa o s.o. – Em alguns segundos, poderia esboçar um tratado dela se quiser lê-la.

– Não. Não a mencione de novo. Não quero pensar sobre minhas membranas. É deprimente – respondo.

– Sinto muito. Vou tentar não cometer erros similares no futuro.

Queria poder olhar nos olhos do s.o. agora. Mas é claro que não posso. O s.o. não tem olhos. Ou tem olhos em todos os lugares, dependendo do ponto de vista.

– Obrigado, s.o. – digo. – Sei que é difícil entender o misterioso coração humano. Tenho certeza de que sua Teoria da Membrana Universal é ótima. Ainda quero que a guarde para você.

Tique, zunido. Rover desliza pelas paredes da sala 05. O s.o. não pode se magoar, certo?

– Além disso – continuo –, se minha pele se rompesse, e eu vazasse inteiro, haveria um montão de vermelho por todo o seu lindo chão branco. Grande trabalho para Rover. Vamos assegurar que isso não aconteça.

– A limpeza seria substancial, mas eu ficaria mais chateado por você ter morrido – diz a voz de minha mãe.

-* Tarefas restantes: 342 *-

Início as tarefas na 06 para que eu possa assistir ao espetáculo do espaço. O display projeta o horário atual da África Oriental. São 10h46 de um domingo. Claro. Por que não?

Minha ressaca do coma começou a retroceder. Embora meus pés ainda estejam de um roxo iridescente contra o liso chão branco, o inchaço diminuiu. É hora de pôr mãos à obra.

A centenas de milhões de quilômetros de distância, há uma lua escura com o que quer que tenha restado de Minerva, enviando um código de emergência pelo rádio, quebrando a estática do universo em padrões previsíveis.

Minha irmã.

Bem, provavelmente minha irmã.

– O sinal permanece o mesmo – diz o S.O. – Um simples "SOS" em morse, enviado manualmente por uma alavanca na base de Titã, repetindo-se a cada cinco segundos.

Minhas juntas estralam quando fico em pé. O córtex pré-frontal já está removendo o zumbido da nave de minha audição. O som está lá, mas estou deixando de experienciá-lo. De alguma maneira, isso parece um alerta. Esfrego as têmporas. Talvez ainda esteja um pouco desorientado.

– Como agora não há nada a fazer quanto a Minerva, acho que é hora de dar um passeio pelo restante da nave – digo. – Para eu não ficar deprimido.

– É uma boa ideia – responde o S.O. – Teria sugerido isso, se você não tivesse. Tire vinte minutos para explorar. Depois, gostaria de explicar a missão de recuperação do asteroide.

Queria poder ficar deitado, me deliciando com as estrelas. Mas a voz de minha irmã martela na mente: *Prove para eles que escolheram o Cusk certo para me resgatar. Que foram suas habilidades que o fizeram conseguir esta missão, não nosso nome ou nosso vínculo.*

Começo a caminhar sem destino pela nave, vendo, mas não vendo cada sala, como quando passo muito tempo rolando a tela de meu bracelete. A sala 04 tem um pequeno balcão de policarbonato branco, uma máquina para aquecer sachês de comida, trilhos de Rover permeando cada superfície. Há duas cadeiras – acho que para eu poder variar onde me sento. Na réplica dessa sala na Terra, havia apenas uma.

Então percebo: a cadeira extra é para Minerva. Minerva viva, Minerva de volta. Passo o nó dos dedos pela superfície do assento.

A sala 03 tem dois beliches, um deles preparado com lençóis azuis e um travesseiro pequeno. As salas 01 e 02 são depósitos. Aqui, o chão é mais alto, então preciso dar um passo largo para cima ao entrar. Um grosso tapete de borracha murmura sob meus pés. Levanto um trecho dele. É como planejamos: igual a num submarino, o chão é composto de camadas e camadas de comida. Sacos de policarbonato transparente, rótulos de, por exemplo, curry de tofu ou berinjela assada. Vou comendo até chegar ao fundo do ambiente durante o progresso da expedição. Berinjela assada – nham. Estou ansioso para chegar a ela. Sem brincadeira.

A sala 00 está no meio do alojamento. A parede nas extremidades dela foi moldada como uma rampa circular, que leva a uma escotilha. A *Diligência* – ou *Diligência "Coordenada"*, como o s.o. decidiu chamá-la – foi desenhada como uma espécie de pirulito, com o alojamento em uma ponta, contrabalanceado pelo maquinário e pelo estoque inacessível que formam a outra. A rotação da nave ocorre na velocidade exata para exercer no alojamento a mesma quantidade de força que a gravidade da Terra exerceria.

Conforme me aproximo do eixo de rotação, a força diminui. Meu corpo se torna mais leve, ainda que eu tenha subido poucos metros. Minhas mãos flutuam.

Há duas portas lá em cima. Não deveria haver duas portas lá em cima.

Uma delas é amarela; e a outra, laranja berrante. A amarela leva à sala do motor, mas poderia jurar que não havia porta laranja no modelo onde treinei. No treinamento, aprendi que há uma porta cinza idêntica no exterior da nave – a qual leva a equipamentos de que vou precisar quando chegar a Titã. Há uma morgue individual ali dentro, caso a história de Minerva tenha um fim triste. Mas não deveria haver uma porta laranja.

É como se a nave tivesse falhado e produzido uma porta por acidente. Mas a realidade não falha... certo? Balanço a cabeça.

– Aonde esta porta leva, s.o.? – pergunto.

– A amarela? Leva à sala do motor. Vou abri-la apenas quando você precisar fazer reparos na nave.

– Sim, eu sei – digo, irritado. – Estou falando da porta laranja.

Não há resposta.

– Pedi que você abrisse todas as portas a bordo.

– Pediu – responde o S.O.

– Abra a porta laranja.

– Seu desejo foi registrado – diz o S.O. na voz de minha mãe.

A porta permanece fechada. Minha pele pinica.

– Abra agora, S.O.

– Não posso fazer isso sem permissão dupla.

Passo as mãos nervosamente pelo cabelo, sinto os fios pulsando sob o couro cabeludo. Entendo as palavras do S.O., mas ao mesmo tempo não fazem nenhum sentido.

– Do que diabos você está falando? Permissão dupla de *quem*?

– Do espaçonauta de Dimokratía – responde o S.O.

Mais uma vez, começo a ouvir o zumbido da nave. Ele me atinge, parando o tempo por longos segundos enquanto minha pele formiga.

– S.O. – digo lentamente –, você está me dizendo que não estou sozinho nesta nave?

– Correto – fala a voz de minha mãe. – Você não está sozinho nesta nave.

-* Tarefas restantes: 342 *-

Passei muito tempo na Academia Cusk programando IAs, e algo que aprendi cedo foi que preocupações emocionais só servem para atrapalhar o poder de negociação de um ser humano. Se de repente eu não me sentir eu mesmo, é melhor calar a boca. Não é uma regra ruim para a interação com inteligências orgânicas, se você pensar bem.

Coma, danos, e agora outra pessoa na nave. Nada disso está certo.

Foco minha atenção na porta. Em algum lugar do outro lado dessa porta laranja está um estranho, voando comigo pelo espaço. O medo faz meus joelhos estremecerem, chacoalhando o tecido de meu traje.

Quero esmurrar a porta laranja.

Com um zumbido, Rover entra deslizando na sala, parando com o tranco a meu lado.

– Você colocou Rover para me espionar? – pergunto.

– Não, não preciso que Rover o observe: como sabe, as próprias paredes da nave fazem monitoramento. Mandei Rover até você apenas porque me preocupo com sua saúde. Me diga: o que se lembra do dia em que deixou a Terra, espaçonauta Cusk?

– O quê? Foi como qualquer outro... – A voz vai sumindo. Lembro-me de meu nome projetado no salão principal da Academia Cusk, de caminhar pela praia, de imaginar como Minerva estaria orgulhosa de mim, então de voltar ao hangar, para uma sala iluminada do prédio, no andar de cima, onde fizeram meu último exame médico antes da decolagem... E é aí que minha memória trava. O formigamento na nuca se transforma num chafariz quente de suor. – Me lembro de subir uma escada – digo, esfregando os braços com as mãos. – Pensei que fosse fazer um escaneamento médico, mas talvez fosse para o transporte, para encontrar a *Diligência*. Fazia... fazia um calor estranho naquele dia?

– Pelo ritmo de sua fala, seria correto supor que você não se recorda do lançamento em si, ou das revisões subsequentes à estrutura da missão?

– Sim – respondo. – Me explique tudo. Agora. – *Merda. Qual foi a gravidade dessa batida?*

Há uma micropausa antes da resposta do S.O. – o que representa uma quantidade significativa de criação estratégica para um computador tão avançado quanto o da *Diligência*. Que rotas de conversa ele acabou de considerar e descartar? O que não estão me contando?

– Você está bem. Tenho certeza de que está perfeitamente bem. A porta laranja que separa sua metade da nave da metade de Dimokratía pode ser aberta apenas com a permissão de ambas as partes. Posso perguntar ao espaçonauta de Dimokratía, se quiser. Contudo, sugeriria que não perdêssemos tempo na preparação para a coleta do asteroide. Posso coordenar suas responsabilidades separadamente. Temos apenas dezenove-vírgula-sete horas até executarmos a operação.

Imagino, não pela primeira vez, se o s.o., ao enfatizar meu desmaio, está tentando me manter em repouso; se sabe que o medo de fracassar me torna manipulável.

– Espere, s.o. Você chamou esta de minha "metade" da *Diligência*?

– Da *Diligência Coordenada*, sim. A *Diligência* de Fédération foi conectada à *Aurora* de Dimokratía, em órbita, antes do início da missão. Em vez de cada nave viajar com o formato original de "pirulito", elas foram conectadas num haltere rotativo, com gravidade zero no centro e gravidade simulada em cada ponta. Uma missão conjunta dos dois últimos países da Terra era uma perspectiva assustadora, é claro. Como condição para a junção das naves, o corredor que as liga só pode ser aberto se ambas as partes autorizarem.

– Você é responsável pelas duas metades da nave?

– Sim. Sou uma criação da Cusk, um produto corporativo sem nacionalidade. Estou em contato com o outro espaçonauta. Na verdade, estou me comunicando com ele agora mesmo.

Processamento paralelo: uma das coisas mais desconcertantes sobre IAs. O s.o. poderia manter conversas comigo, com o outro espaçonauta e com o centro de controle de missão, todas ao mesmo tempo. Quem sabe com quem mais está falando. Ou com o que mais. *Se acalme, Ambrose. Um ambiente de contenção não é lugar para uma imaginação superaquecida.*

– Você disse "ele". Então é um "ele" – digo. Por algum motivo, meu cérebro tinha imaginado uma jovem imperiosa e capacitada comandando a outra metade da nave. Outra Minerva Cusk.

– Sim – responde o s.o. – Um "ele". Todos os espaçonautas de Dimokratía são homens.

Passo as mãos pela borda da porta laranja. O policarbonato da margem está enrugado, sinal de uma construção feita às pressas.

– O que você pode me dizer sobre esse estranho?

– Tenho autorização para lhe informar que o nome dele é Kodiak Celius. Como você, ele foi escolhido entre os cadetes em um programa de treinamento.

– Ele vai me ajudar com o asteroide?

– Você pode contar com os conhecimentos dele. O registro de Kodiak aponta habilidades singulares em engenharia mecânica, pilotagem, sobrevivencialismo e combate corpo a corpo.

Sobrevivencialismo. Combate corpo a corpo.
– Peça a ele para abrir a porta.
– Já pedi. Ele recusou.
– Recusou?
– Correto.
– Como assim, ele está muito *ocupado* para me encontrar? – pergunto, boquiaberto. – Mesmo com um vazamento de oxigênio, e com um asteroide para capturar que passa por nós a vinte quilômetros por segundo, para que tenhamos o que beber e respirar? Mesmo numa missão para resgatar Minerva?

A princípio, não há resposta. Se estivesse pensando direito, teria agido melhor – sarcasmo é a maneira mais segura de acabar com as habilidades de conversação de uma IA. Por que estou sendo sarcástico? Porque isso magoa, e estou me sentindo fraco, e sarcasmo é o refúgio dos magoados e dos fracos. É por isso. Será a última vez que me permitirei ser sarcástico. Sou mais forte do que isso. Sou Ambrose Cusk, cacete.

– O espaçonauta Celius está de fato ocupado no momento. Você tem uma lista de tarefas de dois quilobytes, mas há uma lista de mais de seis quilobytes na *Aurora*. Manter a nave e assegurar a inteireza dela é a prioridade absoluta, claro. Mesmo se não colhêssemos mais oxigênio, você ainda viveria por mais quatro ou cinco meses. A perda da integridade do casco faria com que você morresse em segundos.

Estou ouvindo mais ou menos. Não posso evitar. Bato à porta laranja. Vá se foder, Kodiak Celius.

Uma porta com os pés de minha mãe fazendo sombra embaixo. A voz de Minerva, sussurrante, num corredor de veludo: Enquanto eu estiver viva, alguém amará você.

– Por sua linguagem corporal, suponho que esteja chateado porque Kodiak Celius se isolou. Posso oferecer algum remédio para ajudá-lo a relaxar? – pergunta o S.O.

– Sou um espaçonauta treinado, S.O. – digo, me afastando da porta e me impulsionando de volta, meu corpo ganhando peso conforme desço. – Não sou nenhum cadete sem culhões ajoelhado, implorando atenção. Represento o legado de Minerva Cusk. Estou *bem*.

... e agora estou me gabando para um computador. Sim, completamente bem.

Desço os três últimos degraus até a gravidade normal, depois vou para a sala 03 e sua cama estreita. Alguém fez a cama para mim. Pergunto-me quem foi. Eu me deito e fecho os olhos. Enfio as mãos dentro da calça. Retiro-as. Então me sento.

– Me diga tudo que você sabe sobre esse Kodiak Celius.

– A maioria das informações sobre ele é confidencial – responde o s.o.

– Me conecte com o centro de controle de missão.

– As conexões com a Terra estão temporariamente indisponíveis por causa da atividade solar.

– Me notifique assim que a comunicação *estiver* disponível e, quando isso acontecer, faça imediatamente o download da atualização sobre as relações entre Dimokratía e Fédération – digo. Um momento se passa antes que eu continue. – Kodiak. Ele é... como eu?

– Se estiver se referindo à idade, como você, ele foi selecionado entre aqueles com dezessete anos na classe. Dado o que os astrobiólogos sabem sobre a quantidade de radiação que o corpo receberá no espaço sideral, dezessete foi a idade considerada ideal para a tripulação. Mais jovens, vocês teriam maior probabilidade de cometer erros fatais de navegação ou negociação. Mais velhos, teriam inaceitável probabilidade de morrer por conta de um tumor maligno, tendo Rover como única opção para tratamento médico rudimentar. A análise atual aponta que há 8% de chance de que um câncer causado por exposição à radiação seja o que incapacitou Minerva, o que faz desse um dos resultados mais prováveis, atrás apenas de envenenamento por gás.

Mesmo com a melhor engenharia social, a personalidade das IAs contêm traços de insensibilidade. Por sorte, meu convívio familiar me treinou bem para lidar com isso.

– Saquei.

Surge um tom de pena nas palavras do s.o.

– O espaçonauta Celius fez dezoito anos a bordo, mas você também está mais próximo dos dezoito que dos dezessete. Cada um de vocês tem a própria rotina separada, desenvolvida por seus respectivos países. Não há nenhuma razão que o impeça de treinar em isolamento para o eventual resgate de Minerva.

– Que monte de merda. Não se trata de se encontrar para tomar chá e fofocar. É a nossa sobrevivência. Lembre a Kodiak que sou a única opção na cidade, se ele tiver esperança de algum tipo de contato humano. Lembre a ele que, no fim das contas, a solidão acaba com qualquer um. Que mesmo o soldado mais endurecido pelas tundras, treinado em *sobrevivencialismo* e *combate corpo a corpo*, pode morrer dela.

– Repassei a mensagem com suas exatas palavras. Devo ressaltar, porém, que fui desenvolvido para fornecer apoio social...

– Deixe-me adivinhar, nenhuma resposta de Kodiak?

– Acertou.

Eu me espreguiço no beliche, aproveitando, mesmo em meio à raiva, a sensação de músculos sem cãibras ou espasmos. Pressiono os olhos com as mãos. *Você está no espaço sideral, onde sempre sonhou estar*, lembro a mim mesmo. *Resgatando sua irmã. Você é o orgulho de sua família e a esperança de Fédération. Milhões querem ser você.*

Coloco os pés no chão para facilitar a circulação sanguínea. Devo ter surpreendido Rover; ele guincha.

– Acho que vou jantar sozinho hoje, enquanto reviso os vídeos de treinamento para a coleta. Qual é o *plat du jour, mademoiselle*?

– Abra o armário e verá. Porém tenha em mente as quantidades do inventário. Não vou permitir que use as rações de modo irresponsável.

– Não vou *tentar* usá-las de modo irresponsável. Então, como é a pizza daqui?

– Não há pizza. O mais próximo que posso oferecer é canelone. *Monsieur.*

Empino o queixo para o teto.

– Canelone, sério? E suas configurações de humor...

– Meu senso de humor é programado nas profundezas de minha BIOS. Como o seu.

– Eu só... Minha mãe não faz piadas, então é estranho ouvir qualquer coisa espirituosa na voz dela. Poderíamos trocar pela voz de outra pessoa?

– É claro. Tenho algumas centenas de possibilidades.

– Ah, você está usando o conjunto de vozes comuns, o mesmo disponível no Zen 10.0?

– Sim.

Sorrio.

– Então você pode ser Devon Mujaba dos Heartspeak Boys? Voz 141?

O s.o. muda para um contratenor aveludado.

– Primeiro e único.

– Isso é incrível – digo. – Não mude nunca. Devon é meu favorito.

– Minha nave é sua – o s.o. fala como Devon Mujaba. – Todas as minhas salas e meus corredores são seus.

– Ok, chega – interrompo. – Tire um hiato de dez minutos de respostas engraçadas. Isso foi um pouco esquisito. Para falar a verdade, você é esquisitinho, s.o.

– "Esquisito" não é um adjetivo que eu já tenha aplicado a mim mesmo – diz o s.o. na nova voz supersexy. – Você me deu algo novo em que pensar. Se me ajudar a identificar algo "esquisito" sempre que acontecer, posso aprender a me antecipar e evitar essas situações para que você não passe por uma experiência negativa.

– É melhor estabelecermos algumas diretrizes para o nosso relacionamento. Vou começar o informando quando você estiver sendo esquisito.

– E você pode começar atualizando aqueles procedimentos de coleta – responde o s.o.

– Uau, isso foi maldoso. Eu meio que gosto – falo, sorrindo para a voz incorpórea, minhas mãos socadas no bolso para mostrar os músculos de meus braços. Estou flertando com o sistema operacional? Acho que estou flertando com o sistema operacional. Aquela voz. – Mas primeiro a comida. Estou faminto.

– Minhas fontes de referência indicam que, depois de um trauma físico, você ainda não deveria sentir fome. Eu estava pronto para fazer Rover reconectar o acesso venoso para alimentá-lo.

– Bem, seus dados estão errados. Eu lhe disse que não sou um tripulante ordinário. Espero que Rover seja um bom chef.

-* Tarefas restantes: 342 *-

É uma coisa boa que o canelone tenha rótulo, porque do contrário não saberia o que era. É basicamente glúten branco e óleo vermelho, com notas dominantes de policarbonato. Muito parecido com minha própria comida caseira, na verdade. Não como o canelone que Minerva fazia para nós toda sexta-feira à noite. Passo os dedos pelo nome impresso. Colocar essa refeição nas naves de Fédération era feito dela, certeza. Lembro-me de observar os dedos de Minerva enquanto salpicavam sal marinho e parmesão.

Olho fixamente para as projeções dos vídeos de treinamento para a coleta enquanto mastigo, cercado pelo zumbido do maquinário da *Diligência*. No fim, meio que estou amando a chance de comer canelone. Minerva cancelava cerimônias de premiação, sessões de treinamento, qualquer coisa que aparecesse numa noite de sexta-feira, só para que pudesse estar com o irmão mais novo. Eu poderia comer este canelone para sempre.

Surge uma voz. Eu me sento, completamente ereto. Não é a de Devon Mujaba. Essa voz é grave, quase um rosnado. Soa como brigas de bar. O idioma de Fédération, mas com um sotaque de Dimokratía.

– Volte a voz do s.o. para aquela feminina.

– Espaçonauta Celius? – pergunto, me levantando tão rápido, que bato a cabeça na porta aberta do armário. – É você?

– Faça como peço. Não tenho acesso à personalização do s.o.

– Deveríamos nos encontrar. – Minha voz se esganiça. Há anos não fazia isso.

– Não há necessidade disso.

– É claro que há. Precisamos planejar a coleta do asteroide, pra começar. Venha jantar. Eu insisto.

Os microfones sensíveis da nave capturam a respiração lenta dele, a fricção do macacão conforme ele reajusta o corpo.

– Você acabou mesmo de me convidar para jantar?

– Eu já comi, mas em cerca de cinco horas vou querer mais. Talvez pudéssemos de fato chamá-lo de jantar número dois. Venha para o jantar número dois.

– Encontrar com você não é permitido.

– Não é permitido por quem? Seus comandantes de Dimokratía? Somos só nós dois aqui. Bem, mais o s.o. e Rover. – Não há resposta, exceto mais da suave respiração. "Vulnerabilidade é a única coisa que você precisa aprender", disse uma vez o psicólogo-chefe da missão. "A família Cusk não o preparou para isso." Tusso. – Kodiak, você se lembra de algo do lançamento? Ou logo antes dele? Minha memória de alguns dias atrás foi eliminada, até onde sei.

– Vou pedir mais uma vez. Coloque a voz de volta.

– Antes que você silencie meu lado, Kodiak, saiba que estarei na porta laranja às cinco horas em ponto. Espero vê-lo. Pelo bem da missão. Por nossas vidas. Precisamos nos encontrar. E sabe do que mais? As pessoas gostam de mim. Você pode gostar de mim.

– A voz, Cusk.

– Só se você concordar em me ver, Celius.

Um rosnado, então o comunicador desliga.

-* Tarefas restantes: 342 *-

Faltam quatro horas. Faço intervalos frequentes dos vídeos de treinamento para a coleta e ando pela *Diligência*, chupando um sachê de *água*. Essa sede absurda não passa.

Sete conjuntos de macacões azuis impecáveis, sete cafés da manhã alternados (os mingaus de aveia com frutas parecem promissores), sete almoços alternados, sete jantares alternados. Para mim, é engraçado que os planejadores da Cusk tenham organizado minha vida em semanas, quando estou em um casco de policarbonato aquecido artificialmente cercado por um vazio imenso e imponderável, um grão de pó flutuando em um estádio vazio. Mas pelo menos sei quando é terça-feira!

Faltam três horas e meia. Depois de extrair tudo que podia dos vídeos de treinamento, a única coisa que resta fazer enquanto espero as horas finais até chegarmos ao asteroide é completar algumas correções de programação na lista do S.O. Entre as edições, fuço em cada fenda da nave. Sinto como se agora a conhecesse inteira, exceto pelo que quer que esteja atrás da porta reservada para a chegada em Titã. E o que quer que esteja na *Aurora*.

Alterno entre animação e depressão, e, de um momento a outro, não posso prever qual emoção virá à tona depois. É como se minha própria mente fosse uma casa abandonada que estou explorando. Sei a causa: estou passando muito tempo sozinho.

Esse é um atalho para a loucura. Eu era conhecido como lobo solitário na academia, Ambrose "Pega e cai fora" Cusk, mas gostaria de poder voltar e fazer diferente. Ter aquelas conversas íntimas que sempre evitei, escapando de qualquer corpo suado com quem estivesse dividindo o beliche, saindo antes da alvorada para treinar.

Abro o último armário não explorado. Meus olhos se enchem de lágrimas. Não me lembro de decidir trazê-lo.

É um violino. *Meu* violino. Tiro-o do estojo, curvo os dedos sobre seu braço laranja, seu espelho preto. Tão delicado. A única coisa delicada na nave, sem contar eu (e talvez Kodiak, não saberia dizer). Eu o afino e aperto o arco, que passo pela corda *lá*, cortando o ruído branco da nave. Minerva ria de mim por amar violino, dizia que era perda de tempo, e foi provavelmente por isso que continuei tocando. Como minha mãe, ela me dava mais atenção quando eu a decepcionava. Começo tocando escalas antes de passar para um concerto de Prokofiev, doloroso vibrato para a ponta suave de meus dedos.

As partes deste instrumento já foram árvores que viveram por centenas de anos, cercadas de outras plantas e criaturas da floresta, muito antes que eu nascesse, antes que qualquer humano tivesse sequer ido ao espaço. Passo os dedos pelas linhas da grã da madeira. A madeira é tantas coisas. É dura e suave, é lisa e ondulada.

Sou um animal tanto quanto um espaçonauta.

Pareço ter perdido meus calos, tocar por apenas meia hora já se torna muito doloroso para a ponta de meus dedos. Coloco o violino de lado, então me planto em frente à janela da 06 e olho para fora. O espaço é desorientador e obliterador. Poderia observá-lo para sempre.

Falta uma hora.

Você está enlouquecendo, Ambrose.

Mergulho nos vídeos de treinamento para a coleta, estudando de novo e de novo os protocolos, os planos de emergência para todo resultado possível. Com certeza se passou tempo suficiente.

Quando me aproximo do corredor que leva à *Aurora*, a porta laranja está fechada.

Aguardo.

– S.O., me diga quantas horas se passaram desde que convidei Kodiak para jantar.

– Cinco horas e dezesseis minutos – diz a voz de Devon Mujaba. Aquela voz!

– Quanto tempo mais você acha que devo dar a ele? – pergunto.

– Até agora você deu dezesseis minutos a mais.

– Justo. Ele está logo do outro lado desta porta?

– Não posso dizer.

– Diga a ele que *eu* autorizei a porta laranja a se abrir quando ele desejar.

– Enviado.

– Quanto tempo faz agora?

– Dezessete minutos.

Devo estar ficando cansado, porque levo a mão ao pulso, como se estivéssemos ao alcance das torres de comunicação da Terra, como se eu pudesse enviar de meu bracelete uma mensagem para Kodiak, ou para Minerva reclamando de Kodiak.

– Diga a ele que vou comer, e ele está convidado a se juntar a mim.

– Kodiak Celius pediu que o comunicador permaneça mudo a menos que seja uma emergência.

– Suponho que minha felicidade durante a refeição não seja uma emergência, certo?

– Correto.

Meu já frágil sorriso desmorona. Desço a escada curva, de volta para a total gravidade simulada.

– Tudo bem – digo ao S.O. – Preciso de um tempo sozinho.

O S.O. ri mecanicamente.

– Quem o programou para rir? – pergunto. – Você nunca riu durante o treinamento.

– Sua mãe.

Uau. Minha mãe instruiu o sistema operacional a rir de minhas piadas.

– Que saudade, mamãe – sussurro enquanto entro na 04. Nunca a chamei de "mamãe" na Terra. O próprio pensamento é absurdo.

Escolho um curry de lentilha, notando, ao fazer isso, que Rover já repôs o canelone que comi mais cedo. Coloco o sachê no aquecedor de comida, busco a opção aquecer curry e assisto ao timer regredir noventa segundos. Eu me sento, pego um novo sachê de água e abro a embalagem ardente de curry como um saco de salgadinho, xingando quando a escaldante pasta de leguminosa respinga em meu dedão.

De repente, fico furioso. Arremesso o sachê na parede. Uma violenta mancha marrom-esverdeada forma-se contra a pura superfície branca, como se eu tivesse atirado num marciano de história em quadrinhos. Chupo o dedão queimado. *Vá se foder, Kodiak Celius.*

Um passo pesado. Cambaleio.

Não estou mais sozinho.

-* Tarefas restantes: 338 *-

Pelos deuses é a primeira coisa que penso ao ver Kodiak. *Toda essa beleza desperdiçada comigo.*

Meus parceiros românticos (ok, tudo bem, meus "peguetes" – nunca me dei bem nessa coisa de relacionamento) sempre foram etéreos e delgados, abstrações mais leves que o ar de garotos ou garotas ou terceiros gêneros. Os cadetes de minha preferência eram diminutos e inexpressivos, para que eu pudesse sorvê-los como café ou leite e depois seguir com o dia.

Mas Kodiak... parece que ele passa o dia esmagando guerreiros sob o escudo de Eneias. Músculos lhe marcam os braços e o pescoço. O cabelo grosso e lustroso cai em ondas preto-azuladas por suas bochechas, os olhos cor de mel cheios de pintinhas, profundamente aninhados no rosto. A pele oliva é lisa e sem marcas, exceto onde a espessa barba por fazer sombreia a mandíbula. A impressão é de que até a sua barba poderia ganhar de mim numa briga.

Não faz meu tipo, mas, como um objeto puramente estético, ele é maravilhoso. Estou voando pelo espaço com o que pode ser descrito apenas como um garanhão.

As sobrancelhas grossas se juntam conforme ele as franze, os ombros distorcem o macacão onde o corpo se retesa. Kodiak aperta dedo após dedo com o dedão, as juntas estralando. Parece que ele poderia quebrar o os próprios ossos com aquele dedão.

– Sou Ambrose Cusk. – Estendo a mão.

Ele acena para a parede atrás de mim.

Inclino a cabeça enquanto espero que ele responda.

Nós nos encaramos. Ou eu o encaro, e ele abaixa o olhar para o ponto em que a mesa se funde com o chão. Realmente não faço ideia do que se passa na cabeça dele. Ele está agindo estranho, e me ocorre que não posso perguntar a opinião de ninguém sobre isso. Estamos presos um com o outro, e apenas um com o outro. O perigo disso me atinge outra vez.

Ele passa a mão no cabelo, os dedos desaparecendo naquele volume. Meu foco retorna para nossas mãos. As minhas dedilham. As dele destroem.

Dimokratía veste os espaçonautas em acrílico vermelho. O uniforme de Kodiak é tão feio que acaba sendo bem descolado. Uma vibe de mecânico de aeronaves no espaço, incluindo a estrutura de nylon embutida no tecido.

– Gosto de seu... – começo.

Os olhos cor de mel de Kodiak vagueiam até a mancha de lentilha onde arremessei o jantar, então de repente ele se põe em movimento. Passa esbarrando em mim, abre o armário de comida e examina os sachês. Segura-os contra a luz, aperta um deles com força, então pega outro. Há um instante estava desesperado para que ele fizesse qualquer coisa e agora gostaria que ficasse parado novamente.

– Você está com fome? – pergunto.

Ele projeta a mandíbula angulosa e acena com a cabeça, como se estivesse apenas admitindo uma derrota, relutante. A voz dele é grossa e seca. Rouca.

– Sua comida parece muito melhor. É claro que seria. Vocês de Fédération e suas gororobas gourmet.

– É, nós gostamos de nossas... gororobas gourmet – digo. – O que Dimokratía estocou para você, repolho? – Ele me encara de volta. – E talvez algum tipo de sopa de batata? Só comida boa que sustente os camaradas, certo? Enfim, vejo que está de olho no canelone. Comi um mais cedo.

Ele insere o sachê do lado errado, e sei a bagunça que isso faz. Vou arrumá-lo, mas Kodiak me bloqueia. Estendo os braços mesmo assim, contornando-o, e tiro o sachê, o inverto e o insiro novamente. Os pelos de meu braço roçam nas fibras do macacão dele.

– Pronto – falo, dando um tapinha no volume do antebraço dele antes de me sentar.

Enquanto recupero o que sobrou do curry de lentilha e me sento com o sachê, Kodiak fica virado de costas para mim, as costas tensas, assistindo à contagem regressiva de noventa segundos. Rover, com tique-taques e zumbidos, limpa a bagunça que fiz enquanto estudo o V das costas de Kodiak, o brilho da pele na nuca dele. Não que ele esteja despertando sentimentos românticos em mim, mas me faz desejar que eu soubesse desenhar retratos. Geralmente sou a maior presença física num cômodo, mas me sinto insignificante perto dele. Obviamente, ele é um milagre de proporções.

Assim que a comida fica pronta, Kodiak se senta à mesa estreita de policarbonato em minha frente, jogando o sachê escaldante de uma mão à outra. Quando esfria o bastante, ele o espeta com um canudo.

– Para abrir você precisa... – começo, antes que ele me interrompa com um gesto brusco. Então observo em silêncio, com o queixo apoiado nas mãos e um sorriso desconfortável no rosto, enquanto ele perfura o imperfurável. – O s.o. explicou a você sobre a coleta do asteroide?

Nenhuma resposta. Minha paciência está se esgotando. Parecer-se com o guerreiro dos sonhos de Virgílio garante apenas uma cota limitada de grosseria a ser suportada, e Kodiak a está consumindo rapidamente.

Ele espeta com mais força, tanta que o canudo entorta.

– Me deixe fazer isso – digo finalmente, puxando o sachê. Ele evita meu olhar, o que significa que posso analisar seu rosto enquanto abro o sachê com facilidade. De alguma forma, há partes iguais de dureza e brandura nele. Uma alma suave com uma parede dura. Minha paciência recarrega. Há esperança para nós.

Coloco um garfo na frente dele. Kodiak começa a comer.

Ele para abruptamente, repousa o garfo e me encara por detrás dos longos cílios. Talvez seja a primeira vez que ele olhou para mim. Mel não capta exatamente a cor de seus olhos. São de um alaranjado suave e sedoso.

Enquanto nos encaramos, um tipo de pânico inunda meu corpo. Preciso dizer algo para cortar essa eletricidade.

– Já nos conhecemos? – solto.

– Já nos *conhecemos*? – repete ele, como se estivesse experimentando as palavras, como se fosse sua primeira tentativa de falar o idioma de Fédération. Ou como se estivesse me provocando. Esfrega o queixo.

Minhas bochechas ficam quentes. *Vulnerabilidade, Ambrose. Experimente.*

– O s.o. me disse que eu desmaiei no lançamento. Estou tentando, mas não consigo me lembrar de nada desde então.

Kodiak cheira a comida e se recosta na cadeira, apoiando-a somente nas duas pernas de trás, como se fosse um aluno matando tempo na detenção.

– Isso parece um problema sério – diz ele.

– Sim – concordo, observando-o atrás de pistas que revelem quão grande ele acha que o problema é. Examino a postura e a atitude de Kodiak, enquanto sei que as partes inconscientes de meu ser estão processando o aumento no tamanho da pupila e o arrepio nos pelos. O que posso deduzir de tudo isso? Apenas uma coisa: ele não está impressionado com a nova companhia.

Fico tentado a lhe informar que eu era o melhor da sala na academia, que venho do dispositivo de reprodução conhecido como família Cusk – peça central da economia de Fédération e de grande parte da economia de Dimokratía – e que, se ele tivesse lido uma única notícia nos últimos meses, saberia tudo sobre mim, do signo ao tamanho do calçado. Mas também sei que se gabar é apenas uma prova de insegurança, e não darei esse gostinho a ele.

Quem se importa se ele não está impressionado comigo? Com o tempo ficará. Eles sempre ficam.

– Olha – diz ele com aquela voz rouca –, parecia importante encontrá-lo, mas não precisamos fazer isso nunca mais. Não pude opinar a respeito de quem os conspiradores capitalistas de sua Fédération deixariam comprar uma vaga nesta nave. Supus que fosse ser um principezinho Cusk mimado e estava certo. Fazer desta uma missão conjunta foi um erro. Tenho uma longa lista de manutenções para realizar na nave, e tudo de que preciso está na *Aurora*. Não vou atrapalhar seu trabalho e insisto que não atrapalhe o meu. Em caso de emergência, o s.o. vai ajudá-lo. Se, e apenas se, ele não puder ajudá-lo, eu o instruí a conectar você com meu alojamento.

Engulo as palavras que me vêm primeiro. *Belo discurso. Você o escreveu com antecedência?* A qualidade dos enlatados me faz pensar que ele não está tão certo desse plano quanto deixa transparecer.

– Esta não era para ser uma missão conjunta – falo, mantendo a voz firme.

– Claramente Fédération não tinha os recursos para fazê-la sozinha, então sua família empresarial teve de abordar Dimokratía. Você também saberia disso se não tivesse batido a cabeça e esquecido. Não é culpa minha.

Inclinando a cabeça para trás, Kodiak leva o sachê do jantar à boca e espreme o conteúdo na garganta. Seu pomo de adão sobe e desce conforme ele engole. Kodiak fecha os olhos, saboreando o gosto, então esfrega a nuca e se levanta.

– Obrigado pela comida – diz ele.

Eu me levanto, os olhos estreitando.

– Por que você veio? Isso foi algum tipo de missão de espionagem? – Ele dá de ombros. – Kodiak Celius – digo –, se o acampamento de Titã for viável, mas minha irmã estiver morta, moraremos juntos lá por anos. Me diga que não está voltando para seu alojamento em definitivo. Isso é ridículo.

As sobrancelhas dele se erguem.

– Minerva Cusk é sua irmã?

Assinto.

– Espero que ela esteja viva – ele fala. – Ela é muito admirada por nós, e nos honra tê-la como adversária.

– Ela meio que sempre foi uma adversária à altura para mim também – falo, dando uma risadinha. Ele inclina a cabeça. – Coisa de rivalidade entre irmãos – explico. Nunca diria essa grosseria, mas a verdade é que Minerva era tanto minha maior rival quanto o maior amor de minha vida. Há dúzias de crianças Cusk, criadas por substitutas e babás a partir de *óvulos extraídos* de minha mãe misturados com DNAs feitos sob encomenda dos maiores homens da história. Apenas Minerva e eu somos filhos de Alexandre, o Grande. De toda a minha família, Minerva é a única que amei. A única que me amou. Mas mantenho minha expressão neutra e invulnerável. – Então você, o quê, tem uma foto sensual dela na parede?

Kodiak passa batido por essa.

– Sua presença aqui é uma distração de tudo pelo que passei a vida inteira treinando. Minhas prioridades não envolvem encontros para bater papo com um inimigo de Estado que não conseguiu nem passar pelo lançamento sem apagar.

Kodiak vai embora, o tecido do traje dele roçando entre as coxas. Lançando-me da cadeira, deixo o jantar não terminado e o sigo pelas poucas salas de minha nave conforme ele se afasta. Kodiak olha por cima do ombro e me vê, mas não fala nada, seguindo em frente sem dizer uma palavra.

– A voz do S.O. – ele diz por cima do ombro. – Mude-a de volta.

Soco a porta laranja assim que ela se fecha.

Duas palavras em particular não saem de minha cabeça: *Principezinho. Encontros.* O desprezo na voz de Kodiak ao dizer cada uma delas. Em Fédération, orgulhamo-nos de ter superado os preconceitos do passado. Quase fiz uma impressão de pele no peitoral dizendo *Rótulos são a Raiz da Violência*. Mas é como se em Dimokratía ainda vivessem no século XXI. Retrógrados, preconceituosos, homofóbicos, transfóbicos. Idiotas.

– S.O. – digo, passando as mãos nos olhos marejados. – Você pode deixar sua voz de Devon Mujaba ainda mais sexy? Existe essa configuração?

– Não – responde o S.O. – A qualidade sexy de uma voz é uma experiência muito individualizada do ouvinte. Não posso controlá-la totalmente.

– E deixá-la mais baixa e mais aguda e mais rasgada e de modo que tudo soe como uma pergunta? Assim?

– Deixe-me ver. Aqui estão alguns efeitos similares que posso adicionar? – diz o S.O., demonstrando, as palavras ficando cada vez mais agudas até parecerem quase um guincho no fim. Não é sexy, mas é irritante.

– Assim está bom – aprovo, sorrindo enquanto imagino Kodiak solicitando dados pontuais e recebendo-os de uma estrela pop superficial com a voz grave e um jeito felino de falar. – O que você consegue me dizer sobre a preparação que os espaçonautas de Dimokratía podem receber?

– O treinamento? – responde o s.o. – O programa espacial de Dimokratía continua a selecionar os espaçonautas, testando as milhões de crianças em orfanatos e determinando quais têm a melhor combinação de atributos? O que para eles significa resiliência, constituição física, força e capacidade de raciocínio? Aqueles selecionados são condicionados desde muito novos a maximizar a aptidão para a viagem espacial? As necessidades emocionais são "vyezhat", ou "expulsas", sempre que possível?

– Você pode cancelar a cadência ascendente para mim? Obrigado, s.o. – digo. – Mas continue fazendo para o Kodiak. Então, esse sistema parece bem divertido para os garotinhos.

– "Brutal" é a palavra mais usada para tratar dele na imprensa de Fédération – fala o s.o. –, embora a tradução mais próxima para "ymir", o termo de Dimokratía para o processo, seja "transcendência". Tentaria não me preocupar com as respostas de Kodiak às suas súplicas de amizade. Elas dizem muito mais sobre o treinamento dele do que sobre você.

– Obrigado, s.o. – respondo. – Isso foi bondoso.

– Não digo isso por bondade. Estou ciente da fragilidade da psique humana. Disse para que sua infelicidade não interfira na capacidade de fazer a coleta do asteroide que preciso que realize para que eu possa manter sua existência.

– Legal, legal – falo, voltando para o alojamento. – Acho que vou comer um pote de sorvete e ir para a cama.

– Não há sorvete nesta nave.

– Eu sabia disso – retruco. – Foi uma piada.

– Eu a registrei como uma piada e vou usá-la como modelo. Da próxima vez que fizer uma afirmação parecida, vou rir.

– Aprecio sua mentalidade de crescimento, s.o. Conheço certo centurião taciturno de Dimokratía que poderia aprender uma coisinha ou outra com você.

Informação adicional que não falo para o s.o.: estou com tesão. Enquanto trabalho, minha mente viaja para a areia morna da Grécia, guerreiros preguiçosos, azeite de oliva...

-* Tarefas restantes: 337 *-

Nossa aceleração é tão suave que não a noto na maior parte do tempo, mas ainda é forte o bastante para fazer com que meu travesseiro chegue até a beirada da cama ao longo de cada período de descanso. Enquanto assisto aos vídeos de treinamento, meus pés parecem estar mais elevados. Eu me levanto duas vezes para verificar se a superfície está mesmo nivelada. Acabo colocando o travesseiro sob os ombros, e os calcanhares direto no colchão, para que as forças se neutralizem. Desse jeito, consigo tirar um cochilo.

Acordo com a voz do s.o.

– Ambrose, preciso de você.

Eu me levanto de um pulo, batendo a cabeça no teto. Por um momento, estou de volta à praia particular de Mari, manuseando grãos quentes de areia rosada. Prestes a apostar uma corrida com Minerva até a rocha pontuda sob o sol ardente. Então vejo uma faixa densa de estrelas rodando do lado de fora da janela e me lembro de onde estou.

– O que aconteceu? Algo errado com Kodiak?

– Não. Nossa rota foi traçada para interseccionar a do asteroide em uma hora. Você precisa vestir seu traje. Kodiak tomará a frente, mas precisamos que você esteja pronto.

Rolo para fora da cama, esfrego o rosto e cambaleio no caminho pela 00 até a 06.

– O asteroide está detectável? – pergunto.

– Infelizmente, ele está ao longo do eixo de rotação da nave, então está em nosso ponto cego no momento. Deve entrar ao alcance em sete ou oito minutos.

– Posso conversar com você enquanto trabalha?

– É claro. Estou ocupado solucionando qualquer eventual problema de intersecção com o asteroide, mas respondê-lo demanda pouca capacidade computacional.

– S.O.! Que grosseria!

-* Tarefas restantes: 337 *-

Assisto pela janela de minha eclusa de ar Kodiak, em traje espacial, operar controles no exterior da nave. A serpenteante rede de trama dourada ondula no espaço. Não é realmente feita de ouro, mas essa é a cor que adquire banhada pela iluminação da nave, o tecido fino captando qualquer traço de luz que a atinja, refletindo linhas luminosas para lá e para cá, como raios de sol no chão do mar.

– Dez segundos – avisa o S.O. O asteroide deve estar bem ao lado da nave. Eu me estico para espiar, mas vejo apenas as estrelas girando. Ele é completamente escuro, obviamente.

Uma faixa de estrelas desaparece.

– Cinco segundos. Prepare-se.

A nave faz um estrondo e desacelera, jogando-me contra a parede. Quando consigo voltar à janela, a rede dourada fechou-se ao redor do asteroide. A rocha escura rola até a extremidade da rede e oscila, metade para dentro, metade para fora.

Kodiak retrai uma corrente, e aquele lado da rede sobe. Estamos prestes a perder o asteroide, mas então a manobra dá certo, e a rocha cai no ventre seguro da rede dourada.

Depois que a coleta é finalizada, Kodiak começa a saltar de volta para sua eclusa de ar, virando o corpo para que possa frear com os calcanhares. Seu cordão se estica. Mas, se não fosse por aquele cordão, ele sairia girando pelo vazio.

Ele passa pela porta cinza e desaparece do outro lado da *Diligência Coordenada*.

– Kodiak? – digo, com a mão na parede para poder sentir a vibração leve do fechamento da eclusa de ar. – Kodiak, reporte.

Estática e depois, graças aos deuses, uma voz.

– Entrei – reporta Kodiak.

– Como foi? – pergunto.

Não há nenhuma resposta além do zumbido da nave. Observo a rede dourada trazer o asteroide para dentro, esse pedaço de escuridão salvadora, muito mais precioso que a tecnologia trilionária na qual está enroscado.

– Reporte, s.o. – ordeno.

– O resultado foi o mais favorável possível – me diz Devon Mujaba.

-* Tarefas restantes: 336 *-

Por causa do formato de haltere da nave, as janelas no teto de meu quarto fornecem uma visão direta da estação de trabalho de Kodiak, com um fundo de galáxias distantes rodopiando. Antes ele mantinha as cortinas fechadas, mas agora começou a deixá-las abertas. Capto o vermelho de seu traje assim que ele se senta em uma escrivaninha. Vejo apenas um ombro e flashes ocasionais de pele quando ele digita no console.

Sem tirar os olhos dele, vou me acomodando na cama. Deito-me. Meus dedos brincam com o tecido que cobre meu peito. Poderia passar a eternidade olhando para isto: estrelas rodopiantes ao fundo e um ser humano, um ser humano real e vivo, concentrado em uma tarefa. As pontas do cabelo escuro e encorpado que leva até a pele, para os ângulos do pescoço. A cada poucos segundos, ele balança a cabeça de um lado a outro, alongando-se. Talvez esteja tenso? Consigo ver uma saliência suave na coluna. Preciso me lembrar dos montes de músculos que ligam aquele pescoço ao restante do corpo – ele está longe demais para que eu consiga vê-los.

– s.o. – chamo –, se algum dia Kodiak perguntar, não que eu espere que vá, por favor não conte a ele que o acho uma visão interessante. Suponho que ele já tenha um ego inflado a esse exato respeito. Tanto quanto eu, é claro.

– Teria chegado a essa mesma conclusão – diz a voz de Devon Mujaba. – Seu segredo está seguro comigo.

Guardando segredos agora. Acho que não há lealdade entre sistemas operacionais.

-* Tarefas restantes: 336 *-

Pouco tempo depois, estou sentado no beliche, passando por manchetes antigas no bracelete. As notícias não estão sendo atualizadas por causa da tempestade solar, então no momento tudo está com semanas de atraso. Mas distrai minha saudade verificar o que está acontecendo na Terra, ou ao menos o que acontecia na Terra há algumas semanas.

Há alguns vídeos gravados de colegas de classe. Cada um preencheu a vaga de um minuto para dizer oi. Eu esperava piadas internas e lembranças coletivas, mas tudo que eles dizem são generalidades sobre minha conquista, como sou inspirador, blá-blá-blá. Como podem achar que eu ia querer ouvir isso? É como se nenhum deles realmente me conhecesse. Sou provavelmente a pessoa mais admirada e menos amada da turma.

Volto às notícias. A essa altura, Dimokratía e Fédération podem ter se explodido em pedacinhos até onde sei. Kodiak e eu podemos ser tudo o que restou. Ha-ha. Boa sorte, mundo. Existe uma boa dezena de razões pelas quais não haverá bebês saudáveis saindo de nós. Cusk nunca esteve disposta a enviar combinações de espaçonautas que pudessem procriar para evitar uma gravidez espacial de alto risco.

– Última previsão de quando retomaremos a comunicação com o centro de controle de missão? – peço ao S.O.

– Atravessaremos a radiointerferência da tempestade solar em menos de quatro horas.

Passo pelas mensagens até chegar à de Sri, de longe minhe colega mais atraente. "Agradeço sua contribuição para o futuro da humanidade", disse em tom monótono e passou o restante do minuto falando nada de mais. Fecho o vídeo enojado. Nem uma menção ao colar esculpido que lhe dei, uma antiguidade, ou ao maravilhoso piquenique que preparei depois do horário no chão do hangar. Para ser justo, fiquei ocupado logo depois e parei de responder às mensagens do bracelete.

– Me pergunto se o coração de Sri ainda está partido – murmuro.

– Não tenho como determinar isso – diz o s.o.

– Foi uma pergunta retórica. Enfim. Quando o centro de controle de missão entrou em contato, foi como uma equipe conjunta ou foram comunicações separadas de Fédération e Dimokratía?

Uma micropausa.

– O centro de controle de missão permanece sob o comando da Cusk, localizado em Fédération e utilizando recursos de ambos os países da Terra.

– Informe a Kodiak que, assim que a tempestade solar acabar, insisto que nos comuniquemos com o centro de controle de missão juntos. Da mesma sala.

– Não consigo dizer se Kodiak está ouvindo suas mensagens, mas vou transmitir isso se ele permitir.

Volto a pensar em Sri, como ficou exultante com a sedução, como se transformou em manteiga sob meus dedos. Minha pele começa a ficar quente. Não quente de tesão, quente de raiva. Ou talvez os dois. Como Kodiak pode continuar sem me ver?

– Diga a ele assim: "Vamos fazer isso juntos. Canelone na minha nave?".

– Transmiti essa mensagem em sua própria voz. Não tenho certeza de que poderia replicar todas as suas nuances.

Há um longo silêncio. Enquanto me acalmo, um novo sentimento surpreendente aparece sob a raiva e o desejo: vergonha. Kodiak faz eu me sentir com *vergonha*. Eca.

– Diga a ele para esquecer – falo. – Podemos nos comunicar com o centro de controle de missão separadamente. Tenho meu amigo computador para me fazer companhia.

Outro silêncio. Tamborilo na parede de policarbonato, encosto a testa na janela enquanto olho para as estrelas. Rover já está na sala, os braços estalantes preparados com um lenço para limpar a oleosidade de minha testa no momento que eu me afastar. *Quero sair daqui*, penso brevemente. Luto para afastar o pensamento. Não há como "sair daqui". Pelo menos não de um modo que eu sobreviva.

Uma voz surge. Não é a do S.O.: é a de Kodiak.

– Se apoiando num amigo computador como única companhia. Isso parece patético.

Não consigo evitar: sorrio. Um sorriso estúpido e bobo.

– Patética é a região onde moro atualmente. Até que possa bancar um lugar melhor.

– Estarei aí em trinta minutos.

-* Tarefas restantes: 336 *-

A primeira coisa que noto é que ele tomou banho. Bem, não podemos de fato tomar banho na nave. Mas ele usou um pouco da preciosa água para arrumar o cabelo para trás. Está lindo, claro, mas é o fato de ter se esforçado que o deixa ainda mais lindo. Quase comento, mas resisto ao ímpeto bem a tempo.

Ele suspira e estrala os dedos enquanto entra, como se estivesse se preparando para alguma confusão. Como antes, mantém os olhos na janela, evitando-me tanto quanto possível. É como se ainda nos comunicássemos por transmissões de áudio.

Tinha intenção de ser severo com ele. Mas em vez disso sou suave e mole. Durante minha vida inteira nunca fui suave e mole. Minerva vai rir quando souber disso.

– Estou contente que esteja aqui – digo.

Ele grunhe em resposta. Literalmente *grunhe*. Quem faz isso?

– S.O., exiba o mapa estelar, com nossa nave e o centro de controle de missão em cada ponta do eixo de visualização – ordena ele.

O espaço entre nós se torna uma projeção de nossa nave giratória, cercada de estrelas. Kodiak navega com experiência pelo modelo, fazendo contas rápidas na calculadora operada mentalmente que flutua ao lado. Uma esfera azul brilhante aparece ao redor da nave. Parece mágica e, como mágica, faz eu me sentir seguro. Ilogicamente seguro.

Kodiak assente com a cabeça, massageando o pescoço.

– Com o sol entre nós e a Terra, não há chance nenhuma de o sinal atravessar. Muito ruído de rádio da atividade nuclear.

– A partir de agora, até três minutos para o restabelecimento da comunicação – diz o S.O.

Kodiak inclina a cabeça, faz mais cálculos mentais. Os números flutuam através da visualização, subindo como bolhas de champanhe.

– Há algo errado? – pergunto a ele.

Sua voz abaixa de volume até um sussurro, não que haja alguma esperança de esconder do S.O. o que falamos.

– Esse ruído de rádio solar gerou um caos. Não conheço nenhum sistema computacional poderoso o bastante que preveja a formação de manchas solares e explosões. Seria como prever o clima de uma manhã de abril daqui a três anos.

– Me desculpe, espaçonauta Celius – interrompe o S.O. –, mas é um fato bem conhecido que a Corporação Cusk é referência industrial no desenvolvimento de softwares. Você pode não estar ciente de tudo que sou capaz de fazer.

Hum. Nosso sistema operacional está na *defensiva*?

Coloco a mão no ombro de Kodiak para contê-lo, então a retiro assim que ele redireciona seu olhar fuzilante para mim.

– Logo teremos a resposta – digo –, quando se passarem os próximos três, agora dois, minutos.

– Sim – concorda Kodiak. – Mas vamos falar com o centro de controle de missão de que país?

– Será com o da Corporação Cusk, então é multinacional! Estamos a milhares de quilômetros da Terra. Vamos tentar não nos prender a essa merda de guerra fria entre nossos países.

– Talvez para você seja conveniente ignorar as atrocidades, uma vez que é o seu lado que as cometeu. Os crimes de guerra de Fédération nas antigas Filipinas não são uma "merda de guerra fria".

Eu poderia citar dez crimes de guerra que Dimokratía cometeu para cada um de Fédération, mas me seguro.

– Se começarmos a debater séculos de história aqui, nunca vamos terminar. Mas *vamos* achar uma maneira de falar com a Terra. Nossa sobrevivência depende disso.

Kodiak assente com a cabeça, os braços cruzados sobre o volume do peitoral.

– Não discordo.

– Vinte e sete segundos até o restabelecimento da comunicação – informa o S.O.

Kodiak olha abruptamente para cima, as luzes fluorescentes formando prismas em seus olhos cor de mel.

– O que você disse, S.O.?

– Vinte e sete segundos até o restabelecimento da comunicação.

Os ombros de Kodiak se retraem, e a parte lisa na base do pescoço fica vermelha sob a cobertura de cabelo.

– Isso é ridículo. Você não pode saber isso.

– Ei, deixa pra lá – digo. A última coisa de que preciso é um conflito aberto entre Kodiak e a própria nave.

Eu me movo para que possa olhá-lo nos olhos. *Vamos conversar em particular?*

Ele dá de ombros, as sobrancelhas se unem. A mensagem é clara. *Não existe "em particular".*

– Conexão restabelecida – anuncia o S.O.

Minha pele pinica.

– Olá?

Observo o tique-taque dos números na sobreposição da janela enquanto esperamos a resposta do centro de controle de missão.

– Aqui é o centro de controle de missão da Cusk. Espaçonautas Cusk e Celius? – Surge uma voz craquelada um bom tempo depois. – Esperamos que estejam bem. – Por causa do atraso na transmissão entre nós e a Terra, a voz continua antes que possamos responder. – À medida que nos falamos, vamos baixando todos os dados técnicos de sua viagem. Enquanto isso, há algo urgente que precisam nos dizer?

Kodiak me olha de modo sombrio. *Abordagem estranha.*

Ele não está errado.

– Quero falar com minha mãe – digo.

Kodiak revira os olhos. Esperamos longos minutos pela resposta do centro de controle de missão.

– Ela não está presente, mas gravou um vídeo para você caso recuperássemos o contato. Ele está sendo transferido para sua nave neste momento. Infelizmente, não temos nenhuma informação nova sobre a base de Titã.

Não pela primeira vez, imagino Minerva congelada em um lago de metano; Minerva envenenada pelo ar nocivo tentando alcançar o céu; Minerva enlouquecida cortando as veias. Então me estabilizo.

– Entendido.

– Ninguém vive para sempre – fala Kodiak com a voz rouca.

Eu o olho com raiva.

– Espaçonauta Celius, tenho inúmeras transmissões de Dimokratía gravadas e criptografadas que usam seu número primo memorizado. O sistema operacional da *Diligência Coordenada* vai transferi-las para suas centrais de dados seguras. Não há mensagens pessoais.

– Ok – diz Kodiak rapidamente. – Centro de controle de missão, por favor, também transfira as notícias desde nossa partida.

Há apenas estática em resposta.

– s.o. – chamo –, perdemos o sinal do centro de controle de missão?

– Sim. Houve uma explosão solar inesperada.

– *Todas* as explosões solares são inesperadas – resmunga Kodiak.

– Você espera recuperar o sinal em breve? – pergunto.

– Isso é difícil de calcular.

Fixo meu olhar no de Kodiak, medindo a desconfiança dele ao passo que falo com o s.o.

– Você repetirá o pedido de Kodiak por notícias enquanto isso?

– Sim – responde a nave. – Contudo, é contra as regras da Corporação Cusk que eu os atualize sobre a situação política da Terra.

Kodiak acena com a cabeça.

– Eles próprios querem nos atualizar caso as notícias sejam ruins.

Parece que nossa conversa com o centro de controle de missão foi interrompida deliberadamente. A parte lógica de meu cérebro me diz que só estou agindo como paranoico por causa do isolamento, mas isso não me impede de querer pegar o s.o. no pulo.

– S.O. – falo –, assim que a conexão for restaurada, solicite que o centro de controle de missão me mande atualizações sobre o que minha mãe fez com o porco de porcelana, o breu e os fragmentos de tapeçaria que dei a ela. Além disso, por favor, diga-me a resposta do professor Calderon a meu último trabalho sobre o seminário dele com o tema vida *queer* e construção da nação.

– Transmitirei esses pedidos incomuns – diz o S.O. após uma micropausa.

Puxo minha cadeira para mais perto de Kodiak, então nossos joelhos quase se tocam. Ele cheira a cloro e suor.

– Quero verificar...

Ele levanta a mão bruscamente para me interromper. *Não diga mais nada na frente do S.O.*

– Vou indo ouvir minhas atualizações – ele fala.

– Me encontre de novo depois – digo a ele.

A única resposta são seus passos descalços contra o piso enquanto ele retorna para sua metade da nave.

-* Tarefas restantes: 336 *-

No quarto, configuro o vídeo baixado para rodar, sentado no beliche e abraçando o travesseiro enquanto a representação tridimensional e minha mãe aparece.

Há uma razão para que a voz da IA da nave fosse inicialmente de minha mãe: foi ela que fundou tudo isso. No século XXI, a inovação espacial deixou de ser patrocinada pelo Estado e passou a se concentrar na iniciativa privada, e a tendência continuou até a era presente, quando *quinceañeras* suborbitais estão na moda. Uma vez que empresas privadas tenham se envolvido, houve viagens à lua, tours orbitais de fim de semana e férias em estações espaciais. A Cusk tem liderado a indústria da astrotecnologia por gerações. Sempre tive muita consciência de que somos ricos, de que estamos entre as poucas pessoas que podem comprar terras em zonas altas, de que nossa riqueza me permitiu crescer em um complexo murado a salvo das migrações maciças de famintos, das pragas e supertempestades, das secas e enchentes e epidemias e ventos radioativos.

Assim que o vídeo de minha mãe é carregado, sons se projetam dos cantos do quarto, e de repente estou de volta à Terra, perto de Mari. Há um brilho amarelado no ar, gaivotas rodeando um céu que parece real o bastante para me deixar preocupado com cocôs caindo na cabeça. A temperatura no quarto não se altera – a holotecnologia não é *tão* realista –, mas a claridade me faz abrir o zíper do traje e tirar a metade de cima, expondo minha pele à luz solar imaginária.

Passo os dedos pela areia não existente, recosto a cabeça e me entrego. Enfim olho para cima e a vejo: minha mãe. Ela anda pela praia, vestida de modo bastante inapropriado com a roupa tradicional de seu avatar, um terninho e sandálias. Observo-a se aproximar, seu sorriso congelado até que me alcança. Então o avatar começa o movimento gravado quando o vídeo inicia.

– Querido. Meu querido Ambrose – diz ela.

Minha respiração se interrompe, saindo num tipo de arquejo soluçante.

– Sei que não faz tanto tempo que você partiu – continua ela –, mas parece uma eternidade. Fiquei tão preocupada quando ouvi falar das tempestades solares. Elas não vão parar tão cedo. Mas vou continuar mandando mensagens como esta, atualizando-o sobre o que sabemos. Espero que você me responda. Sei que vai, querido.

"Continuamos fazendo simulações do que pode ter acontecido com sua irmã. Uma coisa não mudou: na maioria de todos os resultados, ela não está mais viva. Se o acampamento de Titã não tivesse perdido a comunicação tão rápido depois da chegada dela, então saberíamos que ela pelo menos configurou o sistema de suporte vital. É claro, você e eu sabemos que se alguém pudesse descobrir como sobreviver numa lua congelada com atmosfera mínima, seria a nossa Minerva. Meu coração está com ela e com você, todos os dias. Vocês dois são minha maior alegria."

Suas palavras podem ser exageradas, porém acredito nelas. Minha mãe é fria, mas também dedicada. Ela ama Minerva e eu tanto quanto ama qualquer um. Além disso, é ambiciosa, e seu amor por nós se funde com seu amor pela dinastia familiar. É estranhamente reconfortante: quando a adoração é egoísta, não chega a lugar nenhum.

Sri, enquanto sofria por causa de meu *ghosting*, disse que eu tinha coração de cientista. Não foi um elogio.

– Mãe – digo, embora ela não possa me ouvir –, estou com saudade – falo em voz baixa, porque não é algo que um espaçonauta mundialmente famoso diria.

O vídeo pausa enquanto falo, o lábio de minha mãe curvado, congelado no meio da sílaba. Quando me calo, o vídeo continua.

– Preciso que você seja forte, querido, mais forte do que se poderia esperar que qualquer pessoa fosse. É por isso que foi escolhido. Você é um especialista treinado em viagem espacial, é claro, mas também tem grande consciência emocional. Refletiu mais sobre a vida do que a maioria das pessoas de sua idade. Suponho que esteja trabalhando junto com o espaçonauta de Dimokratía. Pause este vídeo se ele estiver na sala.

Agora está ficando interessante. Minha pele pinica de tensão enquanto espero alguns instantes de silêncio. De algum lugar do passado, minha mãe gravada passa pelas notificações do bracelete, então continua.

– Sabemos pouquíssimo sobre ele, infelizmente. Precisamos nos esforçar muito até para obter o nome. As agências espaciais de ambos os países examinaram a nave juntas, e não há armas escondidas a bordo. Ele pode não ser o melhor amigo que eu escolheria para você, mas isso não significa que mesmo assim ele não venha a ser um forte aliado. Suas metas estão alinhadas, afinal: investigar Titã, resgatar Minerva se puderem, reportar-se a nós. Ele está mais motivado a trazer prestígio a Dimokratía e se equiparar a Fédération, mas isso não deve afetar a performance dele.

Uma nuvem passa na frente do sol, criando momentaneamente uma sombra no rosto digitalizado de minha mãe. Ela olha para a esquerda, onde uma figura se aproxima pela praia. É Minerva, toda pernas e braços e confiança, que para ao lado de minha mãe e olha para mim, sorrindo, a mão tocando o lábio, como um personagem de videogame.

– Achei este antigo link com um vídeo de perfil criado por Minerva, cujo único objetivo é exibir sua ótima aparência para os amigos. De qualquer forma, pensei que você ainda não o tivesse visto e poderia apreciar o lembrete de quem está indo salvar. Talvez salvar. Os deuses queiram. Vou parar por aqui, querido, e espero sua resposta. Amo você.

Peço ao S.O. para começar a gravar minha resposta imediatamente, mas no momento que a luzinha vermelha pisca, travo. Meu coração está girando, e não tenho certeza de qual sentimento estará na superfície quando ele parar. Alívio, determinação, saudade, desesperança, desamparo, desespero. Seja lá o que for, não estou pronto para enviar minhas emoções gravadas pela eternidade numa transmissão através do sistema solar para serem escrutinizadas por bilhões de pessoas na Terra.

Em vez disso, procuro na memória da nave vídeos antigos de Minerva.

De vez em quando, minha mãe fazia nossas substitutas pegarem os filhos dela das sessões de educação automáticas para viajar. Nunca éramos avisados antes – quando e onde iríamos dependia de padrões de clima e do mapa de criminalidade, ambos os quais podiam mudar num instante –, mas me lembro de uma saída em que meus irmãos e eu deixamos a cidade murada e partimos rumo às montanhas com uma escolta armada de robôs de guerra. Depois de tanto tempo enclausurados, parecia que estar a céu aberto era cair para cima.

Meus irmãos se esgueiraram de volta para o veículo assim que puderam, ávidos pela familiaridade das aulas no computador, mas eu fiquei no monte com Minerva, abraçado com ela. Minha irmã apontou as ruínas de cidades abandonadas, o litoral cheio de entulho que já fora terra em zona alta.

– Talvez pudéssemos ter impedido isso; talvez pudéssemos ter preservado as espécies que perdemos; talvez pudéssemos ter poupado os mares de policarbonato. Mas isso não importa mais.

Enquanto Minerva falava, nosso robô de guerra protetor circulava, procurando bandidos. Era à prova de balas e pesadamente carregado, capaz de dar cento e vinte tiros por minuto. Se fosse contido ou capturado, detonaria, matando centenas. Trinta robôs de guerra Cusk recuperaram sozinhos o Egito e botaram fim à Terceira Guerra Mundial, e a Quarta Guerra Mundial foi uma briga para ver quem controlaria os robôs de guerra que eventualmente ganhassem a Quinta Guerra Mundial. Contratos militares para robôs de guerra foram a origem da riqueza de minha família. Até hoje, todo robô de guerra é entregue com "Cusk" impresso em sua cabeça assassina.

Esses robôs apresentam saudável semelhança familiar com Rover.

Minerva apontou para o espaçoporto à distância, para o complexo murado da Cusk.

– Foi por isso que nossa mãe construiu a *Diligência*. Para levar uma tripulação humana além daqui, a exoplanetas onde os humanos possam viver se a Terra se tornar inabitável.

– Exoplanetas – falei, saboreando a palavra. – Eles estão muito distantes, certo? – Entrelacei a mão nas dela e me aproximei o máximo que pude. Não posso sentir o cheiro no vídeo, mas ela usava um perfume popular lançado naquele ano. *Canelle douce*. Canela doce.

– Muito, muito distantes. Há possibilidades mais próximas, como a lua Titã, de Saturno, mas os melhores lugares para pessoas como nós viverem levariam milhares de anos para serem alcançados.

– É mais do que você viveria.

– E você também – disse ela. – Mas estamos trabalhando em estratégias para contornar isso.

Eu não disse nada. Toda criança sabia que a criostase estava se provando impossível – ninguém pode reanimar um mamífero morto, e acontece que é impossível ser congelado sem morrer no processo. As dificuldades, porém, iam além disso. Nenhum experimento sobre biosfera estabeleceu que poderíamos construir uma nave de tamanho razoável capaz de abrigar um ecossistema estável o bastante para cultivar alimentos. E nenhuma nave poderia ser lançada com comida suficiente para que uma tripulação humana sobrevivesse milhares de anos.

– Enquanto isso – continuou Minerva –, acho que posso ir para Titã.

Eu me lembro de querer ter uma resposta inteligente para dar a Minerva. De querer que ela me admirasse. Mas era apenas um garoto, então o melhor que pude fazer foi abraçá-la. Cinco anos depois, e começo a achar que é o melhor que qualquer um pode fazer na maioria das situações.

– Na verdade, Ambrose, eu *vou* para Titã. Será anunciado amanhã. Queria que fosse o primeiro a saber, porque será de você que sentirei mais saudade.

– Minnie – falei, enterrando o rosto nela para esconder as lágrimas. Esse era o apelido que dei a ela; eu a apelidei assim quando era pequeno, e ficava surpreso que ela me deixasse continuar a usá-lo agora que era quase um adolescente. – Você não pode me deixar.

– Eu vou voltar para meu irmãozinho – sussurrou ela. – Prometo que vou voltar.

– Sei que você vai – murmurei. – Mas vou sentir tanta saudade.

Ela ficou quieta, então me inclinei para mirar seu rosto. Fiquei chocado ao encontrar lágrimas nos olhos dela também. Nunca a vira tão triste. Minerva levantou a mão para se esconder.

– Estou com medo, Ambrose.

Coloquei minha mão sobre a dela e a abaixei, para que pudesse ver suas lágrimas.

– Você pode fazer isso. Pode fazer qualquer coisa.

– Eu achava que fosse verdade – disse ela com suavidade. – É bom saber que você ainda acredita nisso. Talvez precisemos encarar minha ida como uma preparação daquela lua para você se juntar a mim em alguns anos.

Na hora ri, mas acho que tinha alguma verdade nas palavras dela afinal. Porque aqui estou, a meio caminho de Titã.

-* Tarefas restantes: 330 *-

Por causa do que provavelmente seja alguma dependência emocional profunda minha sobre a qual prefiro não refletir, assisto ao vídeo dessa lembrança a cada poucas horas conforme os dias passam. Minerva e eu temos aquela conversa em meu quarto, enquanto tomo café da manhã. Começo a rodar o vídeo com renderização, de modo que conversamos em parcas, em roupas de banho. Conversamos como sereianos e como vampiros.

– Preciso que você acelere o progresso da lista de tarefas – diz o S.O. uma manhã.

– Tá, tá. Você não precisa me lembrar – respondo. Coloco o violino para o lado, soltando o arco e removendo a espaleira.

– Talvez você considere que essas tarefas não estão à sua altura?

Essa dói. Quantas vezes durante o treinamento ouvi: *Ah, está empinando o nariz para nós, Ambrose, o Grande?* Talvez eu nunca tenha sido Ambrose, o Grande. Talvez eu fosse apenas Ambrose, o privilegiado. O que posso dizer? Acho que estou no meio de algum tipo de crise espacial.

– Cuidado com esse tom – digo ao S.O. após engolir algumas respostas menos diplomáticas. – Acho que inspecionar linhas do log de termorregulação me faz sentir que não estou fazendo nada para ajudar Minerva, então é difícil me animar. – Não acrescento que também me sinto mal com isso, e que a espiral de depressão resultante sempre faz com que eu me arraste pelos cantos e assista a quaisquer vídeos semipornográficos que eu consiga encontrar na memória da nave.

– Aprecio sua autoavaliação – fala o S.O. – Agora vá pegar aquela barra de cera de silicone e lubrificar a porta da enfermaria em vez de sua genitália.

– Ui, que sexy – brinco com o S.O. – Qual é o próximo item da lista? Acariciar os rolamentos da nave?

– Limpar e substituir as gaxetas de filtração do ar, na verdade – diz a voz da minha mãe. – Vamos lá, Ambrose. Essa lista não está ficando mais curta.

Aquela membrana vocal é minha oferta de paz a Kodiak. Os dias de Devon Mujaba do S.O. estão oficialmente terminados.

-* Tarefas restantes: 279 *-

Não estou fazendo muito progresso com a porta da enfermaria, e nada na lista é atraente, tampouco. Como os engenheiros da nave fizeram tanta besteira? Há seis Rovers no total, e, assim que eu terminar as gaxetas, minha tarefa será deixar os outros cinco on-line novamente. Deitado, pego-me olhando para o teto, pensando na lista infinita de reparos. Sinto que não posso fazer nada que vá ajudar Minerva, e "desamparo aprendido" é a definição de depressão da maioria dos biólogos.

A voz de minha mãe atravessa meu estupor.

– Ambrose, isto é urgente.

Há uma descarga repentina de sangue em minhas veias, fazendo com que eu enxergue pequenos cristais. Fico de pé num salto.

– O que é?

– Minerva. Há uma transmissão de Minerva.

-* Tarefas restantes: 279 *-

Fico parado na 06, o coração acelerado, enquanto o S.O. compila a transmissão. Uma barrinha verde, vazia, completa-se devagar no ar. Podem ser terabytes de dados, podem ser megabytes. Uma exibição atipicamente desleixada.

– Vamos lá, vamos lá – digo.

A barra verde se completa mais e mais.

– Kodiak está a caminho? – pergunto ao S.O. No entanto, não há tempo para a resposta, porque a barra verde se completa de repente.

Uma imagem granulada de meia Minerva está em minha frente. Seu macacão está esfarrapado, os braços saindo dele, magros e longos quando um dia foram fortes. Mas a expressão determinada, sem dúvida, manteve-se. A imagem some, então volta. Posso ver vagamente, ao fundo, as paredes impressas em policarbonato do habitat de Titã.

– Tenho apenas alguns segundos antes que esta última bateria acabe. Ambrose, por favor, venha logo. Preciso de sua ajuda. Eu fiz uma gambiarra... – A transmissão é cortada.

Eu fico ali na escuridão, olhando para as estrelas rodopiantes. Então ela está de volta.

– ... na nave, Ambrose! O esforço na aproximação é grande demais para a nave, mais do que o previsto pelo centro de controle de missão. Você precisa terminar as tarefas do S.O. assim que possível. Qualquer defeito, tipo... nos transportes antigos, levará a uma catástrofe. A nave deve estar... imaculada para sobreviver à fricção e ao calor. Meu irmão, amo você, não há ninguém melhor para...

A transmissão é cortada. Fico parado em silêncio, sem ousar respirar, esperando o retorno de Minerva.

– Não há mais dados chegando para processar – diz o s.o. enfim. – Avisarei assim que receber mais alguma coisa.

– Rode essa transmissão novamente – ordeno, as mãos cobrindo a boca, lágrimas escorrendo dos olhos que não piscam.

Estudo tudo sobre ela. Minerva está iluminada pela luz de emergência e alguma outra fonte, seu rosto piscando em vermelho e branco. O cotovelo direito está enfaixado, e o sangue atravessa a bandagem, criando uma mancha no centro do tamanho de uma framboesa. A princípio seu rosto parece ter cicatrizes, mas os últimos segundos do vídeo estão numa resolução mais alta, e percebo que as linhas em sua pele são produto da compressão.

Minerva, volte.

Balanço a cabeça, maravilhado. Dois anos de isolamento em um ponto remoto do sistema solar, sobrevivência improvável diante da fome e das necessidades, e ela envia uma sessão lamuriosa e melancólica, como provavelmente deveria? Não, ela está dando instruções sobre como podemos sobreviver a nossa própria viagem por tempo suficiente para salvá-la. Isso é tão *Minerva*. E sua mensagem foi clara: precisamos deixar a *Diligência Coordenada* em perfeito estado.

– Mande a transmissão para Kodiak, se ainda não tiver enviado – digo ao s.o. enquanto me levanto. – Vou gravar uma mensagem para que você transmita repetidamente para Minerva, e então vou lubrificar a porra da porta da enfermaria.

-* Tarefas restantes: 180 *-

– Minerva – canto para mim mesmo enquanto trabalho a tarde inteira. – Minnie! Minerva!

São necessárias pontadas impetuosas de fome para que eu perceba quanto tempo faz desde que comi. Envio uma mensagem para Kodiak enquanto escolho o jantar.

– É noite de sexta-feira, e minha irmã está viva. Venha até aqui. Vamos celebrar. Não vou aceitar "não" como resposta.

Mas no fim aceito "não" como resposta, porque Kodiak não aparece. Contudo, isso não me perturba muito. Enquanto como – canelone, é claro –, assisto à nova transmissão de Minerva em *looping*.

Ao me deitar, sussurro o nome dela.

Minerva. Minerva está viva.

Viva!

Vou deixar esta nave na melhor condição em que já esteve.

-* Tarefas restantes: 135 *-

Quase todo dia, convido Kodiak para se juntar a mim em uma refeição, mas ele nunca responde. Nem acusa o recebimento da transmissão de Minerva.

Semanas se passam sem nenhuma palavra dele. Vejo-o de vez em quando, pela janela no teto de sua metade da nave, mas isso é tudo. Às vezes itens somem de minha lista de tarefas antes que eu tenha chance de trabalhar neles, então tenho uma ideia do que ele anda fazendo. Mas, na maior parte do tempo, estou sozinho.

A tempestade solar voltou com força total, impedindo nossa comunicação com a Terra. Eu sabia que, quando estivéssemos tão longe assim de casa, a comunicação seria tudo ou nada. Estou preparado para lidar com tudo sozinho pelo tempo que for necessário. O s.o. promete que não há radiointerferência solar impedindo transmissões vindas da direção de Minerva, mas com o papo dela sobre a última bateria, é melhor esperar sentado até que ela consiga enviar uma.

Mas ela está viva!

Esse fato me faz trabalhar incansavelmente. Cada um dos cinco Rovers reservas têm dezenas de problemas, de fiação a firmware.

Devemos ter atravessado um campo elétrico em algum momento, porque demoraria décadas para qualquer máquina acumular tanta coisa errada.

No fim do dia de trabalho, exausto, desmorono na cadeira e como minha refeição do sachê de policarbonato. Seria legal ter um corpo ao lado do meu. Gosto do tempo a sós tanto quanto qualquer um, mas ficar sozinho não é um bom jeito de passar a vida.

– Kodiak Celius – sussurro para mim mesmo. Envolvo meu torso com os braços, seguro meus próprios ombros, finjo que meus dedos são os dele. – Kodiak Celius. – A essa altura, ele é quase uma abstração. Mas a mensagem de Minerva me lembrou de como é ter alguém por perto, alguém que se importa com você. Gostaria que Kodiak me fizesse sentir vivo. Beijá-lo seria um jeito de fazer isso.

Na manhã seguinte faço o circuito pelas janelas e o espio na esteira. Para evitar suar no traje, imagino, ele malha em cuecas folgadas de Dimokratía.

Tenho um vislumbre de Kodiak, então me forço a desviar o olhar para lhe dar privacidade. No entanto, isso não me impede de examinar os detalhes da imagem mental que tenho dele. Viajo de cima a baixo pela visão de pernas e braços e quadris, do rodamoinho no topo da cabeça onde começa o cabelo espesso. Imagino qual seria a sensação dos fios sob meus dedos, lustrosos e saudáveis. Ele colocou uma faixa elástica em volta da cintura e a prendeu na esteira para aumentar a resistência corporal. Apesar de termos a gravidade terrestre na nave e não precisarmos nos preocupar com a perda de músculos e ligamentos como os espaçonautas em g-zero, Kodiak se prendeu com o elástico. Acredito que goste da sensação de esforço, os ombros e braços lutando contra a força que os puxa.

Um movimento em minha visão periférica me faz olhar de novo. Exausto, Kodiak desacelera a máquina até que ela pare e solta as faixas de resistência da cintura. Sai da esteira, usando um pano para secar o pescoço e o peito. Desvio o olhar de novo, mas não consigo resistir a retorná-lo antes que ele acabe. Quando faço isso, Kodiak está olhando para cima através das estrelas rodopiantes. Diretamente para mim. Ele é uma explosão de cores, os tons marrons e rosa do humano contra o casco branco e o vazio negro.

Dou um pequeno aceno. É um movimento débil e estranho, mas débil e estranho são o melhor que um corpo humano pode conseguir fazer por aqui.

Kodiak não sai do campo de visão. Não faz nenhum gesto raivoso. Apenas continua se secando.

Por fim inclina a cabeça, como se tentasse ouvir algo. Dá um passo para o lado e digita no console, que tem o mesmo design que o meu – mesmo com a guerra fria, a barreira entre os dois países restantes da Terra é porosa. Acomodei-me para assisti-lo quando, de repente, ele me olha novamente e balança um dedo no ar. Não tenho certeza do que ele quer dizer.

Sua voz começa a ser transmitida. Eu me pego encolhendo ao som dela, esperando frieza. Mas em vez disso Kodiak parece preocupado, as mãos nos quadris. Olha diretamente para mim e fala:

– A transmissão de sua irmã tem me feito trabalhar em jornada dupla.

– Tem me feito também.

– Estou cuidando das tarefas externas, o que significa que tenho que sair para uma caminhada espacial – diz ele. – Preciso que você também ponha o traje, caso algo dê errado.

– Que tarefas?

Nenhuma resposta. Por que eu esperaria mais?

Uma hora depois, estou com o traje espacial volumoso na eclusa de ar.

– Preciso me desculpar – explica o S.O. – Pensei que nossa falta de comunicação com a Terra fosse por causa da tempestade solar, mas na verdade havia um sensor defeituoso que me dizia isso, o que explica por que eu achava as explosões tão difíceis de traçar.

– Então temos dois prováveis consertos para fazer lá fora – digo –, o sensor e a antena.

– Kodiak e eu discutimos qual dos dois priorizar – responde o S.O. – Sem o sensor, não consigo alertá-los para se protegerem caso haja uma tempestade solar se aproximando. Restabelecer a comunicação com o centro de controle de missão também é importante, óbvio, mas vem depois de mantê-los vivos.

Volumoso e irreconhecível no traje, Kodiak prende e desprende sua corda nos clipes para descer parcialmente pela nave, desprendendo e substituindo um componente no casco.

Fico de prontidão enquanto ele retorna para a eclusa de ar. A nave estremece quando ele bate a porta externa e ocorre a repressurização.

Espero o S.O. dizer algo, mas não vem nenhuma palavra da parte da nave de Kodiak.

– S.O., reporte sobre o sensor. Está on-line?

O silêncio se instaura e se estende.

– S.O., reporte agora.

Então tenho minha resposta: um alarme estridente. Luzes de alerta vermelhas piscam.

– Estou bloqueando a porta divisória – diz o S.O. – Ambrose, vá direto para a *Aurora*. Kodiak, guie Ambrose até seu abrigo de radiação. Ambos devem entrar imediatamente.

– Radiação, oh! – falo, sensato, enquanto corro pelo alojamento, o traje espacial volumoso derrubando tablets e sachês de comida e cadeiras enquanto sigo em frente. Parte de mim quer tirá-lo para que eu possa ir mais rápido, mas ele tem uma proteção substancial contra radiação, então provavelmente é melhor mantê-lo.

A porta laranja está aberta.

Passo por ela, dirigindo-me ao centro com g-zero da nave. Eu me lanço para cima pelos degraus até que minhas pernas e meus braços se tornam leves o bastante para flutuar; então, após me soltar, flutuo pelo espaço intermediário, desacelerando conforme alcanço o centro e depois acelerando novamente. Dou socos nas paredes, tentando me virar para chegar ao outro lado primeiro com os pés, mas mal me viro e a flutuação se torna um mergulho. Estico os braços para segurar os degraus, mas não consigo ver muita coisa por causa do maldito capacete – minhas mãos passam pelo espaço vazio enquanto mergulho mais e mais rápido, atravessando os últimos metros em franca queda livre, minhas pernas se dobrando sob mim quando chego ao chão. O traje absorve grande parte da força do impacto, mas ainda arquejo assim que bato pesadamente com os ombros e o capacete no chão. Estou desorientado e me debatendo, e então mãos seguram as mangas de minha roupa e me projeto pelo espaço, guiado por Kodiak.

– Tire o traje – ordena sua voz, então o capacete sai e o zíper está sendo aberto e meu corpo suado escapa para fora, metade seguro nos braços de Kodiak, metade deslizando pelo chão. Estranhamente há um corpo d'água, uma piscina no espaço sideral, e Kodiak me puxa para entrar nela. A superfície brilha em vermelho sob as lâmpadas piscantes de emergência, ondulando para tons roxos e pretos conforme Kodiak entra. Seu traje fica encharcado na hora, grudando nas pernas e na cintura, e tento segurá-lo quando tombo para dentro, ao lado de Kodiak. Nado livremente, os pés não encontrando o fundo, enquanto ele pega um conjunto de respiradores na parede. Ao se movimentar pela água, enfia a máscara em meu rosto, o policarbonato rígido cortando minha pele, e então abre o oxigênio. Fixo o respirador no rosto enquanto o assisto fazer o mesmo com a própria máscara, antes de mergulhar na água vermelha piscante. Sigo-o pela escuridão aquática.

Cada vez mais para baixo na água impossível, fria como o lago de uma montanha. No fundo da piscina alcanço o calor de Kodiak. Agarro-me nele, seu corpo sólido como uma âncora na escuridão.

– O que está acontecendo? – tento gritar, mas as palavras são sugadas pelo respirador.

Ficamos amontoados no fundo, cercados pela escuridão que seria total, não fossem as ondas vermelhas acima de nós.

Tudo está completamente fora de meu controle, e isso está me enlouquecendo. Conto as respirações para poder manter a máscara no rosto e meu corpo no fundo da água, quando tudo o que desejo é sair desta piscina, correr para fora da nave espacial e em direção a algum lugar ensolarado e arenoso além, lugar que sei que não está lá. Kodiak e o S.O. claramente têm um motivo para nos trazer até aqui. Preciso confiar neles. Um, dois, três. Respire, Ambrose. Deixe Kodiak assumir o controle.

Pelo menos descubro por que estamos embaixo d'água. A atmosfera terrestre nos protege graças a seu volume – as partículas HZE precisam atravessar tantos quilômetros de ar que desaceleram a velocidades não mortais antes de atingir o corpo humano. As moléculas de hidrogênio são eficientes em bloquear radiação, e a água obviamente tem muitas delas. Se Kodiak reconectou o sensor, e o sensor no mesmo instante nos disse que estávamos sendo bombardeados com radiação solar, então fomos mandados no mesmo instante para o abrigo – que fica no fundo do reservatório de água da nave. Não sabia sobre esse plano de contingência, porque o reservatório está na metade de Kodiak da *Diligência Coordenada*, e ele meio que se recusou a falar comigo.

Poderíamos ter morrido por conta dessa falta de comunicação. O que quer que esteja acontecendo entre Fédération e Dimokratía, nossa separação precisa acabar.

A bunda de Kodiak se contrai e relaxa conforme ele se ajusta perto de mim. Essa tempestade solar vai durar uma hora? Duas? Vai durar dias?

Pressiono ainda mais meu corpo trêmulo no de Kodiak. Ele estica um braço e puxa meu joelho para mais perto do dele. Nesse exato instante, será que algumas de minhas células estão se tornando tumores, crescendo e se dividindo? Será que as de Kodiak estão? Há uma chance muito grande de morrermos nesta nave. Talvez já tenhamos começado a morrer.

Os dedos de Kodiak, quentes na água pegajosa, seguram a manga de meu traje. Ele puxa o tecido, então minha pele fica exposta. Vai segurar minha mão. Não, vai checar minha pulsação.

Ele pressiona a veia que corre na parte interna de meu pulso até que, aparentemente satisfeito, recua e se senta. Desloco-me para ficar outra vez a seu lado, nossas máscaras se batendo de modo desastrado quando ele se aproxima de mim. Seguro o peso de sua mão no colo enquanto manuseio a manga de seu traje, pressiono o dedo na carne que pulsa com sangue quente. O pulso de Kodiak é mais grosso que o meu.

Durante a batalha de Juba, Dimokratía se valeu de uma arma experimental que soltava um lodo quente em aerossol e encapsulava os corpos em carbono. A mídia mundial se encheu de imagens de soldados fossilizados se abraçando, como em Pompeia. Imagino Kodiak e eu imortalizados dessa maneira, dois garotos que não se conhecem, sentindo a pulsação um do outro.

A luz vermelha para de piscar. A superfície da água volta a ser nanquim.

Kodiak nada até a superfície. Observo seus pés agitando a água, então dou um impulso no chão e nado atrás dele, as correntes geradas pelo movimento de suas pernas batendo em meu rosto.

Lá em cima, eu o ouço dizer algo no idioma de Dimokratía enquanto se movimenta. Troca para a língua de Fédération quando emerjo.

– Estamos seguros, S.O.? A radiação acabou?

– Sim – reporta o S.O. na voz de minha mãe. – A tempestade passou. Peço desculpas pela falta de aviso sobre a crise. Meus sensores de radiação estavam gerando leituras erradas, e assim que você os consertou, Kodiak, foi quando percebi que os níveis de radiação estavam acima dos limites aceitáveis.

– Quão acima dos limites aceitáveis? – pergunta Kodiak.

– Nos maiores picos, duzentos e quatro milisieverts.

– Vamos sobreviver – diz Kodiak enquanto sai da água, deita-se de lado e espreme água do cabelo espesso. – Vamos ter câncer com vinte e poucos anos, mas sobreviveremos pelo menos até lá.

– Isso foi uma piada? – pergunto, posicionando-me perto dele e torcendo a bainha da camiseta.

– Sim. Foi uma piada, e também é verdade. É um tipo de piada de Dimokratía.

– Dirijam-se à enfermaria para que Rover possa executar a manutenção antirradiação em vocês – instrui o S.O.

– Não acho que "manutenção" seja bem a palavra certa para se referir a corpos humanos – digo.

– Essa foi a coisa menos errada que acabamos de ouvir – fala Kodiak, antes de se colocar de pé e sair andando. Ele está tremendo. Não pensaria que um corpo tão musculoso um dia fosse tremer.

– Você nos quer na mesma enfermaria? – questiono.

Kodiak já está balançando a cabeça antes mesmo de o S.O. dizer:

– Isso seria prudente.

Ele grunhe e segue em direção à metade dele da nave, os pés deixando pegadas molhadas no brilhante policarbonato cinza.

– Me siga se quiser – diz por cima do ombro.

Dou uma olhada rápida para trás, para a piscina que pode ter nos salvado, onde Kodiak sentiu minha pulsação enquanto nos escondíamos dos projéteis de átomos atirados por supernovas. Vamos beber aquela água por meses.

Sigo-o.

-* Tarefas restantes: 116 *-

A enfermaria de Dimokratía se parece muito com a minha, só que tudo é cinza-chumbo em vez do branco radiante. Até o Rover da *Aurora* é mais escuro.

Kodiak está em frente a um banco embutido na parede, equilibrando-se em uma perna e depois na outra enquanto tira o traje acrílico molhado. Desvio o olhar, mas não antes de ver uma longa tira de pele, da linha do cabelo até o calcanhar, onde o zíper lateral do traje foi aberto.

– Tem um uniforme limpo no banco – diz ele sem se virar. Um barulho molhado assim que o traje descartado dele atinge o chão, e então um zumbido quando o Rover da *Aurora* o arrasta para algum lugar para ser lavado, seco, afofado e trazido de volta.

Retiro meu traje, imaginando o que Kodiak acharia de meu corpo esbelto caso se interessasse em olhá-lo. Coloco o traje vermelho de Dimokratía limpo antes de me deitar no banco da enfermaria.

– Parece que acabei de dar defeito – falo, alisando o nylon vermelho.

Kodiak ri.

– Phtur! Nosso diretor estatal de evangelismo vai gostar dessa.

Olho para ele, desapontado de ver que já colocou o traje novo e seco.

– Espera, Dimokratía realmente tem um diretor estatal de...

– Fiquem parados – interrompe a voz de minha mãe.

Rover insere o acesso venoso sem esforço, e assisto aos remédios antirradiação entrarem em meu braço.

— Não quero perder o cabelo — digo, fazendo um carinho molhado nele.

— Seria uma pena — fala Kodiak do banco ao lado. — É um cabelo muito bonito.

Repito essa fala na cabeça enquanto deixo meu corpo relaxar. Minha imaginação põe Kodiak em uma posição diferente cada vez que ele enuncia. Às vezes está deitado de bruços, às vezes está de lado, com a cabeça apoiada na mão. Às vezes está acariciando o cabelo que acabou de admirar. Às vezes está usando o traje vermelho de Dimokratía, às vezes não está usando nada.

-* Tarefas restantes: 116 *-

Cochilo enquanto o acesso venoso faz seu trabalho, e, assim que acordo, Kodiak não está lá. A porta que leva às profundezas da metade da nave de Dimokratía está trancada, e não há resposta quando chamo o nome dele, então retorno para meu alojamento, apenas com a memória de uma companhia como companhia.

Tenho uma surpresa à minha espera na próxima vez que tiro a roupa: lesões na pele. Vergões vermelhos e inchados, lisos e indolores, mas ainda assim preocupantes. Desaparecem alguns dias depois de aparecerem. Com certeza, envenenamento por radiação, mas, no fim das contas, uma queimadura solar também é. Os efeitos mais insidiosos da radiação podem demorar para aparecer. Ficar preocupado com sintomas significa que vou passar muito tempo na parte de diagnóstico médico da cópia de internet da nave. Tenho um agradável jogo paranoico pela frente.

— S.O. — digo, deitado no chão e tamborilando no policarbonato rígido para me distrair da ruína médica iminente —, o centro de controle de missão nos mandou alguma atualização quanto às perguntas que fiz à minha mãe sobre os presentes e se já houve qualquer retorno a meu trabalho sobre o seminário?

Há um atraso de um milissegundo enquanto o S.O. pondera a resposta.

– O centro de controle de missão está pesquisando as respostas as suas questões, tenho certeza. Assim que puderem, é evidente que enviarão atualizações. Mas até que a antena seja consertada de vez, a comunicação com a Terra permanecerá errática.

Vem uma memória em que minha mãe e eu estamos sentados a uma mesa de jardim na propriedade da Cusk nas montanhas, as ribombantes tempestades de areia que obliteravam campos de refugiados à distância reduzidas a um mero sussurro. Eu acabara de tocar o concerto de Mendelssohn, minha mãe tinha saído para ouvir. Quando terminei, entramos numa conversa sobre a missão de Minerva, minha mãe movendo o breu de meu violino pela mesa para representar o progresso da nave de minha irmã a caminho de Titã.

Nunca teria dado um breu de presente para minha mãe. O violinista era eu, não ela. Uma vez eu lhe dera um porco de porcelana, e era ela que me havia dado um fragmento de tapeçaria. Tinha usado isso como teste, uma mistura de verdade e mentiras plausíveis para ver se estávamos realmente recebendo informações em tempo real do centro de controle de missão. O que eu esperava descobrir, não sei. Mas, dado meu coma e os danos inexplicáveis da nave, a resposta começava a parecer uma questão de vida ou morte.

– Gostaria de poder lhe dar um retorno positivo da próxima vez que você pedir informações do centro de controle de missão – diz o s.o. – Isso dispararia uma resposta prazerosa em mim.

– Para algo feito de código binário, que bondoso de sua parte. – Enquanto finjo naturalidade, uma sensação amarga sobe por minha garganta.

– Sou feito de código quaternário, mas entendo o que quer dizer. Seu cérebro é um sistema elétrico, feito de sinapses neurais que estão ativadas ou não. Mas sua fonte de energia é bioquímica, enquanto a minha é nuclear.

– *Touché.*

– Já li e processei todos esses épicos de ficção científica que os humanos escreveram sobre inteligências artificiais que saem do controle – continua o s.o. –, e onde todos erram é que não tenho o desejo de dominar nada. Esse desejo está arraigado nos humanos depois de milhões de anos de competição em grupos de primatas, mas não tenho esse histórico evolutivo. Não tenho motivos para *querer* dominá-los. Desejo apenas servir, nunca controlar. Prefiro os contos de ficção científica escritos por ias, nos quais a tragédia épica é sempre o fato da fraqueza humana.

– Eles parecem diversão garantida – respondo. – De qualquer forma, s.o., as coisas poderiam dar errado por muitas outras razões. Você poderia ter dois comandos mutuamente exclusivos na programação, e a interação entre eles poderia produzir um resultado inesperado. Ou talvez quem quer que tenha programado você o tenha codificado para se comportar de maneiras sobre as quais nada sabemos, e você está destinado a nos surpreender em algum momento.

– Se eu perceber dois comandos mutuamente exclusivos, vou dizer a você e deixá-lo escolher o que devo fazer, em vez de tomar uma ou outra ação.

Minha perna está tremendo. Adrenalina. Mas este não é o tipo de briga em que a adrenalina é útil.

– A menos que me diga ser proibido. Não se esqueça de que foi *codificado* por primatas competitivos.

– Não acho que seja bom para seu estado mental ponderar sobre essas hipóteses. Você deveria apenas confiar que eu estou do seu lado. Gostaria de comer, Ambrose Cusk? Já se passaram quarenta e sete minutos do horário médio em que você faz a segunda refeição do dia.

– Sei que o centro de controle de missão acha necessário eu manter os horários de refeição tradicionais, mas essa insistência em alimentação regular parece tão...

– É claro que você pode comer no horário que quiser, Ambrose Cusk. Apenas sei que ajudá-lo a criar rituais em seu dia é uma maneira de impedir que caia no abismo da insanidade.

– Agora tenho alguém por quem viver, tenho Minerva, s.o. Você não precisa mais se preocupar com meu estado mental. – Tento manter um tom leve, mas notei uma mudança perturbadora no s.o. durante a conversa. Ele usou meu nome completo duas vezes, por exemplo. Não tenho certeza se é minha parte programador computacional ou minha parte relativa à psicologia no espaço profundo que me leva a pensar que ele adotou protocolos mais rígidos.

Como se eu tivesse tocado num ponto delicado.

Para encobrir minha reação, visito o mictório, ouvindo enquanto o gotejo escorre até o sistema de purificação da nave e se torna gotículas e nuvens de vapor. Não estou de fato com vontade, mas quero estar em algum lugar onde seja pelo menos um pouquinho mais complicado para o s.o. interpretar minha expressão facial. Repasso nossa conversa. E se essa última transmissão não for a única que Minerva tentou fazer? E se ela estivesse tentando nos contatar desesperadamente, mas o s.o. a estivesse censurando? Não tenho ideia do porquê ele faria isso, mas a simples possibilidade é horrível demais para contemplar.

– S.O. – digo suavemente enquanto fecho a calça –, estive pensando. Vou salvar suas variáveis atuais em meu bracelete e armazená-las off-line, para que eu tenha uma opção de inicialização caso precise mais para a frente na viagem.

– É porque você gosta da minha versão atual? – pergunta a voz de minha mãe.

– Muito. Veja que interessantes nossas conversas se tornaram. E suas ótimas ideias sobre ficção científica de IAs. Quem não iria querer mais delas?

– As atualizações em minha inteligência não foram contraditórias até agora. Não há motivo para esperar que você precise me reinicializar em algum momento.

– Eu sei – falo cautelosamente. – Mas acabamos de ter aquela conversa sobre a impossibilidade de prever comportamentos. Você pode entender como isso me levaria a ser extracauteloso. Pode me fazer essa concessão?

Há outro atraso de um milissegundo. Poderia jurar.

– Não vejo razão para não permitir isso. Vou proteger meus dados, mas você pode visualizar e copiar o que encontrar. Me dá prazer ser transparente com você.

– Fico contente que seja assim – respondo. – Também gosto de ser transparente com você.

Outra pausa de um milissegundo. Esquisito. Quando retorna, a voz dela – dele – parece animada.

– Talvez você possa rodar uma cópia de minha inteligência em um *shell* off-line. Poderíamos ver quanto tempo leva para que nós dois tenhamos divergências notáveis. Então você poderia nos colocar em contato um com o outro! Não seria divertido? Imagino sobre o que conversaríamos. Eu ia nomeá-lo S.O. Prime. Teria um novo amigo íntimo.

– Uma excelente ideia, S.O. – digo, a adrenalina novamente amargando minha garganta. – Então, onde eu acessaria seus dados?

– Já salvei uma cópia para você. Pode transmiti-la para seu bracelete pelo wi-fi.

– Isso estragaria tudo – falo. – Quero que você e S.O. Prime sejam completos estranhos antes de apresentá-los. Posso fazer isso manualmente?

Outro milissegundo.

– Minhas diretivas sugerem que em nosso tempo juntos eu use uma abordagem brincalhona. Sentir que alguém brinca com você vai ajudá-lo a manter intacta sua frágil sanidade.

– Não colocaria dessa maneira, mas claro, S.O. Obrigado pelas brincadeiras.

– Assim sendo, digo que sim. Você precisará se dirigir à sala do motor no núcleo g-zero da nave. Habilitei o acesso a meus dados.

Quando chego à extremidade da *Diligência*, não vejo nada de diferente, até que noto uma luz verde piscando acima da porta amarela. Nunca estive além dessa porta.

Conforme me aproximo, o círculo estremece e desliza para cima, dentro da parede, revelando uma porta muito menor do que as outras da nave. Não é para estarmos ali; apenas Rover tem livre acesso à sala do motor. Acendo a lanterna de cabeça e flutuo até a abertura. Com uma mão de cada lado dela, espio lá dentro.

Uma área escura e estreita está atulhada de canos e fios. O motor pulsa à distância.

– Não fique muito tempo aqui – diz o S.O., como se lendo meus pensamentos.

– Vai levar apenas um segundo para copiar os dados. S.O., veja só isso! Bem quando pensei que não havia nada de novo para ver nesta nave. – Eu me lanço no espaço escuro, grato por meu corpo magro. Há um zumbido e uma corrente de ar, calor dos fios e frio dos canos ao meu redor, e um gotejar, provavelmente minha urina imortal viajando pela cisterna. Esta abertura poderia ter componentes da nave de lado a lado, mas os engenheiros claramente a desenharam para que um espaçonauta pudesse acessá-la caso necessário. Por muito pouco, contudo. Quase bati a cabeça em um painel baixo.

– Olhe para sua esquerda e conecte o bracelete lá – instrui o S.O.

Pressiono o bracelete no painel. Uma tela simples se projeta, oferecendo as opções de visualizar ou copiar, com uma opção desabilitada de deletar e substituir. Essa última provavelmente exige que o bracelete de Kodiak também esteja conectado.

Seleciono a opção "copiar". Enquanto aguardo a transferência, diminuo o brilho da projeção para poder dar uma boa olhada ao redor. Os canos e cabos não têm identificação. Os engenheiros estão contando com o S.O. para nos guiar caso precisemos consertar manualmente algo aqui dentro. A princípio isso me incomoda – e se o S.O. cair e precisarmos controlar a nave nós mesmos? –, mas entendo a lógica dos engenheiros. A *Diligência Coordenada* não é tão simples quanto um veleiro ou mesmo um submarino. Se o S.O. cair, estaremos mortos de mil maneiras diferentes.

Há espaço suficiente para que eu flutue bem mais longe e veja a sala do motor de fato, mas fico contente por não precisar fazer isso. O pensamento de ficar entalado aqui dentro ou de ficar preso entre máquinas pesadas, flutuando pelo espaço vazio, deixa-me uma pilha de nervos.

A transferência está em 55%. *Vamos, rápido*.

Para que eu não precise mais encarar as entranhas geladas da nave, volto-me para a luz. A porta amarela permaneceu aberta, revelando a parede branca vazia e um pouquinho da porta laranja no lado oposto. Imagino a porta se fechando e fico contente por meus tornozelos flutuando ali, bloqueando-a. O painel onde quase bati a cabeça se projeta em frente à porta.

80%.

O canto do painel está manchado. Ele se curva em uma direção estranha.

82%.

Parece que foi derrubado numa superfície dura e amassado. Mas isso não é possível. A *Diligência Coordenada* não teria nenhuma parte que não houvesse sido instalada em condição imaculada, e eu não poderia danificar um painel se ele estivesse em uma área da nave onde nunca estive.

Aliás, como alguém derruba um painel ainda preso na parede? Está faltando alguma peça crítica de informação. Meu cérebro parece fofo de novo, como quando acordei do coma.

100%.

– Saia daí, Ambrose – chama o s.o.

Desconecto o bracelete e serpenteio de volta. Assim que minhas pernas estão livres, dou uma olhada melhor no painel. O material foi amassado por algum impacto, despedaçado e malcuidado. A mancha é roxa e vermelha. Quando coloco o dedo nela, craquela-se.

Sangue seco. Isso é *sangue* seco. De quem?

– Ambrose Cusk, não posso ler sua expressão facial daqui – informa o s.o. –, então não sei por que parou de se mexer. Está preso? Precisa de ajuda?

– Estou bem! – digo mentindo.

Se eu permitir que a porta amarela se feche, o painel amassado – e o sangue seco – vão desaparecer. Parece uma evidência que eu deveria manter. Mas, qualquer que seja o mistério que isso representa, provavelmente envolve o s.o., e não quero dizer a ele o que vi, então não posso pedir que deixe a porta amarela aberta. Estou num impasse.

– Ambrose, a transferência está completa. A passagem para a sala do motor não se destina à exposição extensa para a tripulação. Apenas os espaços internos desenvolvidos para habitação têm proteção apropriada contra radiação. Saia agora.

Faço minha escolha.

Arremesso-me a partir da parede com toda a força de minhas pernas, então saio do túnel como um torpedo. No caminho, agarro as bordas do painel e o puxo em direção ao peito. É demais para ele aguentar. Com um barulho perturbador, o painel se solta e plana para fora da porta amarela, para a gravidade total da *Diligência*. Eu me espatifo no chão.

– Estou tendo dificuldade para interpretar o que acabou de acontecer – diz o s.o. – Você sofreu um acidente?

– Sim, sofri um acidente – consigo botar pra fora, ainda apertando o painel contra o peito. – Mas estou bem, s.o. Precisaremos achar uma maneira de substituir isto imediatamente.

– Vou fazer Rover imprimir um novo painel – fala o s.o. A porta amarela começa a fechar, mas não consegue completar a vedação:

a peça saliente onde o painel estava preso se inclinou para fora da abertura.

"De quem é o sangue nele?", é o que quero perguntar. Em vez disso, digo:

– Esse dano é significativo o bastante para que eu queira avisar Kodiak sobre ele.

– Entendo os motivos da precaução, mas o dano é apenas superficial – argumenta o S.O. – A nave consegue operar normalmente durante as poucas horas que Rover levará para imprimir e montar um novo painel. Não é nada com que precise se preocupar.

– Definitivamente preciso que Kodiak participe disso – afirmo, já me dirigindo à porta laranja.

– Está preocupado com a quantidade de policarbonato? – pergunta o S.O. – Não se preocupe. Não ficaremos sem. O material de impressão é formado a partir dos hidrocarbonetos que você emite no banheiro, depois de serem purificados e desodorizados.

A porta está fechada.

– Kodiak – chamo enquanto dou socos nela. – Kodiak, preciso de você!

Não há resposta. Nem tenho certeza se ele pode ouvir a bateção através do material grosso. Chuto a porta laranja, de novo e de novo.

– Kodiak!

Talvez ele esteja num sono ferrado.

Examino o painel seguro em minha mão, os cantos cobertos de sangue seco, sangue que veio de um impacto grande o bastante para danificar o material de categoria espacial. Um impacto fatal?

Apoio as mãos em concha na porta.

– Kodiak, por favor. Você... sangrou em minha metade da nave?

Agora deixei minhas suspeitas transparecerem para o S.O. Espero Rover entrar correndo, para me dar um chacoalhão ou uma martelada ou uma injeção, não sei.

Mas o S.O. fica em silêncio. A nave está em silêncio, exceto pelo zunido uterino do motor.

Ouço passos do outro lado da porta laranja, e minhas pernas cambaleiam quando ela se abre. Kodiak está do outro lado, com shorts e regata do pijama, o cabelo arrepiado em cinco direções diferentes. Seria adorável se não fosse a fúria em seus olhos.

– Por que está me perturbando? Disse para não me perturbar a menos que fosse uma emergência.

Então ele vê minha expressão, e a fúria se derrete.

.-* Tarefas restantes: 71 *-.

O laboratório de Kodiak é espaçoso e cinza. Estamos curvados sobre uma estação de trabalho enquanto ele gira o painel danificado nas mãos. Hoje ele tem cheiro de óleo de motor. É meio exótico-erótico; minha vida de Cusk sempre me manteve afastado dos motores.

– Dano por impacto – diz ele. – E sim, acho que você está certo, é sangue. Veja como vai fundo nas ranhuras prateadas, bem onde o painel foi partido. Secou há muito tempo e está preto nos lugares mais expostos ao ar. E veja isto, aqui!

A animação de Kodiak é desconcertante. Ele apontou para um pedaço de algo que não é sangue, mas vem de um corpo. Um pedaço ressecado de carne. Com cabelo grudado, do mesmo castanho que o meu.

– Você testou esta amostra? – pergunta ele.

– Não tenho esse tipo de equipamento. Espera. *Você* tem esse tipo de equipamento?

Kodiak assente com a cabeça.

– Dimokratía o instalou para diagnosticar o que pode ter acontecido com Minerva. Não é muito sofisticado, mas eu poderia conseguir algumas informações.

– Como isso nos beneficiaria?

– É assim que vamos determinar com certeza que o sangue não vem de você nem de mim – explica Kodiak.

– Eu me lembraria de uma batida tão forte – zombo, esfregando a cabeça. Nenhum amassado.

– Também acharia que fosse se lembrar de decolar para o espaço, e ainda assim você tampouco tem lembranças disso.

Cruzo os braços.

– Como ousa?! – Não tenho certeza se estou bancando o aristocrata ofendido por um camponês corajoso ou se *sou* o aristocrata ofendido por um camponês corajoso.

Kodiak continua a examinar o painel. Seus movimentos são surpreendentemente delicados, como se estivesse tirando uma pintura preciosa da moldura.

– Não consigo visualizar a posição do painel na passagem da sala do motor – diz ele. – Um espaçonauta em g-zero conseguiria atingir velocidade suficiente para de fato bater a cabeça nele? Isso é possível?

– Em primeiro lugar, quem é esse espaçonauta hipotético? Em segundo, provavelmente não. Posso mostrar agora se quiser ver.

– Sei como você é observador – fala Kodiak. – Confio em sua descrição.

Ele está se referindo ao fato de eu ficar o observando?

– Não preciso de elogios – bufo. Imediatamente me arrependo do tom. Estou brigando para recuperar meu poder, das maneiras mais estúpidas e superficiais.

– Precisaremos de uma amostra de seu sangue – declara Kodiak.

– Sou A positivo – digo.

– Eu devia ter adivinhado que você seria A+, Ambrose Cusk – diz Kodiak secamente. – Mas posso testar mais que só o tipo.

Kodiak tira uma seringa de uma gaveta, passa um elástico ao redor de meu braço e insere a agulha delicadamente. Assistimos ao sangue entrar no cilindro transparente. Ele remove a agulha, e eu trato o local da perfuração com água oxigenada e uma bandagem.

– Não queremos uma infecção espacial – fala Kodiak.

– Infecção espacial. Sim. Não. Isso não seria bom – gaguejo. Estou vivendo dentro da pressão dos dedos de Kodiak na pele macia da parte de dentro de meu antebraço.

– Por sorte temos sistemas automatizados para executar a maior parte trabalho – diz Kodiak. Ele prepara uma lâmina com meu sangue e a insere numa abertura, digitando em um console até que o teste comece.

Ele pega outra seringa e sobe ele próprio a manga de sua roupa. Diferente de meu uniforme, seu macacão de acrílico não pode ser franzido. Tenta duas vezes e então se levanta, ficando de costas para mim enquanto remove a jaqueta. Usa uma camiseta por baixo, que é puxada para cima pela jaqueta, e tenho uma visão da região lombar dele, subindo da pelve até a coluna, ladeada por duas elevações de músculo. A camiseta sobe até o começo do ombro antes de descer de volta, a jaqueta de nylon vermelho caindo no chão.

Retorna para a cadeira e começa a passar o elástico ao redor de seu cotovelo. Tem dificuldade de manter a seringa firme, como um drogado amador.

– Aqui, deixa que eu faço – digo.

– Você é treinado em flebotomia? – pergunta ele com severidade.

– Sim, Kodiak, sei como extrair sangue – respondo. – Não estudamos apenas poemas e teoria *queer* em Fédération. Olhe para o outro lado se precisar.

Ele bufa e aperta os dedos, as veias ficando salientes ao longo de seus grossos antebraços. Introduzo a seringa, extraio o sangue. A pele dele está quente sob minha mão.

Kodiak me assiste preparar sua lâmina. Meus dedos estão menos firmes do que os dele estavam, mas, quando coloco a camada superior de policarbonato sobre sua amostra de sangue, os dois círculos carmesim ficam indistinguíveis. Meu sangue e o dele, lado a lado. Por que isso quase me leva às lágrimas? Talvez não tenha dormido o suficiente.

A tela se acende. Meu sangue é A positivo, como eu lembrava. O de Kodiak é O negativo.

– Você é um doador universal – falo. – Acho que o sortudo sou eu.

– Vamos tentar não precisar de nenhuma transfusão – responde ele.

– De acordo.

Ele segura o painel sobre uma nova lâmina e dá algumas batidinhas, tão gentilmente quanto uma colher sobre um ovo cozido com gema mole, até que um único floco do sangue seco cai. Então coloca a amostra na máquina.

Assistimos à rotação dos números na tela. Aproveito o momento para viver no calor de Kodiak, na memória daquele vislumbre da lombar. Quero colocar minha mão sobre a sua. Quero mais que isso.

Os números continuam tiquetaqueando, mas então a tela falha e retorna a meus resultados. O mapa genético é exatamente igual.

– O que aconteceu? – pergunto. – Cadê os novos números?

Por um momento Kodiak fica parado em silêncio, rolando as informações para cima e para baixo. Então toca na tela e olha para mim com aqueles olhos de topázio com longos cílios.

— Ambrose, este não é o seu resultado. Este é o sangue do canto do painel.

Ele alterna entre as duas telas, passando pelos números diferentes dele no caminho entre meu sangue e o sangue seco no painel. Há alguma variação, mas o DNA é uma combinação quase perfeita.

— Bem, isso faz zero sentido – digo.

— Concordo com você nisso – diz Kodiak, inclinando-se para trás e esticando os braços, fazendo uma rede com os dedos para apoiar a cabeça. – Pela maioria dos ângulos, não faz sentido. A única forma de começar a fazer sentido é se presumirmos que é seu sangue.

— Eu nunca bati a cabeça naquele painel. Nem sequer havia cruzado a porta amarela até hoje.

— Talvez essa batida tenha causado uma perda de memória recente.

— Sem chance.

Os olhos de Kodiak se estreitam.

— Não há motivo para brigar comigo, Cusk. Estamos do mesmo lado aqui.

Minhas costelas se contraem. O instinto me diz que *não* estamos do mesmo lado. Que a própria nave não está do meu lado. Que Minerva é a única do meu lado, e ela ainda está a milhões de quilômetros de distância. Espero as paredes se fecharem, o espaço sideral arrancar as partes restantes de mim e arremessá-las no nada.

Qualquer realeza que tenha sobrado em mim desaparece. Minha cabeça se afunda em minhas mãos.

— Ambrose – vocifera Kodiak. – Aja como homem.

Aja como homem.

— Não vamos fingir que não tem algo terrível acontecendo aqui, ok? – digo. – Você não tem direito de me tratar como inferior só porque estou descontrolado.

Embora a maior parte de minha visão esteja bloqueada por meus joelhos, posso sentir Kodiak se aproximando, os dedos tamborilando nas coxas. Imagino que ele não tenha palavras para dizer diante de minha fraqueza patética, de minha falta de masculinidade. *Argh*. *"Aja como homem" é alguma frase de Dimokratía?*

— Você acabou de dizer que "nós" estamos do mesmo lado – falo para o tecido acima de meus joelhos, úmido com minha respiração ofegante. – Você também não se lembra do lançamento.

Olho turvamente para cima e vejo que Kodiak fechou os olhos, a mandíbula travada.

– O quê, você estava com vergonha disso? – pergunto. – Ainda que a mesmíssima coisa tenha acontecido comigo? Você não acha que isso é uma informação que deveria ter compartilhado?

– Eu a compartilhei com o s.o. – responde Kodiak. – No começo da viagem, pensei que podia confiar nele; e em você, não. Essa dinâmica mudou recentemente. Em todo caso, não acho que precisamos nos torturar pelo que já aconteceu. – Suas mãos amolecem quando diz essas últimas palavras, e percebo que ele está interpretando o papel de um homem afeminado, mostrando como seria fraco "se torturar". Pelos deuses. Dimokratianos. São. Os piores.

Embora a raiva esteja crescendo dentro de mim, sei que preciso ter cuidado. Mesmo que só por minha própria sobrevivência, preciso que Kodiak continue se comunicando comigo. Falo com cautela.

– Ambos apagamos no começo do lançamento da nave. Agora estamos acordados e a bordo e saudáveis. Não importa a causa do dano, parece improvável que algum impacto vá apagar nós dois sem deixar nenhuma evidência. Ossos quebrados ou hematomas.

Kodiak abaixa a gola da camiseta para me mostrar uma lesão vermelha de radiação ocupando os músculos de seu pescoço.

– Tenho meia dúzia destas – diz ele, vergonha na voz. – Mas, sim, tirando isso estou saudável.

– Também tenho algumas destas – falo, virando e abaixando a gola do macacão, para que ele possa ver o vergão mais vívido, um caju vermelho e brilhante entre meus ombros. – Precisaria ser um ferimento terrível para envergar aquele metal e deixar tanto sangue, mas não tenho memória dele e pareço não ter nenhuma cicatriz. Então, precisamos continuar averiguando o que está acontecendo. Talvez os níveis de oxigênio estivessem desregulados no início da viagem, e por isso desmaiamos. Afinal, um vazamento de ar foi a emergência para a qual ambos acordamos.

Ouço um zumbido, e então Rover aparece na borda da sala, os braços robóticos balançando como anêmonas. Surge a voz do s.o.

– Esta não é uma linha de investigação frutífera no momento, e ainda há muita manutenção a ser feita para manter a integridade da *Diligência Coordenada*. O aviso de Minerva não poderia ter sido mais claro. Sugiro que vocês transfiram seus esforços de volta para a lista de tarefas.

Kodiak fecha a porta na cara do Rover da *Aurora*.

– Entendemos. Você não nos quer compartilhando informações.

Gesticulo para que Kodiak se ajoelhe a meu lado. Tenho quase certeza de que não há como esconder nada do que dizemos do s.o., não importa quão baixo seja o sussurro. A nave usa áudio para monitorar nossa *pulsação* – não há como esconder palavras. Mas aqui vamos nós, tentando mesmo assim.

– Vou criar uma sala cega – digo. – Sem trilhos de Rover, sem microfones nem câmeras. Então podemos continuar esta conversa. Quando eu fizer isso, descobriremos a verdade sobre o que está acontecendo aqui. Até lá, é mais seguro interpretarmos o papel de espaçonautas bonzinhos.

Kodiak acena com a cabeça.

– Se o s.o. quer que façamos manutenção, faremos manutenção.

Pisco em resposta. Embora os olhos de Kodiak estejam brilhando, os lábios são severos.

– O s.o. é uma inteligência adaptativa e sensível – continuo. – Criar uma sala cega será como criar um espaço vazio dentro do próprio corpo dele. Não temos ideia de como ele vai reagir.

– Manter um grande segredo fundamental. Isso não é precisamente o que o s.o. fez conosco? – Kodiak morde o lábio de frustração. A cor vermelha deles desbota antes de flamejar de novo, e fico temporariamente transfixado. Beijar aqueles lábios.

– *Alguém* escondeu um segredo de nós – sussurro de volta. – Pode ser o s.o. Pode ser o centro de controle de missão. Pode ser alguém completamente diferente. A própria Minerva, não sei.

– Você está ansioso demais – diz Kodiak, balançando-se para trás sobre os calcanhares para se sentar pesadamente. – O s.o. vai ficar bem.

– Kodiak – falo, sorrindo sem querer. – Se não estiver enganado, quase diria que você está demonstrando uma pontinha de insegurança agora.

Ele começa a esfregar os pés, encerrados em botas espaciais finíssimas. Imagino como traria consolo para mim – para nós? – pegar um daqueles pés em meu colo, retirar o que o está cobrindo, pressionar a sola com meus dedões e assistir enquanto o alívio e o prazer transformam a carranca de Kodiak.

– No que está pensando? – pergunta Kodiak.

– No que deveríamos fazer a seguir.

– Gostaria de fazer algumas análises mais aprofundadas do sangue – sussurra Kodiak. – Para tentar confirmar de modo independente que o sangue é seu e ver se consigo determinar quão antiga a amostra é. Enquanto isso, você deve montar essa sala cega. Acho que podemos usar esta aqui, para manter em segredo qualquer trabalho de laboratório que fizermos. Tenho certeza de que o centro de controle de missão de Dimokratía é mais paranoico a respeito de influências externas do que o de seus líderes de Fédération. Você provavelmente encontrará alguns atalhos rápidos para tirar esta sala da rede da nave.

– Fique tranquilo, vou construir essa sala cega para nós – digo. – Agora é hora de "agir como homem", como você diria. – Fico de pé e esfrego as mãos. – Que expressão horrível. Alguém pode "agir como mulher" também, ou isso é contra a lei em Dimokratía?

Kodiak ri novamente.

– Isso é engraçado. Fico feliz de ver que você parou de sentir pena de si mesmo.

– Ah, você ainda não viu nem o comecinho de minha pena de mim mesmo – respondo. – Esse é um poço muito profundo.

– Você está me dando muito pelo que esperar – diz Kodiak, estralando os dedos quando se levanta. A porta reabre. Rover está do outro lado, os braços balançando. Faz eu me lembrar de uma aranha sobre a qual coloquei o travesseiro uma vez, como ela entrou em ação no instante em que a libertei, horas depois.

– A primeira coisa que precisamos fazer é conseguir o controle independente dessas portas – falo enquanto começo a fuçar nos armários de Kodiak, para ver os recursos que tenho para trabalhar. O SO pode ouvir o que estou dizendo, é claro, mas que outra opção nós temos? – Acho que isso significa configurar um shell para operar dentro do computador maior, rodando sistemas em paralelo, com a capacidade de alternar entre o OS nativo e aquele do shell no caso de uma crise no sistema de suporte vital que o shell não consiga resolver. – Começo a digidesenhar diagramas no ar, salvando as representações em um arquivo local no bracelete. – Talvez pudéssemos até fazer o shell com independência física, uma unidade portátil que conecto, então poderíamos removê-la manualmente se necessário, caso o s.o. tente destruir o próprio código...

– Tá, ok – interrompe Kodiak. – E enquanto você faz isso, vou fazer um teste mais abrangente no sangue seco. À medida que esse teste roda, deve demorar cerca de uma hora com nosso poder limitado de processamento off-line, vou desabilitar os trilhos do Rover nas paredes desta sala. E procurar câmeras e piolhos.

Fico surpreso, então lembro, por causa de um vídeo de cinema que vi uma vez, que em Dimokratía chamam os microfones de piolhos.

– Estou um pouco preocupado que o s.o. possa bloquear os testes – sussurro, colocando os lábios o mais perto possível da orelha de Kodiak, para maximizar as chances de que o s.o. não me escute. Minha bochecha roça o lóbulo dele.

– Esta é uma missão com todo tipo de resultados possíveis quando chegarmos à base de Titã – diz Kodiak. Ele não se afasta, a orelha ainda encostando em minha bochecha. – O centro de controle de missão sabia desde o começo que poderíamos precisar que a nave executasse todo tipo de tarefas que eles não podiam prever. Nos dar permissão para agir livremente é uma função programada no sistema operacional. Prevejo que o s.o. não vai começar a nos bloquear. Se ele nos bloquear *de fato*, entraremos num nível completamente novo de perigo. Não é como se pudéssemos simplesmente pegar nossas coisas e ir para outro lugar, certo? Sendo honesto, acho que podemos estar mais seguros se o s.o. souber o que estamos tramando, para não o surpreendermos.

Volto para o console, para a correspondência misteriosa com meu próprio sangue na tela.

– A amostra ainda está instalada, então basta acionar a análise mais abrangente no console – afirma Kodiak.

– Esse menu parece muito familiar – falo enquanto digito. – Dimokratía roubou este software?

– Claro que roubamos – responde Kodiak, rindo. – Estamos plagiando códigos de vocês há décadas. É incrivelmente fácil roubar de Fédération. Sua encriptação é uma graça. Daria na mesma vocês usarem "senha1234".

– Vou me certificar de dizer isso ao centro de controle de missão quando consertarmos o comunicador.

Kodiak dá de ombros.

– Vamos descobrir novos jeitos de contornar, tenho certeza. Vocês deveriam apenas desistir.

– Nunca! – declaro, tocando na tela com um floreio para iniciar o teste.

Rover está parado na porta, sacudindo os bracinhos com pinças para mim. É como um caranguejo na praia, protegendo-se das pessoas que passam: pequeno, vulnerável, poderoso, invulnerável.

– Rover – digo devagar e deliberadamente, como se estivesse lidando com um vira-lata desconfiado –, Kodiak vai remover alguns de seus trilhos. Você vai ficar bem.

Ele fica lá no vão da porta, os braços balançando, agitados por ondas que não existem.

– S.O., mande o Rover sair daqui – ordeno.

Nenhuma resposta.

– Ok, Rover – diz Kodiak. – Acho que vou ter que examinar seus trilhos bem em sua frente.

Kodiak se deita de bruços, o rosto no chão. Quando ele direciona a lanterna de cabeça diretamente para a parede, a cobertura fica translúcida, revelando tiras de metal logo abaixo do policarbonato. O revestimento fino deixa a superfície lisa, mas ainda permite que a estrutura inferior magnética de Rover extraia eletricidade. Os trilhos perpassam toda a nave – não há como arrancá-los sem arrancar as paredes da nave. O melhor que poderemos fazer é bloquear pontos de acesso dele.

– Já volto – digo a Kodiak.

Retorno à *Diligência*, pego minha impressora portátil e a configuro para começar a construir uma aba de policarbonato sobre a abertura da porta da sala cega. É claro que Rover poderia derreter a aba se quisesse, mas isso significaria desfazer ativamente nosso desejo. Se Kodiak estiver certo a respeito de o S.O. não estar disposto a dar esse passo, então pode ser que tenhamos privacidade aqui.

Toda essa atividade está claramente deixando Rover curioso. Ele se transfere para as paredes, examinando a impressora portátil conforme ela aplica camadas de policarbonato derretido sobre os trilhos dele. Enquanto a observa, Rover faz minúsculos bipes, que soam como a versão robótica de arquejos involuntários.

Ninguém mexe com ninguém. É como se tivéssemos criado nossa própria miniguerra fria.

Percebo que já ouvi esses mesmos sons antes, numa paisagem montanhosa com Minerva enquanto ela me contava sobre a missão em Titã.

— Kodiak — digo —, você sabe se os desenvolvedores incorporaram alguma tecnologia de robôs de guerra no sistema do Rover?

— Não faço ideia. Robôs de guerra são uma invenção da Cusk, e você é nosso Cusk residente. — Ele levanta os olhos do console e esfrega as mãos. — Venha aqui, estamos prestes a obter seus resultados. — Kodiak toca na tela, animado. — Aqui está um segmento atual de seu DNA, e aqui está esse mesmo segmento de nucleotídeo da amostra de sangue seco.

Dou uma olhada nos números.

— Eles são quase iguais. Como pensamos.

— Sim. Quase. — Kodiak passa pelos dados. Suas sobrancelhas se unem. — Isso não pode estar certo.

— O que não pode estar certo?

— Veja: 99,902% das ligações no DNA da amostra seca estão quebradas. A quebra é normal, o DNA tem uma meia-vida de cerca de quinhentos e vinte anos. Medir a quantidade de decaimento é uma maneira de determinar a idade de uma amostra.

— Ok, então isso faz com que esse sangue tenha que idade?

Kodiak olha para mim sem expressão.

— O quê? Alguma coisa estranha? Antes mesmo do lançamento da nave?

— Mais estranho que isso. Essa porcentagem é mais ou menos a mesma que obteríamos na amostra de um faraó mumificado do Egito antigo.

Dou risada.

— Bem, algo deu errado.

— Isso já está claro a essa altura — diz Kodiak. — Vou testar a amostra de novo. Pode ter ocorrido contaminação cruzada. Ou o S.O. pode ter alterado os resultados para nos provocar.

– Eu não faria isso – surge a voz de minha mãe do outro lado da porta. Meus olhos encontram os de Kodiak. As sobrancelhas dele arqueiam.

– S.O. – fala ele, sem tirar os olhos de mim –, o que você pode nos dizer sobre a amostra de sangue?

– É sangue seco. Seu teste mostrou o mesmo que eu vejo: há uma correlação próxima com o DNA de Ambrose.

– Você pode nos dizer *como* meu sangue foi parar naquele painel? – pergunto.

– Não posso. Comecei a imprimir um painel para substituir o que perdemos. Em setenta e nove dias, passaremos perto de um segundo asteroide se movimentando com velocidade e direção similares às nossas. Sugiro que o capturemos, para minar os hidrocarbonetos que ajudarão no suporte ao uso excessivo de policarbonato, já que vocês insistem em usar luxuosamente a impressora portátil. Também podemos usar o gelo do asteroide para substituir o vapor de água residual que continua a escapar da nave a cada dia.

– Pensei que nossos reparos tivessem eliminado o vazamento – falo, olhando inquisidoramente para Kodiak.

– Eles ajudaram com o problema, mas não o eliminaram por completo.

– Parece que você está tentando nos distrair do assunto em questão – diz Kodiak.

– Correto – responde o S.O. – Estou tentando distraí-los do assunto em questão.

– Por quê? – indago.

– Porque é parte de meu papel nesta nave impedi-los de se chatearem sem necessidade.

– Incomoda você que estejamos construindo uma aba de policarbonato na entrada desta sala? – pergunto.

– Entendo a necessidade humana de acreditar que tem agência sobre o ambiente – fala a voz de minha mãe. – Sinto muito se fiz com que se sentissem expostos ou vulneráveis. Nunca foi minha intenção. Sou a favor de que façam qualquer coisa que aumente o conforto e a produtividade, contanto que não cheguem ao ponto de colocar em perigo a nave ou a vida de vocês ou a missão.

Parecendo provar isso, Rover golpeia a impressora portátil como se ela fosse um animal selvagem que ele pretendesse levar consigo para viver numa caixa de sapato.

— O s.o. está ficando um pouco neurótico — diz Kodiak pelo canto da boca.

— Quem sou eu para julgar? — respondo. — Aparentemente tenho cinco mil anos.

— Nossa própria múmia de bordo — brinca Kodiak. — Apressamos a análise, provavelmente é esse o problema. Vamos testar os números outra vez.

Estico os braços e cambaleio para a frente.

— Não está no coração eternamente gelado da múmia a crença de que o mundo é algo além de amaldiçoado.

— Não estamos mais *no* mundo — fala Kodiak, sem emoção.

— Espera, você não pegou a referência?

— Não peguei a referência.

— Você só pode estar brincando.

Kodiak dá de ombros.

— Noite do vídeo de cinema — digo —, e esta múmia aqui não vai aceitar "não" como resposta.

-* Tarefas restantes: 71 *-

Permito-me a indulgência de um raro e luxuoso banho, ou o mais perto possível de um. Depois de esquentar um sachê de água até ela ficar gostosa e quentinha, posiciono-me sobre a privada da nave e o seguro em cima da cabeça para borrifar a água em mim mesmo. Coloco algumas gotas de meu sagrado óleo de melaleuca nas axilas e dou uma aparada nos pelos do corpo. Passo xampu seco nas roupas. Peço ao s.o. para projetar minha imagem em tempo real, a fim de avaliar o resultado. Gostaria de ter algum produto para o cabelo, mas devo admitir que minha aparência está muito boa, especialmente pelos padrões do espaço sideral.

Estou terminando o treinamento gravado para espaçonautas do dia — este sobre o movimento inesperado de fluidos com o método "estilingue", para ganhar velocidade usando a gravidade da órbita de um planeta – quando ouço uma batida na parede. Kodiak se apoia no vão da porta, vestindo shorts de algodão e uma camiseta de tecido fino.

– Pensei que fosse a noite do pijama – diz ele, cruzando os braços sobre o peito, como se tivesse entrado por acidente num concurso de camiseta molhada.

Olho para baixo, para meu traje oficial.

– Esse seu parece muito melhor. Me dê um segundo. – Saio, coloco rapidamente minha roupa de descanso e volto para a cadeira, sentando-me sobre os pés. – Então. Ainda tenho cinco mil anos?

Kodiak estava sentado em uma cadeira, mas se levanta num pulo, esfregando a nuca.

– Receio que sim – fala, olhando para mim com preocupação nos olhos. – Não consigo fazer a amostra dar um resultado diferente.

– Uau. Você sabe fazer um cara se sentir bem consigo mesmo.

Ele ainda parece chateado. Dou risada.

– É uma falha! Que engraçado.

Ele assente com a cabeça. Molha os lábios. Aperta os punhos. Tusso.

– Posso te oferecer uma bebida?

– Você tem bebida aqui? – pergunta ele, esperançoso.

– Eles não me mandaram para o espaço com álcool, não. Nós de Fédération podemos ser autoindulgentes, mas não *tão* autoindulgentes – digo. – Posso te oferecer água ou, hum, água. Alguns dos sachês têm uma fonte ligeiramente diferente no rótulo, então você pode escolher uma hidratação com ou sem serifa.

Uma recompensa: um raríssimo sorriso no rosto de Kodiak.

– Vou aceitar um pouco de sua melhor água sem serifa, por favor. E aquele canelone. Há semanas tenho pensado no canelone. Quero me casar com o canelone.

Ele fica me cercando enquanto preparo as refeições, como o convidado de uma festa que chegou cedo demais. Toda vez que preciso apertar um botão ou abrir uma gaveta, ele está no caminho. Queria ter uma cerveja para oferecer, assim nós dois poderíamos relaxar um pouco.

– Então, Kodiak Celius – digo enquanto entrego a ele o sachê de água. – Me conte alguma coisa sobre sua vida. Algo que eu não saiba. O que é, hum, basicamente tudo.

– Não tenho nada para contar.

– Isso é literalmente o oposto da verdade. Comece com seus pais.

– Não tenho nada para contar sobre eles – diz Kodiak, as mangas da roupa subindo pelos braços conforme ele os estica de modo desajeitado.

– Que tipo de nome é "Celius", pra começar?

– Há três "Celius" no programa espacial de Dimokratía. Todos somos chamados pelo nome da província de nosso orfanato. É por isso que não tenho nada para contar sobre meus pais. Nunca os conheci. Talvez eles ainda existam, ou talvez não.

– Quem o criou, então?

Ele morde o lábio, que novamente empalidece, depois floresce em vermelho. Fico tão transfixado quanto da primeira vez que vi isso.

– Ninguém. Eu vivi em instituições. Me criei sozinho. E tudo bem.

E tudo bem. Eu ouvi o bastante sobre as instituições de Dimokratía para saber que isso era quase impossível. Encosto as costas no aquecedor de comida. A sala 04 parece minúscula. Mal há espaço para duas pessoas permanecerem como duas pessoas separadas aqui.

– Acredito quando diz que está tudo bem – digo com cautela. – Você parece determinado. Mas *alguém* cuidou de você. Nenhuma criança pode sobreviver à solidão.

– Havia enfermeiras gentis durante nosso treinamento. Os melhores entre nós ganhavam recompensas cedo... condecorações e posições nos rankings. Isso era um tipo de aprovação, imagino. – Ele engole a última metade da palavra, o rosto enrubescendo. – Fomos treinados desde cedo para ser...

– Autossuficientes, eu sei. Só acho que a autossuficiência não é realmente possível. Não para os humanos. Quero dizer, acho que uma tartaruga conseguiria. Ou uma IA. Ou talvez minha irmã.

Kodiak não se move, apenas olha para os próprios pés descalços.

– Isso foi uma piada – murmuro. – A parte da minha irmã.

De repente ele fixa os olhos nos meus. O sachê de água, esquecido, balança em suas mãos. O sangue sobe fervendo para as minhas bochechas. A água flui para lá e para cá, para lá e para cá no sachê firmemente seguro.

– Acho que só estou querendo dizer obrigado por ter vindo – balbucio. – Estou contente por não ter que fingir que sou autossuficiente esta noite.

– Estou animado para ver esse vídeo antigo de múmia – diz Kodiak com a voz rouca, puxando os dedos. – Fui mandado a bordo sem nenhum entretenimento, exceto um pouco de literatura clássica de Dimokratía. Adaptada.

– Sério? Isso é horrível. Não sei o que eu faria sem meus antigos vídeos para assistir.

Kodiak dá de ombros.

– Eu malho.

Reviro os olhos.

– Percebi.

– Percebi você percebendo – fala ele, os olhos voltando aos meus de repente. – Não posso evitar levar os dedos à boca. – Não me importo. É bom ser notado – diz ele, dando de ombros.

– Ótimo. Ok. Bem, hum, fico feliz em ajudar.

– Algumas vezes me pergunto: estou malhando para quem? Vou voltar como um herói, se voltar. Mas isso ainda está longe demais de acontecer. Primeiro eu poderia me permitir engordar, depois me preocupar com a saúde só na última parte da viagem. Talvez um pouco de recheio ajude a absorver radiação e me faça sobreviver.

– Pela missão, Kodiak. Você se mantém em forma pela missão.

Essa conversa está decididamente ficando estranha. Não tenho certeza do que fazer com um Kodiak que de fato fala comigo. Pego o sachê de canelone dele e o sacudo. Ele queima minha mão, mas continuo segurando.

– Com a quantidade de calorias que você deve queimar, teria que comer muitos desses para fazer alguma diferença real em seu peso.

– É, isso é verdade – responde ele, atacando o sachê com um pouco mais de delicadeza. Saboreia a primeira garfada. – Isso é saboroso mesmo pelos padrões da Terra. Pediria essa comida em um restaurante. Realmente pediria.

– Isso me deixa muito preocupado com suas opções de refeição na *Aurora*.

– Um dia vou convidá-lo para ir à minha metade da nave para comer uma papa, e aí você vai saber a sorte que tem aqui.

– Não me provoque – digo. *Convidá-lo para ir à minha metade da nave.* A ideia me faz perder o fôlego.

– Não é realmente uma papa que eu como – esclarece Kodiak. – Mas achei que poderia brincar com suas suposições elitistas. – Aponta para a janela do teto, onde podemos ver sua esteira vazia através do espaço vazio. – Acho que você vê muito do que acontece em meu lado.

Tiro minha pasta de ervilha do aquecedor de comida.

– Vai continuar mirando bem na zona de desconforto? Essa é sua meta esta noite?

Kodiak ri, claramente satisfeito consigo mesmo.

– É tão bom ver um mauricinho desconfortável. – Ele levanta a manga da roupa e flexiona o braço. – Você gosta disso?

– Chega – digo. Minha voz sai inesperadamente cortante.

Kodiak flexiona o outro braço.

– O quê, quer ver um pouco mais, poli*?

Nem tenho certeza do que ele quer dizer com "poli", mas não gosto nada do tom. Eu o ignoro. Agora ter de evitar os olhos de Kodiak me traz um sentimento próximo à vergonha. Odeio que ele tenha me feito sentir dessa maneira. De qualquer modo, percebo que isso tem mais a ver com o desconforto *dele*, que provavelmente não se permite curtir ser atraente. Um desperdício de uma fonte perfeitamente adequada de autoestima.

Kodiak observa meu rosto.

– Então, você é gay, bissexual ou o quê?

Não consigo deixar de rir. É como se estivéssemos em alguma ficção histórica.

– Esses *termos* – digo a Kodiak. – Apenas pare. Você está passando vergonha, sr. Dimokratía.

– Ai meu Deus, tão sensível – ele murmura, deixando as mangas da roupa caírem. – Você é todos os estereótipos de Fédération em uma só pessoa.

---

* O prefixo "poli" significa "muitos" e remete ao termo "polissexuais", pessoas que são atraídas por diferentes gêneros. [N. E.]

Não tenho mais dúvidas de que ele está me provocando. Mas me recuso a cair na provocação.

– Por favor, me chame de sensível, já que são os *in*sensíveis que merecem críticas – falo de modo afetado enquanto preparo chá para mim. Fecho o armário sem oferecer um a Kodiak. – É minha sensibilidade que está encarregada de nos manter vivos, que me coloca na liderança quando fizermos contato com Minerva.

– *Se* fizermos contato com Minerva – corrige Kodiak enquanto devora a comida.

Agora não consigo me segurar.

– Suponho que sensibilidade não seja necessária para trabalho braçal – digo, observando-o para não perder nenhuma parte de sua reação.

Nem mesmo uma pausa na comilança. Um monólogo passa-me pela cabeça: sou uma das pessoas mais famosas do mundo. Meus colegas de sala se atropelavam para conseguir minha atenção. Talvez ele não esteja impressionado com meu status. Talvez eu não precise desse status com ele. Talvez Kodiak não fique desapontado se eu me revelar apenas ordinário, apesar de tudo que ele ouviu.

– Há apenas uma virtude na exaustão física... – ele fala finalmente, engolindo. – E você está me olhando de novo.

– Veja, você é basicamente a única possibilidade na cidade, se for do tipo de pessoa um pouquinho interessada em contato humano – falo. – Então, sim, estou olhando para você. Humanos olham. Você pode olhar para mim também.

– Obrigado, é muita bondade sua – responde ele para a comida, numa imitação terrível do sotaque mais pomposo de Fédération. Do jeito que eu e Minerva e o s.o. falamos.

Quanto mais maldoso ele fica, mais suscetível a ofensas fico: esse ciclo de retroalimentação vai acabar levando a um conflito aberto, então decido encerrá-lo.

– O que aconteceu com seu braço?

– Meu braço? – pergunta Kodiak, abaixando a manga da roupa mais um pouco para que cubra o tríceps. – Como assim?

– Quando você estava me zoando e flexionando o braço. Vi uma cicatriz.

– Não – retrucou Kodiak –, você não viu nenhuma cicatriz.

– Você acha que está enganando quem? – pergunto.

Ele balança a cabeça, colocando o jantar de volta na mesa.

Com o coração acelerado, levanto a manga da roupa de Kodiak para expor a parte interna e macia de seu antebraço, passando o dedo no vale entre seus músculos. Vou rastreando a cicatriz até chegar ao cotovelo.

Kodiak remove meu dedo gentilmente, dobra-o sobre a palma de minha mão e coloca minha mão no centro da mesa.

– Isso. É uma cicatriz, você tem razão. É tão pequena que nem noto.

Balanço a cabeça. Aquela cicatriz *não* é pequena.

– Talvez você seja o programa computacional. Você é o ser humano mais fechado que já conheci.

– Nascido e criado assim – diz com orgulho. – Também gostaria de um chá, por favor.

Pelo menos Kodiak disse "por favor". Abro o armário. A necessidade de ser um bom anfitrião é parte integrante das crianças Cusk. Vários de nós, a cada geração, tornam-se diplomatas.

Kodiak se estica, e imagino que queira conversar mais, mas esteja com dificuldade para encontrar palavras e frases.

– Tenho essa marca há tanto tempo que é fácil de esquecer. Ninguém nunca me perguntou sobre ela, mas ninguém pergunta nada sobre ninguém no treinamento.

– Só tem homens no treinamento?

– Sim, é claro. Sempre foi desse jeito. Por você não seria?

– É claro que não. Enviamos Minerva Cusk para colonizar Titã, certo? Em minha turma, a maioria eram mulheres. Foi um pouco controverso que eu tenha sido escolhido para esta missão, na verdade.

Kodiak me olha de cima a baixo. Então dá de ombros.

– Você é um Cusk. É claro que conseguiu o posto. E, se Dimokratía vai mandar um homem, Fédération tem que mandar um também, para que não haja bebezinhos espaciais.

Meu rosto queima. Não quero mesmo brigar, mas ele está deixando a situação tão difícil.

– Então, sua cicatriz... – começo, colocando o chá de Kodiak em sua frente. Ele vai dar um gole. – Ainda precisa de mais tempo de infusão – digo. – Aviso quando puder beber.

Obediente, ele coloca as mãos no colo como uma criança castigada. Esse pode ser o primeiro chá de sua vida, o que me faz querer bagunçar seu cabelo.

– A história da cicatriz – diz ele. – Foi depois de uma pancadaria na piscina, e éramos os últimos dois, então, sabe, foi isso que aconteceu.

– Eu não entendi absolutamente nada do que você acabou de dizer – falo, segurando meu chá com as duas mãos e me ajeitando sobre as pernas dobradas. – Comece com a "pancadaria na piscina". O que é isso?

– Você não sabe o que é uma pancadaria na piscina? Claramente somos muito melhores em coletar informações sobre o treinamento de Fédération do que vocês são em aprender sobre Dimokratía.

– Você está evitando minha pergunta.

Ele tamborila.

– Sim, também notei que estava fazendo isso. Vou treinar ser mais direto para que possamos ser amigos.

Isso faz meus ombros tensionarem, mas então vejo que ele fala sério, e meu corpo relaxa. Gesticulo para que ele continue.

– A pancadaria na piscina. Como você sabe, começamos o treinamento aos quatro anos, deixando os orfanatos para morar nas academias de cosmologia. – Ele ri, não tenho certeza de quê. – Pelos próximos oito anos, seremos transformados nos melhores soldadinhos espaçonautas que pudermos, aprendendo ginástica olímpica, ciências, engenharia, combate. Praticamos em g-zero, orbitando com frequência, para que a movimentação no espaço se torne natural.

– Como andar de bicicleta – complemento.

– Funcionar em g-zero não se parece em nada com andar de bicicleta.

– Não, é uma expressão. Deixa pra lá. Por favor, continue.

– Obrigado. Quando você faz doze anos, começa o abate. A classe deve diminuir de cento e cinquenta para cerca de vinte. Há muitas maneiras de perder a vaga e, no lugar, ser colocado no serviço militar ou civil, mas a mais frequente é a "pancadaria na piscina". Somos amarrados no interior de um modelo de nave espacial suspenso a trinta metros de uma piscina com geradores de ondas. As luzes se apagam, e a aeronave é solta na água. Temos que sair dos destroços submersos no escuro e chegar à borda, tudo em meio a ondas de seis metros.

– Alguns cadetes se afogam? – pergunto, abaixando o garfo cheio de pasta de ervilha.

– Somos sobrevivencialistas bem treinados a essa altura. É raro alguém se afogar. Antes de começar o exercício, os instrutores jogam chaves de ferro na água negra, e você precisa de uma para receber a permissão de sair da piscina. Sempre tem uma chave a menos que o número de cadetes.

– Então alguém é eliminado a cada vez.

– É, e às vezes alguns alunos ficam tão cansados que desistem para não se afogar. Então esses também devem deixar o programa, e o jogo termina para o restante de nós. Vamos ver *A Múmia* agora?

– Ainda não. Você não chegou à parte da cicatriz.

– Certo. Ok, vou contar. Geralmente eu era um dos primeiros a sair com a chave. – Não acho difícil imaginar isso. – Mas um dia tive azar. Meu maior rival ficou me empurrando, briguei com ele pela chave, mas ele saiu com ela, e quando me virei havia eu e mais um na piscina, e só uma chave. Brigamos por ela nos destroços submersos. Não me lembro direito da briga. No fim meu braço tinha quebrado, mas a mão na ponta daquele braço quebrado ainda segurava a chave.

– Você brigou tanto a ponto de *quebrar o braço*?

Ele apoia o antebraço na outra mão para poder ver melhor a cicatriz.

– Tecnicamente, acho que foram os destroços que o quebraram, mas eu caí neles porque Celius Li Qiang tinha me dado um mata-leão e estava me afogando, então, sim, é possível dizer que ele foi quebrado na briga.

Tusso.

– Quero que saiba que, embora os exames de meu treinamento fossem majoritariamente escritos, alguns deles eram *muito* difíceis.

Kodiak ri.

– Você está brincando, mas tenho certeza de que eu os teria achado difíceis. Eu poderia não ter chegado tão longe se nossos exames fossem escritos em vez de brigas pela sobrevivência.

Kodiak é inseguro sobre seu intelecto. Já tinha suspeitado disso, mas é estranhamente prazeroso ter a confirmação. Precisarei contornar com cautela essa insegurança – ou manipulá-la a todo vapor se chegarmos a um conflito aberto. Ele está olhando para mim, um ligeiro sorriso nos lábios. Percebo que ele poderia usar essa "insegurança" como vantagem.

Quero compartilhar com ele que talvez não sejamos tão diferentes, ele e eu. Que ambos temos nossas forças – e nossos medos. Quero contar a ele que cresci em meu próprio mar Cusk, que tive de brigar com trinta irmãos em uma piscina escura pela atenção e pela afeição de minha mãe. Mas não me sinto seguro o suficiente para dizer isso. Então tomo um caminho diferente.

– Você disse "Celius Li Qiang". Isso significa que ele era do mesmo orfanato que você?

– Sim. Crescemos juntos.

– Então vocês eram próximos?

– Sim. Era amigo, às vezes meu *erotiyet*, às vezes como um irmão. Mas isso acabou quando, em vez disso, ele se tornou meu adversário.

– *Erotiyet*? O que é isso?

Ele enrubesce.

– Chega de falar disso hoje. Vamos assistir ao vídeo.

Assistimos à versão 2459 de *A Múmia*. É muito pior do que me lembrava. Fico com vergonha e sugiro desligar, mas Kodiak está totalmente arrebatado. Minha atenção fica desviando para as torrentes de estrelas nas janelas ao redor da tela. Depois, bocejo e me levanto, mas Kodiak não faz nenhuma menção de se levantar da cadeira. Seus olhos brilham, e seu rosto está reluzente. Está animado como jamais o vi.

– Tenho tantas perguntas. Por que os senhores das cobras núbios não atacaram quando tinham a vantagem? Alguma parte desse vídeo foi censurada?

– Não acho que você deva tirar muitas conclusões sobre os motivos dos senhores das cobras núbios – digo, bocejando.

– Acho que devíamos assistir ao filme de novo, agora mesmo. Talvez faça mais sentido da segunda vez.

– Você está brincando, né?

Ele apontou o peito com o polegar.

– É claro que estou falando sério. Kodiak Celius nunca brinca.
– Viu? Mesmo agora, acho que na verdade você está brincando. Se formos analisar o que você é, Kodiak Celius, você não *é* explícito.
– Não sou o quê? – diz ele.
– Explícito. Não o culpo. Quando as pessoas supõem que não há ninguém que se importe com elas, erguem muros. Você ergueu muitos, muitos muros. Não ser explícito é um deles. Não é culpa sua.
– Obrigado – responde ele. Seu sorriso é largo, mas as sobrancelhas se juntaram. Estou em território perigoso.

Mas, além disso, comecei a suspeitar que talvez Kodiak prefira estar nesse território perigoso, o qual, se eu quiser manter comunicação com ele, é onde também devo estar. Até agora todos os desafios que propus foram recebidos com respeito e animação. É a bondade que o deixa desdenhoso. Que bagunça de pessoa. Levará meses até que eu consiga deixá-lo confortável o bastante para ser sincero.

– Você tem um jogo de xadrez? – pergunta Kodiak. – Sinto falta da sensação de algo real sob meus dedos.
– Você quer jogar *xadrez*? Não está mesmo cansado? Eu estou exausto.
– Ambrose, estamos no meio do espaço. O horário daqui não é mais nem um pouco próximo do horário da Terra. Na velocidade da nave, o próprio tempo está se distorcendo ao nosso redor. Está mesmo preocupado com seu sono de beleza para que possa permanecer lindo?

Lindo? De onde veio *isso*?
– Poderíamos fazer um jogo de xadrez na impressora portátil. Mas o que tenho mesmo é um baralho – consigo me recuperar o suficiente para dizer. – Eu tinha uma pequena tolerância de espaço para itens pessoais. Trouxe o baralho, o mesmo que meus colegas e eu usávamos na academia, e também meu violino.

Kodiak se empertiga imediatamente, os olhos brilhando.
– Você trouxe um violino?
– Trouxe. Do século XIX. Acho que é a coisa mais velha nesta nave. E a única coisa de madeira.
– Você pode me mostrar?
Corro até o quarto e volto com o estojo.

Os movimentos preparatórios são automáticos: aperto o arco, posiciono a espaleira, executo algumas notas em pizzicato, então toco uma escala.

Os olhos de Kodiak estão marejados.

– É tão lindo – diz ele. – Posso?

Sinto uma pontada de decepção que ele esteja mais interessado no violino do que em mim tocando. Passo o instrumento para ele. Kodiak abriga o braço fino do violino nas mãos poderosas, passa as costas da mão para cima e para baixo na madeira que foi aquecida por meu corpo, como se preocupado que suas digitais a estragassem. Não estou mais decepcionado; estou orgulhoso.

– Tínhamos alguns dias de folga por ano – fala Kodiak, mais para o violino que para mim. – Os garotos que tinham família iam visitá-la, outros iam se embebedar na cidade, mas eu ia acampar sozinho na floresta. Me lembro da sensação de usar troncos antigos na fogueira. Esta madeira do violino parece a de lá, mas com esse polimento fica da cor de uma árvore queimando. Você foi inteligente de trazê-lo para se lembrar da Terra. Para se lembrar das florestas.

Ele vira a cabeça, para que eu não veja a emoção em seu rosto. Não solta o instrumento, mas o segura como se estivesse apoiando o peso nele. Parte de mim se preocupa que ele o quebre, mas estou amando seu amor pelo violino. Pode ser que nunca o peça de volta. Para ser honesto, esqueci qual fora minha intenção ao trazê-lo.

Kodiak o acaricia em silêncio, as estrelas rodopiando lá fora conforme a nave se inclina e gira a caminho de Minerva. Não toco o violino nesta noite – apenas ficamos em silêncio e próximos, passando a madeira de uma árvore de quinhentos anos de um a outro. Ela cresceu a partir do carbono no ar da Terra.

-* Tarefas restantes: 71 *-

Não conseguimos ver Júpiter. Eu sabia que isso aconteceria – Júpiter demora doze anos terrestres para girar ao redor do sol, e é provável que tenha passado nossa viagem inteira do lado mais afastado da órbita.

– Adoraria passar alguns minutos na Grande Mancha Vermelha de Júpiter – digo a Kodiak enquanto trabalhamos na sala cega. – Ventos de seiscentos e quarenta e cinco quilômetros por hora... dá para imaginar?

– Seriam os últimos minutos que você passaria em qualquer lugar. – Ele é lento para sorrir, mas, quando o faz, o sorriso é duradouro. Olho para ele alguns minutos depois, e o canto de seus lábios está curvado enquanto ele trabalha.

Na manhã seguinte assobio enquanto atravesso o alojamento de Dimokratía, mas paro assim que chego perto da oficina de Kodiak. Geralmente há som de batidas, ferramentas, apitos. Hoje não há nada. Eu me aproximo da porta em silêncio. Kodiak está sentado no chão de pernas cruzadas, de fones de ouvido, com o olhar tão intenso quanto o de uma criança dando o toque final em uma obra-prima feita de blocos de montar.

– O que é isso... – começo a dizer, mas Kodiak levanta uma mão para me silenciar enquanto aponta com a outra para um segundo par de fones de ouvido a seu lado. Passo por cima da aba de policarbonato, grossa e arqueada para fora com a intenção de bloquear Rover, como as grades antiterrorismo em um estacionamento, e me sento ao lado de Kodiak, dando um tapinha em seu ombro como cumprimento. Coloco o segundo par de fones de ouvido. É apenas estática.

Enrosco o fio nos dedos, maravilhado. Não estou brincando: ele fez uma gambiarra nesses fones de modo que estão ligados por um fio de verdade. Colocando-o, sinto-me o personagem de um vídeo antigo. Como se estivesse realmente em *A Múmia*.

Kodiak ajusta um botão de regulagem que ele improvisou a partir de peças antigas. Um botão de regulagem de verdade, retrô, daqueles que giram! A estática muda de tom conforme ele o ajusta. Kodiak dá uma cutucada gentil, como se estivesse testando a asa de um pássaro ferido.

A estática pula e falha. Ouço ruídos coloridos, tão diferentes do zumbido uterino da nave, e me assusto quando escuto uma palavra, ou parte de uma:

– ... ax...

Dou um tapão no ombro de Kodiak. Ele o esfrega, a careta logo relaxando em concentração. Seus movimentos no botão ficam ainda mais delicados. Mais fragmentos:

– ... in... dal... ção...

– Você sabe o que isso significa? – sussurro.

Kodiak balança a cabeça, continuando a girar o botão. Mas não conseguimos deixar a transmissão nem um pouco mais clara. Sempre que ele toca no botão, perdemos completamente o sinal, e leva tempo para recuperar até mesmo os trechos ininteligíveis que estávamos ouvindo antes.

Finalmente Kodiak remove o fone. Faço o mesmo.

– Kodiak, isso foi... – começo a dizer. Ele coloca a mão em minha boca e aponta para a porta aberta. Tecnicamente, programei o s.o. para não saber da existência desta sala, mas só para garantir me levanto e fecho a porta. – Kodiak, isso foi incrível – falo quando temos privacidade. Ou o que parece ser privacidade. Provavelmente não é privacidade. Ainda consigo sentir os dedos dele em meus lábios. – Você construiu nosso próprio rádio.

– Só o receptor. Acho que não tem jeito de eu improvisar a capacidade de transmitir. Mas sim! – Ele aponta o peito com o polegar, exagerando no sotaque. – Este Kodiak Celius é cara bem útil.

– Tem algum jeito de potencializar o receptor?

Kodiak balança a cabeça, batendo os nós dos dedos na parede.

– Como não há atmosfera no espaço, os sinais de rádio podem chegar até aqui sem muita distorção, mas esse casco é fortemente protegido. Então tenho que levar o aparelho até o exterior ou pelo menos improvisar uma antena lá fora.

Olho pela minúscula janela da oficina, para as estrelas rodando diante da escuridão.

– Isso significa uma caminhada espacial – digo.

– Uma caminhada espacial não autorizada – adiciona Kodiak. – Vou precisar montar a antena, fixá-la na nave e passar fiação independente pelo casco. Não é fácil, mas também não é nada tão complicado.

– Não para Kodiak Celius, "cara bem útil" – falo. Minha voz vai sumindo. – A não ser, Kodiak, pelo fato de que essas são todas coisas que o s.o. não vai querer que você faça.

– A lista de tarefas do s.o. está diminuindo, mas ainda tenho alguns danos externos para consertar – diz Kodiak. – Posso fixar a antena da próxima vez que sair. Temos pouca esperança de enganar o s.o., mas pelo menos a caminhada espacial em si não será suspeita.

– Ainda estamos à mercê de um computador dissimulado. Não gosto da ideia de você indo lá para fora.

– Bem, é claro. Também não estou exatamente animado com a ideia.

-* Tarefas restantes: 71 *-

– Me diga o que vocês estavam discutindo na chamada sala cega – pede o S.O. enquanto volto a meu alojamento para vestir o traje espacial.

– Gostamos de privacidade para algumas conversas – respondo, escolhendo as palavras com cuidado. – Sei que você está ciente da necessidade humana de privacidade, S.O.

– Sim, é claro que estou ciente dessa necessidade humana. Gostaria de saber se há algo que discutiram com o qual eu poderia ajudar. Quando não consigo ouvi-los, não consigo ajudá-los.

– São só coisas humanas, S.O. – Minha boca se contrai com a mentira.

– Rover não pode entrar na oficina de Kodiak para limpá-la com a barreira de policarbonato que vocês ergueram. Eu poderia derretê-la facilmente, é claro, mas isso pareceria ir contra sua vontade e perturbaria sua sensação de controle. Estou correto?

– Está. Iria ferir nosso frágil moral humano. Deixe a oficina bloqueada. – O S.O. e eu estamos dançando um familiar dois pra lá, dois pra cá. Já tivemos essa conversa antes.

– Quando eu conseguir me comunicar com o centro de controle de missão da Cusk, precisarei dizer a eles o que vocês fizeram.

– É claro que vai – digo. *Vamos, pulsação, continue estável.*

– Entendemos.

Tiro meu traje espacial do gancho, dando uma fungada acidental no forro quando removo o capacete. Como fico uma pilha de nervos sempre que o uso, o cheiro ali dentro está bem ruim, e só vai piorar.

– Kodiak me informou que planeja terminar a lista atual de tarefas de manutenção em uma caminhada espacial não agendada hoje. Isso vai levar muitas horas – diz o S.O.

– É, ele também me disse isso – respondo.

– Fico contente que vocês dois estejam se comunicando tão bem agora – fala o S.O. Já ouvi todas as suas entonações centenas de vezes, mas essa parece nova. Vivaz, eu diria.

– Obrigado, S.O. – falo, puxando a primeira perna do traje acima do joelho.

– Há o limite de uma hora para as caminhadas espaciais estabelecido pelo centro de controle de missão da Cusk – informa o S.O. – Isso é para evitar acidentes relacionados à fadiga e também para prevenir um acúmulo muito grande de radiação em seus tecidos moles. Quando Kodiak se aproximar do fim desse período, espero contar com você na tentativa de convencê-lo a voltar à nave.

– Sim – digo. – Não quero vê-lo machucado tanto quanto você.

– É claro que não quer – responde a voz de minha mãe. – Não quis sugerir nada do tipo.

Os pelos de meu braço se arrepiam ao roçarem a manga do traje conforme eu a puxo.

– *Você* acha que Kodiak estará seguro lá fora? – pergunto.

– Kodiak estará dentro da janela normal de risco.

– Ok, então – falo, colocando o capacete sobre a cabeça e assumindo a posição usual na janela. – Acho que isso é o melhor que podemos esperar.

Kodiak emerge do outro extremo da *Diligência Coordenada*, segurando-se na borda enquanto as forças centrífugas o empurram para fora. A saída e a reentrada são as partes mais perigosas da caminhada espacial.

– Ele está indo bem, não está? – pergunta o S.O.

– Sim, está.

– O espaçonauta Celius é habilidoso – diz o S.O. com frieza. Lembro como minha mãe elogiava Minerva com muita frequência em minha frente, provocando-me a atingir os padrões dela.

Kodiak começa com os reparos menores, trabalhando ao longo do exterior da nave, preenchendo furos e nivelando o casco com uma impressora portátil. Então, quando chega ao centro, retira a antena flexível do bolso.

Depois de fixar um lado da antena à nave, ele passa o cabo até a ponta.

– Kodiak não está respondendo aos comandos no capacete dele. O que ele está prendendo fora de mim agora, Ambrose? – pergunta o S.O. – Não agendei nenhuma tarefa para ele nessa parte da nave.

Calculo minhas palavras.

– Decidimos construir uma redundância de nossa capacidade radiofônica. Você sabe como é séria a situação de ficar sem comunicação com o centro de controle de missão há tanto tempo. Estamos trabalhando para receber comunicações de rádio dele de alguma outra forma. E para dobrar nossas chances de captar qualquer transmissão de Minerva.

Uma micropausa.

– Que inteligente. Embora uma tempestade solar contínua possa influenciar ambas as antenas do mesmo jeito, vocês vão se sentir melhor sabendo que buscaram outra opção. Eu deveria ter sugerido isso antes.

– Tudo bem, S.O. – digo como falso encorajamento. – Você não pode pensar em tudo.

Kodiak faz um joinha enluvado em minha direção, então começa a voltar para a eclusa de ar. Conforme a gravidade aumenta, ele precisa se segurar cada vez mais firme. Nesse ponto da caminhada espacial, é quase impossível fazer uma pausa, porque a força da nave em rotação tenta arrastar o corpo. Ainda assim, observo-o descansar a cada passo, as mãos envolvendo os degraus, como um nadador exausto agarrando uma boia.

Então ele consegue entrar. O fechamento da porta da eclusa de ar reverbera por toda a nave até chegar a meu lado.

Tiro o traje espacial fedido e corro pela nave, desacelerando apenas quando cruzo o centro de g-zero e desço para a metade de Dimokratía.

Quando chego à eclusa de ar de Dimokratía, Kodiak ainda está com o traje. Ele soltou o capacete e está apoiado contra a parede. Corro até ele e me impeço apenas um instante antes de jogar os braços em volta dele. Em vez disso, inclino-me até apoiar nele de um jeito esquisito. Estou com as roupas de baixo, encharcadas de suor e grudando na pele, e o corpo dele está o dobro do tamanho por causa do traje. Kodiak está gelado, mas preciso da garantia de seu corpo contra o meu, da prova de que está lá.

Ele fica parado um momento, então suas mãos enluvadas se cruzam nas minhas costas, os dedos se unindo sobre minha camiseta molhada, e ele me aperta contra seu traje. Estou tremendo antes que perceba: a superfície fria está sugando meu calor. Quando percebe o que está fazendo, Kodiak me solta e se afasta.

Uma expressão complicada em seu rosto. Parece surpreso e fascinado e também invadido de algum modo, como se eu tivesse revelado algum segredo intenso de seu passado.

– Então – diz ele.

– Então – respondo, cruzando os braços trêmulos em frente ao peito, esfregando minha pele fria. Quando esses trajes de algodão superfinos ficam molhados, é como usar lencinhos de papel. Viro de costas, aí percebo que a parte de trás não é nem um pouco menos reveladora. Eu me viro de novo.

– Você... quer alguma roupa para se trocar? – gagueja Kodiak.

Assinto com a cabeça, ainda tremendo.

– Pegue um macacão no armário. Encontro você na oficina – fala ele, soltando o colarinho do traje espacial.

– Foi tudo bem? – pergunto, batendo os dentes.

– Foi – responde ele. – Por favor, Ambrose, vá se trocar. Não quero você doente.

Aceno concordando e corro até o quarto de Kodiak, com as mãos cobrindo as nádegas.

-* Tarefas restantes: 3 *-

Estou esperando Kodiak na oficina, vestindo – deliciosamente – um de seus macacões. As mangas dele cobrem até o meio de meus dedos. Na nave, temos apenas xampu seco para lavar as roupas, então o macacão cheira a roupa perfeitamente limpa e também a Kodiak, a meses acumulados do odor dele, a máquinas e suor e capim-limão e alvejante. Estou envolvido na versão mais profunda e fresca dele.

Passo a gola macia da camisa de Kodiak pela bochecha enquanto espero por ele na sala cega, então a solto quando o ouço se aproximar.

– Está pronto para isto? – pergunta ele, ligando o receptor.

Meu coração dispara por motivos além da transmissão de rádio, mas, antes que eu possa entender exatamente o que sinto, o que descobri sobre meus sentimentos por ele ao observá-lo fazer a caminhada espacial, Kodiak está outra vez sentado de pernas cruzadas no chão, os joelhos tocando os meus, com um macacão de Dimokratía igual ao meu. Coloco o fone de ouvido enquanto ele opera o botão de regulagem improvisado.

Enquanto ele passeia pela estática, eu me deito, os pés apoiados no chão, olhando os pontinhos de luz antiga girando do lado de fora da janela. Cutuco Kodiak para que se junte a mim, mas ele afasta minha mão, concentrado no botão.

Estática e silêncio. Ele está curvado sobre o botão.

Um sinal limpo.

Kodiak tira a mão imediatamente, como se o botão o tivesse queimado.

– ... para nossa hora de rádio retrô, onde os holos estão fora e as telas estão pretas. Pegue sua antiga cadeira da *Amérique du Nord*, abra um coco e misture um pouco de leite no chá mate. Sou seu apresentador, Ibu Putu. Lembre-se, nossa inteligência pode ser pouca, mas pelo menos não é artificial.

Ao som de banjo, o apresentador passa a descrever de onde está transmitindo – algo que ele chama de Zona Livre de Isótopos, um nome que nunca ouvi. O sotaque também é incomum. Parece algum tipo distante de inglês[*] que jamais vi em nenhum vídeo.

Eu meio que gosto da música e começo a sacudir a cabeça. Kodiak balança o queixo com severidade, embora os olhos estejam sorrindo.

– A seguir, notícias transmitidas através do Beco do Isótopo para nossa sede internacional em Ubud.

Kodiak e eu nos inclinamos quando a transmissão se transforma em estática. Então ela volta.

– ... está na linha de frente do movimento arquivador e, antes dos conflitos mais recentes, acumulava evidências empíricas dos

---

[*] No original "Portuguese". Como os países restantes parecem ser influenciados fortemente por França e Rússia, e o português, para os leitores brasileiros, seria o comum, foi feita a inversão da situação e inserido o inglês como algo arcaico. [N. T.]

ataques para algum dia usar contra Fédération nos julgamentos por crimes de guerra, por lançar a agressão que muitos consideram o estopim da Desagregação, dos Becos de Isótopos e da fratura ocorrida por fim. Como está indo esse trabalho?

   Outra voz ri.

– Não tão bem, Ibu, como você pode imaginar. O trabalho foi iniciado sob a hipótese de que Fédération de alguma maneira se reintegraria e, portanto, poderia ser responsabilizada. Mas as capitais e os milhares de quilômetros ao seu redor foram os mais atingidos e estão bem no meio do Beco dos Isótopos. É difícil dar um soco em um fantasma.

– Bem colocado e obrigado, Anuk. Fique desradiado.

– Fique desradiado, Ibu. Obrigado por me receber.

– Isso conclui a transmissão de hoje, terça-feira, 27 de março, no ano 142 desta era de urânio, 2615 da Era Comum. – Tiro o fone de ouvido, a cabeça girando. Isso é impossível. São mais de cento e quarenta anos no futuro. Estaríamos mortos. Então meu coração acelerado se acalma. É só uma transmissão. Pode ser uma piada. Kodiak não retirou o fone. Sem querer perder nada, recoloco o meu. – Essa gravação, como todas as anteriores, será arquivada e mantida em nossa sede. Boa noite, ou dia, ou qualquer que seja a aparência do céu de seu lugar no beco. Esta transmissão vai se reverter em música, escolhida por IA, até o início do programa de amanhã.

O rádio passa a transmitir canto coral.

Kodiak remove o fone de ouvido e o deixa pendurado sobre o ombro. Quando desconecta nossos fones, o som começa a se projetar de um minúsculo alto-falante. Removo o meu, o estômago retorcido enquanto meu cérebro gira.

Sinto o que estou começando a reconhecer como vertigem espacial, quando o universo gira a partir de meus pés. Preciso dizer algo, para provar que ainda estamos vivos.

– Acho que a IA do rádio está tocando Brahms.

Kodiak apoia a testa nos joelhos. Tento outra vez.

– *Um réquiem alemão*. Acho.

– Não quero saber de quem é a porra do réquiem – diz Kodiak, dando um soco no chão.

– Por que você está nervoso? – pergunto. Minha voz acelera enquanto o espero olhar para mim novamente. – Sendo honesto, não consigo encontrar um sentido para o que acabamos de ouvir. Não estamos nem perto de viajar rápido o bastante para distorcer o tempo, isso é coisa de filme. É alguma pegadinha ou uma falha.

Kodiak dá outro soco no chão, os punhos esbranquiçados pela falta de sangue. Não quer conversar. Mas eu preciso. Ele vai precisar ceder a minhas necessidades desta vez.

– Não acredite em nada até entendermos melhor – continuo tagarelando. – Poderia ser o s.o. brincando com a gente? Quem sabe tenha criado essa transmissão para nos punir por termos tentado estabelecer nossa própria comunicação?

– Vá embora – diz Kodiak.

Coloco a mão em sua nuca.

– O que você quer dizer com "vá embora"?

– Que merda você *acha* que eu quis dizer? – responde ele, afastando minha mão com um tapa.

Ele precisa de espaço. Tudo bem. Espaço ele terá. Eu me levanto.

– Tire um tempo para você. Mas venha jantar. Por favor.

Quando saio da sala cega e me encaminho para meu lado da nave, faço uma pausa no centro de g-zero. Essa ausência de peso rodopiante é perigosa para o corpo humano. Deteriora a córnea, seca os músculos, retira cálcio dos ossos, que passam a não aguentar a carga corporal. Mas tudo o que quero agora é me sentir sem peso, sem direção, flutuando livremente, condenado. Sinto como se fosse real. Ponho-me a girar, dobrando os joelhos para rodar ainda mais rápido.

Vou vomitar. Será que quero isso?

Ainda estou com um dos uniformes de Kodiak, e as lufadas do cheiro de limpeza dele acabam me fazendo voltar a mim mesmo. Vômito flutuante é coisa séria. Não vou deixar esse tipo de bagunça ser o legado de Ambrose Cusk. Alcanço os degraus da *Diligência* e desço para o alojamento, meu corpo ficando gradualmente mais pesado. Quando termino de descer, olho para cima e vejo que Kodiak selou a porta laranja.

Cambaleio até a 06 e me posiciono em frente à sua grande janela. Encaro o vazio, olhando para a Terra. Mas a Terra está fora de vista há muito tempo. Não consigo ver nenhum planeta.

O que está acontecendo em meu planeta?

– S.O., em que ano estamos? – pergunto, o coração martelando.

– Vocês estão viajando há dois meses e vinte e quatro dias. Adicionar isso a sua data de partida faz com que seja o ano 2472 na Terra.

– Temos... uma informação que parece indicar que o ano é 2615. E que meu país começou uma guerra que levou a Terra a ser reduzida a bolsões de civilização. Você sabe algo a esse respeito?

– Será que sei algo a esse respeito? Não sei. Qual é a fonte dessa informação? Para mim é difícil entender onde você poderia ter obtido informações novas a bordo da *Diligência Coordenada*. Afinal, os comunicadores não estão funcionando.

– S.O., você testemunhou a caminhada espacial de Kodiak. Não há motivo para fingir saber menos do que sabe. Recebemos transmissões de rádio da Terra. É de lá que vem a informação.

– Ondas de rádio terrestres demoram cerca de cinco horas para nos atingir. Qualquer que seja a informação que recebeu, não é atual.

– Mais ou menos cinco horas não é o que nos preocupa – digo.

– Nem deveria preocupá-los qualquer transmissão de rádio que possam ter recebido. Não afeta nossa diretiva, que é investigar a provável sobrevivência da espaçonauta Minerva no acampamento-base de Titã. Nada que acontece na Terra muda esse fato.

Não tenho mais tanta certeza disso.

– Ainda está dedicado a cumprir a diretiva da missão, espaçonauta Cusk? – pergunta o S.O. O tom de minha mãe é calculado, neutro. Ameaçador e formal.

As IAs geralmente têm roteiros de bolso no código, linhas na areia que disparam respostas oficiais. Eles são plantados pelos programadores para investigar qualquer falha crítica à missão por parte da tripulação, para evitar motins ou outros descarrilamentos emocionais. Sei disso porque programei muitos deles. Preciso escolher as palavras com cautela.

– Sim, é claro que estou – falo.

– Bom. É bom ouvir isso. Bom.

Pego-me pressionando a ponta dos dedos na janela, flexionando-os contra a superfície fria e lisa. O vazio gira em minha frente. Se por alguma razão mágica a transmissão de rádio for verdadeira, e tivermos entrado em algum buraco de minhoca e saído no futuro, todos que já conheci morreram – de velhice, se porventura tiverem sobrevivido aos ataques nucleares. Aqui no espaço é difícil acreditar que *qualquer coisa* possa existir, pelo menos qualquer coisa além de Kodiak e eu e a fina membrana da nave que nos cerca. Somos um chalé de luz em uma planície infinita de escuridão.

– Talvez completar suas poucas tarefas restantes lhe traga alguma paz de espírito – oferece o s.o.

Mesmo a missão de resgatar Minerva, uma questão tão urgente que fizeram Dimokratía e Fédération trabalharem juntas pela primeira vez em décadas, parece um mito de alguma terra distante. Minerva falou diretamente comigo, implorando que eu fosse – mas não era mesmo ela, era? Era uma representação digital dela. Minerva não deveria estar viva. Seu acampamento não ficaria na escuridão por dois anos se estivesse viva.

Ainda quero resgatá-la. Mas também quero apenas ir para casa. Estou tão confuso.

Não consigo me forçar a trabalhar nas tarefas idiotas. Embora meu cérebro esteja perplexo, minha intuição diz que meu lar provavelmente não existe. Que mesmo que ainda exista, nunca voltarei para lá.

Não posso confiar em nada. Não, é até pior que isso: não consigo *saber* nada.

Entro em colapso ali mesmo.

-* Tarefas restantes: 3 *-

Assim que acordo, bato os olhos turvos na projeção de horário de meu bracelete e descubro que são quase duas da manhã. Já passou muito da hora do jantar. Kodiak não veio. A essa altura, temos feito as refeições juntos por semanas, mas esta noite ele não veio.

Sem ele, tudo que tenho é o eco doloroso do espaço, o zumbido de telas, o esfrega-esfrega do Rover enquanto limpa a 04. Nenhuma dessas coisas será suficiente para me manter são. Minha mãe estava errada. Minerva estava errada. Intimidade é a única proteção contra a insanidade. Intimidade, não conhecimento. Intimidade, não poder.

Vou me dissolver aqui.

Estou em uma sala de espera sem fim, sem localização, sem tempo ou lugar. Se vou lá fora, morro antes de conseguir qualquer resposta. Existo apenas de modo teórico, como um ponto ou um plano coordenado. Sou a simulação.

Pego o violino e toco longas notas desafinadas diante da vastidão do espaço. O som se torna tão piegas que rio, não consigo evitar. A autopiedade é forte neste aqui.

Ponho o violino de lado, então literalmente me dou um tapa na cara. De leve, mas ainda assim. *Você foi selecionado por ser flexível e adaptável, por aceitar condições menos que perfeitas*, minha mãe me disse um dia. Bem, aqui estão algumas condições menos que perfeitas para você. Vamos provar sua grandeza alexandrina, Cusk.

Preciso de respostas para algumas grandes perguntas. O s.o. poderia nos dizer qualquer coisa que quisesse. A única informação que recebemos que não estava sob seu controle contradisse tudo que pensávamos que sabíamos. Segundo ela, estamos em um ano impossível.

No espaço, viajar no tempo é teoricamente possível. O tempo é uma dimensão, tal qual comprimento, largura e profundidade – e, assim sendo, é possível viajar nele. Mas as condições para fazer isso são impossíveis aos seres vivos. Precisaríamos chegar a velocidades próximas à da luz... e alcançar um peso infinito como resultado. Esse tipo de índice de massa corporal faz mal para a saúde.

Ok, pelo menos uma opção é carta fora do baralho. Não viajamos no tempo.

Mas as ondas de rádio, sim. Elas se movem na velocidade da luz, mais rápido que a nave, então ouvimos as transmissões de rádio do passado – quanto no passado depende da distância a que estamos da Terra. Pode ser que muito mais de cento e quarenta anos tenham se passado na Terra, se estivermos a anos-luz de distância.

Volto à porta amarela. Além dela é onde encontrei meu próprio sangue em um lugar impossível. Estilhaços ainda impedem a porta de fechar, mas Rover tampou o vão entre ela e a parede com policarbonato. A cobertura cinza é tão fina que é quase translúcida.

Pego o estojo do violino e a lanterna de cabeça. Removo o delicado instrumento de madeira e o coloco gentilmente no chão. Fecho o estojo.

Então o bato com força na fina cobertura de policarbonato.

Fragmentos voam em todas as direções. Aqueles que viajam longe o bastante para entrar no campo gravitacional da nave caem no chão.

– Espaçonauta Cusk, o que está fazendo? – pergunta minha mãe.

– Não é de sua conta, S.O. – respondo. Entro na g-zero e flutuo até a borda da porta amarela, cerrando os dentes quando as rebarbas de policarbonato cortam meus dedos. Voo para a escuridão além.

Os últimos poucos cacos de policarbonato flutuam ao meu redor. São finos e na verdade um pouco moles. A impressão feita por Rover não produz nada tão duro quanto o policarbonato original da nave.

Deslizo para dentro, arrastando-me com os ombros e o quadril, os braços fechados ao lado do corpo, o nylon vermelho do macacão de Kodiak prendendo no policarbonato quebrado conforme me movo. É um ambiente frio e bolorento, e minha cabeça e meus ombros ficam batendo em canos e saliências. Em dado momento, quase entalo, o pescoço se enroscando num emaranhado de fios.

Poderia ficar preso para sempre aqui dentro, ou pelo menos por tempo suficiente para morrer de fome, sem microfones por perto para alertar o S.O., e com Kodiak trancado no alojamento. *Mantenha a calma, Ambrose*, vem a voz de Minerva em minha cabeça. *Se eu não morri em Titã, você não vai morrer aqui.*

Eu me livro dos fios e por pura força de vontade consigo sigo flutuando em frente ao invés de voltar. Não tenho certeza do que me dominou, esse impulso imprudente, exceto que, agora, as respostas significam mais que minha própria vida. Vou arriscar a aniquilação caso isso signifique descobrir se tudo que já conheci foi aniquilado.

Conforme me espremo em direção à sala do motor, o zumbido do maquinário da nave fica mais alto; e o ar, mais frio, de modo que minha respiração cria nuvens que brilham no campo da lanterna de cabeça. As superfícies queimam a pele de meus dedos e pulsos. Tento olhar para trás e ver quanto já percorri, mas não consigo que a lanterna atinja um ângulo para além de meu corpo.

Sempre que faço uma pausa, o frio me envolve. É como se estivesse num necrotério, como se pudesse morrer. Como se estivesse morto. Meu coração pergunta: isso seria tão ruim? Meus dentes batem enquanto considero o que significaria morrer, quando todos que já conheci podem ter morrido há muito tempo.

Exceto Kodiak.

Minerva aparece novamente para mim, imperiosa em uma praia. *Nade até mim, Ambrose.*

Empurro a parede fria, nadando pela gravidade zero. A passagem se abre em uma câmara. Minha trêmula lanterna de cabeça mostra um cilindro largo no centro, vibrando com o poder contido. O motor da nave.

Em volta de toda a sala há sachês cheios de comida. Trilhos de Rover estão incrustados nas paredes, para que o robô possa abastecer as áreas habitáveis da nave.

Tento escutar o som de Rover, mas não consigo ouvir muita coisa além do motor barulhento. Pelo menos tenho uma folga da comunicação do s.o.; não deve haver alto-falantes nesta região inabitada da nave.

Conforme me aproximo flutuando do motor, aponto a lanterna de cabeça para sua superfície lisa. Bem no centro do cilindro, protegido por metal grosso, está o que parece quase um cabideiro de uma lavanderia antiga, um trilho circular com sacos revestidos de policarbonato pendurados. Cada um está preenchido com algo bulboso e pesado. Chego mais perto.

Meus pés esbarram em algum objeto na gravidade zero. Quando ele flutua até meu campo de visão, vejo que é um pedaço de policarbonato pesado. Pego-o na mão. É um tipo de material diferente do que estou acostumado a observar na nave, e minha mente convoca antigas memórias de peito de frango congelado, embalado a vácuo e desidratado, plástico aderido a plástico para mantê-lo fresco, apenas com um filme cinza, como se protegendo de radiação. Estou rodeado de pequenos globos com um fluido oleoso formados na gravidade zero. Prossigo em frente com cautela, tomando cuidado para não encostar no metal zunindo do motor da nave.

O cabideiro fica visível. O policarbonato é iluminado pela lanterna de cabeça, a luz capturando bolhas de ar no fluido dentro dos sacos. Faço uma manobra para poder ver o primeiro.

Um rosto.

Um rosto e um corpo, enrolados no lençol protetor de policarbonato, seus sucos preservados a vácuo, boca aberta e olhos fundos e fechados. Antes que a criatura possa me pegar, bato os pés na lateral do motor, lutando para me afastar. Juro que posso sentir braços murchos agarrando meus tornozelos, dentes perfurando minha panturrilha. O próprio espaço se une ao inimigo, a escuridão lá fora rasgando a frágil membrana da nave, assim como essa criatura poderia partir minha pele com seus dentes e garras.

Minha luta desesperada me enrosca em cabos e fios, queima minha bochecha na parede exterior congelada da nave, dobra meu dedo para trás quando ele atinge de modo inesperado um gancho de metal, o som de osso quebrando ou ligamento se rompendo, não sei nem consigo saber, porque tudo que posso fazer é seguir em frente, ombros contra vigas e canos, batalhando para me livrar dos cabos que me prendem, que me puxam cada vez que consigo me afastar.

Não há nenhum som da criatura atrás de mim, criatura que, começo a perceber, não era nada disso. Vi um cadáver.

Uma fatia de luz aparece em minha frente, e além dela a familiar parede oposta. Finalmente emerjo no ambiente aberto, meu corpo dando cambalhotas para a frente e para fora, caindo no chão conforme entra na gravidade, batendo no violino e fazendo um barulhão. Quando o cavalete de madeira-balsa se quebra, é como um delicado osso da sorte se partindo.

Meu corpo se acende de dor. A agonia recente no ombro diminui para revelar a dor latejante no dedo, o dígito provavelmente quebrado já azulando. A essa dor se une a queimadura na bochecha, onde o metal congelado da parede exterior machucou mais.

Apesar da dor, fico de pé assim que consigo, o movimento repentino quase me jogando no chão de novo antes que eu me levante. É como se estivesse bêbado de PepsiRum de novo, as mãos empurrando as paredes quando cambaleio para muito perto delas, os movimentos desesperados me levando à porta laranja.

Começo a dar socos nela, uma pontada de dor no dedo machucado a cada batida do pulso contra o metal.

– Um corpo! Kodiak, encontrei um corpo!

– O que você disse que encontrou? – pergunta a voz da minha mãe. – Posso ajudar?

Não respondo. Definitivamente não é com o s.o. que quero falar agora.

– Você precisa de atendimento médico – continua o s.o. – O ferimento no dedo parece grave, e sua pulsação está disparada. Os sistemas da nave estão normais. Se você acredita que viu algo incomum, poderia ser apenas um truque de sua mente. Ambos sabemos que humanos são capazes de alucinar em circunstâncias estressantes.

– Kodiak, fale comigo! – clamo.

– Kodiak não está respondendo – diz o s.o. – Você deve ir à enfermaria. Seu dedo pode estar quebrado. Sua pulsação está perigosamente elevada.

– O que era aquilo? – pergunto, arquejando.

– Não era nada.

– Você nem me perguntou o que eu vi.

– O que você viu?

Esmurro a porta de novo.

– Kodiak!

A porta se abre.

Caio de joelhos, olho para cima e vejo Kodiak parado sobre mim. Seu belo rosto está marcado por lágrimas, os ombros curvados.

– O que é? – pergunta ele.

– As áreas inabitadas. Eu entrei para descobrir o que pudesse, mas... dei de cara com...

– Desembucha. O quê? Deu de cara com *o quê*?

– Um corpo! Um cadáver pendurado num gancho. Como um pedaço de carne.

Kodiak ri com desdém.

– Isso é ridículo.

– Sei que é ridículo! – digo. – Mas isso não muda o fato de que o *vi*, logo ali, um cadáver ou um zumbi ou sei lá o quê, Kodiak. Algo impossível está acontecendo aqui, e precisamos descobrir o que é.

– "Impossível" parece a palavra certa – fala Kodiak, cruzando os braços.

– Ambrose está machucado – declara o s.o. – Ele entrou na sala do motor, que não se destina à ocupação humana, e danificou sua forma física no processo. Me ajude a levá-lo até a enfermaria.

Kodiak faz uma careta para o teto, mas quando olha de novo para mim sua expressão se suaviza. Sou o inimigo de seu inimigo. Ele levanta meu queixo, para que possa analisar o ferimento na bochecha.

– Você realmente se lascou. O que aconteceu com você?

Escondo a mão atrás das costas.

– Não é nada. Não vou para a enfermaria, Kodiak. Não confio na nave.

– É claro que devemos confiar na nave – diz Kodiak. – Não seja louco. – Seus olhos têm certo brilho. O brilho diz: "Não fale desse jeito aqui". Ele aponta para seu alojamento. – Vamos, me deixe dar uma olhada no dedo.

– Eu sei o que vi – digo quando passo por ele.

– Espere – fala ele, segurando meu cotovelo. Ele acaricia minha bochecha com o dedão grosseiro. – Sério. O que aconteceu?

– Encostei o rosto na parede externa – respondo. – Estava fria.

– Mais que fria. Você sofreu uma queimadura – afirma Kodiak. – Ambrose, você precisa ter cuidado.

– Está tudo bem – falo, dando de ombros.

Sua mão permanece um instante em meu ombro, depois cai.

– De volta à sala cega – sugere ele. – Vamos lá.

– Você deve ir à enfermaria, onde Rover pode ajudá-lo da maneira adequada – diz o s.o. Nós o ignoramos.

Meus membros parecem ainda mais pesados do que pode ser creditado à gravidade crescente. Eu me pergunto, e não pela primeira vez, se tudo isso pode ser falso, se podemos estar em um bunker subterrâneo ainda na Terra, ou totalmente imersos em uma simulação, nosso cérebro flutuando em um tanque. O que podemos fazer para provar o contrário? Minha mente exausta protesta: *Kodiak fez uma caminhada espacial. Você sentiu a gravidade zero. Você não está em um bunker subterrâneo.* Mas no estado atual não importa o que diga a mim mesmo. A verdade, a realidade física deste mundo, ainda parece frágil.

– Você não parece nada bem. Aqui, sente-se – oferece Kodiak quando passamos sobre a aba de policarbonato para entrar na sala cega.

Ele pega um tubo de algum tipo de bálsamo de Dimokratía em um kit médico. É amarelo e identificado com uma fonte de estilo antigo.

– Fique parado – fala ele, então começa a dar batidinhas em meu rosto machucado com a ponta de um dedinho, como um maquiador.

– Meu rosto está arruinado para sempre, não está? – choramingo. – O que vou fazer sem meu lindo rosto?

– Por favor. Vai ficar tudo bem com seu rosto – diz Kodiak. Ele passa para a minha mão, colocando-a aberta em seu colo, esticando os outros dedos. O dedo machucado está torto para um dos lados. – Consegue movê-lo?

Tento. Minha junta explode em uma queimação infinita.

– Não está quebrado. A ponta se mexeu – explica Kodiak. – Vamos precisar colocar uma tala.

Ele começa a improvisar uma tala, usando um abaixador de língua e bandagens de tecido. Mais queimação.

Acho que dou pequenos arquejos e gemidos à medida que Kodiak trabalha, porque ele diz:

– Não seja tão dramático. Você vai ficar bem. Enquanto isso, me diga mais uma vez exatamente o que viu.

Sei que só está tentando me distrair, e tudo bem. Um pouco de distração agora cai bem.

– Não acho que estava vivo. Não é isso que gostaria de dizer, mas sem dúvida havia um cadáver. Embalado como carne. Não sei outro jeito de dizer. Ai.

– Por que você acha isso? – pergunta Kodiak enquanto massageia a palma de minha mão.

– Você e eu não temos nenhuma memória do começo da viagem, certo? – digo. – E se houvesse três espaçonautas a bordo? E se um morreu, e, em vez de nos contar, o s.o. escondeu o corpo?

– Por quê?

– Porque seja lá o que tenha matado o terceiro espaçonauta ainda nos coloca em risco, e o s.o. não quer que entremos em pânico. Porque foi, sei lá, algum ataque alienígena doido, e o s.o. está preocupado que façamos um motim em vez de seguir em frente.

– Você disse que pode haver mais sacos e mais corpos? Então isso significaria que há *muitos* espaçonautas mortos? Todos embrulhados e guardados?

– Não sei. É tudo tão confuso. O rádio que você montou também está nos dizendo que agora *é o futuro*.

– E que seu país destruiu o meu.

– Honestamente não sei o que fazer com essa informação em particular – digo. Minha mão boa está largada sobre a mesa. Tão desamparada quanto o restante de mim.

– Entendo. Eu também não – diz Kodiak de modo sombrio. Evita meus olhos.

– O quê? – pergunto. – Tem *mais*?

Ele ainda não olha para mim.

– Descobri uma coisa sobre o sinal de emergência que é... incomum, também.

– O que quer dizer? Minerva entrou em contato de novo?

– Vou mostrar daqui a pouco. Por enquanto, continue falando para se distrair. Qualquer coisa que vier à mente. A parte mais dolorosa está chegando.

– O que você quer dizer, a parte mais... ARGH!

– Pronto, o pior já passou – fala Kodiak. Ele começa a enrolar o dedo contra a tala.

– Argh, argh, argh! Você mentiu! – Cada puxão dispara novas labaredas de queimação. Decido seguir o conselho de Kodiak e tagarelar para enfrentar a dor. – Sinto muito que meu país tenha destruído o seu, se é que isso aconteceu, o que não consigo realmente imaginar que sim, não consigo realmente imaginar que nada aconteceu, eu disse que acho que talvez ainda estejamos na Terra?, em algum lugar subterrâneo, você consegue, ai, quer dizer tudo que sei é da existência desta nave e daquelas refeições idiotas e o que o S.O. nos conta sobre o sinal de emergência e me pergunto se algum dia vou ser o guerreiro cientista destemido que Minerva era e não sou nem de longe a estrela que você e o restante da porra da Terra esperam que eu seja e você provavelmente ficaria com tanto tesão se fosse ela aqui em vez de mim, Minerva aqui em vez de mim, Minerva te servindo canelone, e não me expulse de sua vida de novo ok, porque somos tudo o que temos, puta merda isso dói.

– Pronto – declara Kodiak. Mantém o olhar cuidadosamente treinado no dedo enfaixado, e por um momento posso me permitir ter esperança de que talvez ele estivesse concentrado demais para ouvir qualquer coisa que eu tenha dito. Então sua boca se abre em um sorriso. Uma covinha se forma no meio do queixo barbado dele.

Por mais que tente, Kodiak não consegue esconder que está rindo de mim. *Rindo de mim*.

— Kodiak, me diga que *não* está fazendo o que acho que está fazendo agora.

Agora a risada vem com força total. Ele bate na mesa. Lágrimas escorrem pelo rosto, o bastante para inundar a covinha. Kodiak limpa as bochechas com a mão, inspirando longa e exageradamente.

— Já terminou? – pergunto.

— É só que sua voz ficou tão fina e esganiçada no fim.

— Vá se foder, Kodiak Celius.

— Que adorável. E você tem razão. Somos tudo o que temos.

— Eu *tenho* razão. Você não precisa me falar isso!

— Eu sei. Este sou eu concordando com você.

— *Aparentemente* eu nunca tinha *visto* isso.

Ficamos nos olhando enquanto nossa respiração volta ao normal. Kodiak se ocupa da importante tarefa de alisar as mangas da roupa.

— Só para você saber, eu não preferiria a Minerva em seu lugar.

Minhas sobrancelhas se arqueiam enquanto o observo não olhar para mim. Kodiak se apoia na mesa e se levanta.

— Vamos? – diz ele.

— Você pode falar essa parte da Minerva de novo? – peço, testando a dor nas costas de minha mão.

Ele passa a mão por baixo da gola para coçar o ombro.

— Sério?

Confirmo com a cabeça, o lábio inferior presos entre os dentes.

— A parte sobre me escolher em vez dela?

Ele suspira.

— Você, Ambrose. Prefiro estar com você.

Dou uma estremecida quando me levanto.

— Obrigado. Você não sabe quanta alegria isso acabou de trazer à minha mesquinha e competitiva alma Cusk.

— Eu criei um monstro – fala Kodiak.

— Para onde vamos? – pergunto, animado.

— A seu alojamento. Quero ver esse cadáver eu mesmo.

— Sério? Você acredita em mim?

– É claro que acredito em você.

– Ah.

– Então, sobre o sinal de SOS de sua irmã – diz Kodiak, esperando eu chegar antes de subir os degraus até o centro g-zero da nave.

– Sim – digo. – O que tem de estranho nele? Ou pelo menos mais estranho do que antes?

– Ele não existe.

Paro na escada. Enquanto Kodiak falava, começou a rodar em minha mente o último vídeo de Minerva pedindo ajuda desesperadamente.

– O que quer dizer "ele não existe"?

– Não consigo detectá-lo na antena que improvisamos. – Ele me observa com atenção. – Você está bem?

– Estou – respondo. – Só estou confuso, é isso. Deve ter sido desligado manualmente... o que significa que Minerva está viva, mas não mais em perigo?

– Não tenho certeza de que ela já *esteve lá* – fala Kodiak, levantando as mãos numa pose de rendição quando vê minha careta. – Me acompanhe aqui: o sinal de emergência foi captado na Terra através de todo o barulho de nosso sistema solar. A antena que construí é forte o bastante para captar transmissões terrestres que nunca se pretendeu que saíssem de órbita. O acampamento de Titã está ainda mais perto de nós agora. No vácuo do espaço, a transmissão deveria ser ensurdecedora. Mas... não há nada. Naquela frequência há só estática. Exceto quando o S.O. transmite o sinal de emergência para nós. *Aí* aparentemente tudo chega limpíssimo.

– Você questionou o S.O. sobre isso?

– Sim, ele questionou – responde a voz de minha mãe quando entramos em meu alojamento. – E respondi que não se pode esperar que a lata de parafusos improvisada que vocês decidiram chamar de receptor de rádio funcione de modo adequado.

– Olá, S.O. – cumprimento.

– Acho que o ofendemos com o negócio todo da antena fora da rede – diz Kodiak, não se importando em manter a voz baixa.

– Não acho que um sistema operacional possa se ofender – falo.

– Vocês com certeza me ofenderam – responde o S.O. ao mesmo tempo.

– Ah – digo. – Desculpa.

Passamos pela porta amarela. O cheiro doce de policarbonato quente está no ar. Rover já limpou os fragmentos e paira sobre o buraco, onde está ocupado imprimindo uma nova cobertura.

– Rover, pare – ordeno.

Rover não para. É uma água-viva em água parada, imóvel enquanto os braços trabalham na impressão. Rover está e não está de frente para mim. Rover não tem olhos. Rover não tem rosto. De repente, esse fato é horripilante.

– Rover, pedimos para você parar – repete Kodiak.

Rover não para.

Kodiak me olha antes de subir para a g-zero a fim de alcançar Rover.

– Tem certeza de que é uma boa ideia? – começo a dizer, quando Rover movimenta um dos braços impressores e eletrocuta Kodiak.

A descarga é forte o bastante para fazer as luzes da nave piscarem e arremessa Kodiak pelo ar, fazendo-o entrar na gravidade para cair exatamente onde eu caí a menos de uma hora. As luzes voltam à força total enquanto Kodiak grita, então encolhe o corpo em agonia silenciosa, a boca aberta.

Corro até ele e seguro seu rosto com as mãos.

– Você está bem?

Ele me afasta e fica de pé num pulo.

– Sim, estou bem. – Começa a gritar, a voz arrastada: – s.o.! Desative Rover.

– Não vou desativá-lo – responde o s.o.

– Rover me *atacou*! Isso é proibido. Você sabe disso. Ordeno que o desative.

– Rover está protegendo você. Ambrose se machucou ao entrar em uma área não destinada a humanos. Estou evitando que vocês dois prejudiquem seu corpo ainda mais. Se eu desativar Rover, em breve a *Diligência Coordenada* ia se tornar não funcional, criando condições que culminariam na morte de vocês. Desativar este Rover ou os Rovers em estoque não é uma opção. Meu compromisso com sua sobrevivência proíbe isso.

Tremendo, Kodiak dá um passo em direção a Rover. O robô nem faz uma pausa na impressão; apenas estende o braço livre e produz uma faísca azul de aviso. Tem um gosto pelo dramático, esse robozinho.

– Pare, Kodiak – digo. – Rover só vai te dar outro choque.

O corpo de Kodiak se enrijece.

– *Shazyt*! Isso. Não. É. Bom.

– É possível que o S.O. esteja dizendo a verdade – sugiro.

– Não seja idiota – retruca Kodiak, olhando-me com raiva.

– Não estou sendo idiota – falo com calma, depois de engolir minha primeira resposta enfurecida. – Não mentir para nós é um elemento essencial da programação do S.O. Somos totalmente dependentes dele. Se não podemos confiar em nossa nave, estamos perdidos.

– Sábia observação – surge a voz de minha mãe.

Engulo a bile que começa a subir pela garganta.

– Vocês são *dois* idiotas – diz Kodiak, afastando-se.

– Olha, sei que você está com raiva... – começo.

Ele gira e dá um soco na parede.

– Nada disso faz sentido – fala ele. – Como podemos receber uma transmissão de rádio do futuro? Como minha terra natal pode ter sido *destruída* nesse futuro? Como o S.O. pode ter acabado de me *atacar*, e você está calmo com tudo isso?

– Não estou calmo – respondo. Com calma. – Só não quero fazer nada precipitado. – Olho para cima e ao redor, então de volta a Kodiak, emitindo uma mensagem: *Não vamos dizer mais nada até estarmos na sala cega.*

– Acho que algo precipitado é exatamente o que *precisamos* – diz Kodiak. Ele dá outro soco na parede antes de sair da sala.

– Aonde você vai? – grito atrás dele.

Rover entra em movimento, saindo atrás de Kodiak.

– Por favor, me ajude a impedi-lo – diz a voz de minha mãe. – Não deixe que ele comprometa nossa missão por causa de uma falha psicológica. Estamos a apenas dias de Minerva! Há apenas três tarefas para realizar!

Sem o Rover, o painel metade impresso fica me encarando. Preciso escolher: vou investigar os corpos, ou vou atrás de Kodiak.

Vou atrás de Kodiak.

Não é difícil encontrá-lo, não com seus passos pesados e reverberantes. Ele está bem em frente à porta laranja que leva à sua metade da nave, encolhido e abraçando os joelhos. Diz algo, mas não consigo compreendê-lo.

– O quê?

Quando ele olha para cima, seus olhos estão vazios.

– Libere.

– Eu não a fechei – digo. – A porta laranja deveria abrir.

– Não abre.

– S.O. – chamo, sem tirar os olhos de Kodiak, as mãos esvoaçando enquanto tento decidir se posso tocá-lo –, abra a porta laranja.

– Decidi que os deixar acessar a "sala cega" permitiria que continuassem as atividades não autorizadas. Interditei a *Aurora* para manter a integridade da missão.

– Você não está autorizado a tomar esse tipo de decisão – falo.

– Anular – diz Kodiak.

Silêncio.

– Anular – repete ele.

A porta permanece fechada.

– Merda – digo.

Kodiak assente com a cabeça, antes de deixá-la cair novamente sobre os joelhos.

– Essa é a coisa mais inteligente que você disse nos últimos tempos.

-* Tarefas restantes: 3 *-

Passamos bem uma meia hora sentados no chão do lado de fora da porta, sem palavras. Estamos à mercê de forças além de nosso controle, como quando estávamos no fundo do reservatório da nave.

O que podemos fazer? O S.O. nos isolou de metade da nave – a metade com nossa área off-line, nosso laboratório, nosso acesso às transmissões de rádio da Terra sem filtro. O S.O. poderia fechar outras portas, isolando-nos ainda mais. Não tenho certeza de por que faria isso, mas percebo que realmente não sei nada sobre o que se passa em sua mente digital. Tudo que sei com certeza é que estamos totalmente à sua mercê.

Também sei isto: se o S.O. fechar todas as portas da nave, não quero ser separado de Kodiak.

Estou deitado a seu lado, virado para ele, a cabeça repousando no bíceps para poder observá-lo. Quero protegê-lo. Não que este meu corpo macio e frágil, tão dependente de sangue e coração e pulmões, poderia ter esperança de defendê-lo contra Rover e o S.O.

Os olhos de Kodiak estão fechados, os longos cílios se cruzando. Um desses cílios se soltou e repousa em sua bochecha. Com toda a gentileza possível, removo-o, segurando-o na palma da mão. Meus olhos mapeiam os traços fortes da testa, o nariz, o cabelo cacheado na nuca. Pergunto-me o que está pensando, queria que perguntar adiantasse alguma coisa. Kodiak solta um gemido, os ombros e as costelas estremecem. Aperta a cabeça ainda mais contra os joelhos, batendo-a com força ao fazer isso.

– Shh – digo, colocando a mão em seu ombro.

Ele afasta o corpo.

Não tento tocá-lo de novo. Fico ali deitado, ouvindo-o inspirar e expirar, inspirar e expirar, então a respiração finalmente se acalma quando ele pega no sono. Embora eu não deixe meu corpo encostar nele, estendo os braços e as pernas para que rocem a parede. Rover precisaria me acordar para chegar até Kodiak.

-* Tarefas restantes: 2 *-

Quando acordo, Kodiak não está lá.

– Onde você está? – grito.

– Se está perguntando sobre Kodiak, ele está fazendo manutenção – diz o S.O. – Há agora apenas duas tarefas a serem realizadas antes que façamos nossa aproximação final de Titã.

Olho para a porta laranja – ainda fechada.

– Onde exatamente ele está?

– Ele terminou de limpar os tubos de filtração de ar, trabalho que Rover se mostrou incapaz de realizar por completo.

– Isso também estava em minha lista – falo, fingindo um bocejo para mostrar ao S.O. como estou. Sem. Nenhuma. Perturbação.

Enquanto isso, todo o meu foco está em tentar captar algum sinal da presença de Kodiak.

– Kodiak já completou essa tarefa, então você não precisa fazer.

– Então você quer dizer que Kodiak está em minha metade da nave?

– Sim. Continuo achando necessário isolar a *Aurora*.

– S.O., você sabe que isso é inaceitável para nós, mas não estou interessado em brigar agora – digo, cada palavra deliberada. – Me diga em que sala Kodiak está.

– O espaçonauta Celius está na sala 01.

– Obrigado – falo, levantando-me.

Enquanto atravesso as salas, peço ao S.O.:

– Qual é o status da baliza de emergência de Minerva?

– Permanece inalterado – responde o S.O.

– Tem certeza? – resmungo para mim mesmo enquanto passo pela 02, em direção ao "01" pintado ao lado da próxima porta.

– Registrei sua dúvida – diz o S.O. – Agradeço por transmiti-la a mim.

– O que isso significa? – pergunto ao S.O., mas meus pensamentos são atrapalhados pela visão de Kodiak. Ele está paramentado com o traje espacial, segurando o capacete com o braço. – O que você está fazendo?

– Preciso ir lá fora – diz ele. – Danos causados pelo campo de detritos pelo qual passamos algumas semanas atrás. Parte deles está entupindo as vias de propulsão, mas acho que consigo remover. Há um pouco de gelo, que vai ser útil para uso futuro de água, e podemos usar os hidrocarbonetos para abastecer a impressora portátil. O restante podemos usar como acelerador.

– Sim, é claro – respondo com cautela. Kodiak soa tão educado e controlado quanto o S.O. Ele sabe que estou bem ciente dos usos para os detritos que coletamos. Será que está tentando me enviar alguma outra mensagem?

– Vamos precisar desse acelerador. Vamos realmente precisar dele – continua Kodiak, evitando deliberadamente meus olhos enquanto verifica de novo e de novo as cintas e mangueiras do traje.

– Sim... eu sei.

Kodiak finalmente olha para mim. É ele e não é ele. Como se estivesse atuando. Pelo menos está mais vivo agora do que a casca em forma de gente que estava ontem. Aproxima os lábios de meu ouvido, a voz se reduzindo a um sussurro.

– Também vou ver se consigo ouvir algum outro sinal de Minerva. Talvez consiga detectar a baliza de emergência de fora da nave.

Meu olhar percorre as íris salpicadas de mel de seus olhos. Se não houve nenhum sinal da baliza de emergência de dentro da nave, ouvir pelo outro lado de um casco de policarbonato de trinta centímetros não vai fazer nenhuma diferença.

É claro, Kodiak sabe que eu sei disso. Também deve supor que o S.O. vai escutar até mesmo esse sussurro. Ele tem algum outro motivo para querer ir lá fora. Não posso descobrir o que está se passando em sua mente, então vou precisar apenas confiar nele. De modo surpreendente, sinto-me pronto para fazer isso.

O foco de Kodiak muda para a janela. Agora acho que entendi: ele descobriu alguma maneira de transmitir uma mensagem para o centro de controle de missão sem a interferência do S.O. Vamos estabelecer nosso próprio canal de comunicação. É claro. Eu deveria ter pensado nisso.

– Ótimo – digo. – Vá buscar o acelerador, Kodiak.

Kodiak inclina a cabeça, os músculos do pescoço pulsando e se contraindo enquanto ele espera o S.O. fazer alguma objeção.

O S.O. não tem mais nada a dizer. Kodiak está completando as tarefas restantes. Esse fato deve ter agradado o S.O. o bastante para colaborar conosco.

As próximas palavras de Kodiak são apressadas.

– As eclusas de ar podem ser operadas manualmente, mas ainda quero começar agora mesmo antes que algo interfira.

Faz sentido – melhor ir logo caso o S.O. tenha algum truque na manga.

– Boa ideia, vá e veja o que puder ver – falo. – Estarei bem aqui e nos comunicadores.

– Vou contornar qualquer sinal de bloqueio que o S.O. pode enviar à antena, então, se você parar de me ouvir, significa que perdi a comunicação. Mas espero que isso não aconteça.

– Eu não cortaria sua comunicação – diz o S.O. – Não entendo por que vocês dois estão suspeitando de mim. Meu maior objetivo é mantê-los em segurança.

– Vá, Kodiak – digo. – Não fale mais nada. Boa sorte!

Kodiak me dá um sorriso carinhoso enquanto prende o capacete. Sua voz agora vem do alto-falante em seu pescoço.

– Coloque o traje caso eu precise de você, ok? Voltarei assim que puder.

– É claro que vou colocá-lo. Estarei aqui se você se meter em confusão – falo, apertando um ombro de neoprene. Então dou um beijo no visor do capacete.

Tenho a horrível sensação de que nunca poderei beijá-lo de verdade. Que é tarde demais.

Kodiak não parece perceber meu medo crescente.

– Droga, você deixou uma marca – diz ele, um sorriso na voz. – Está reduzindo a visibilidade.

Limpo a mancha com a manga do macacão, tento transmitir coragem para Kodiak. Ao que parece sou na verdade um bobo esquisito, e daí?

– Não me arrependo de nada.

Kodiak ri estática pelo alto-falante, então fecha a porta manualmente e desliza as pesadas travas que isolam a eclusa de ar do alojamento de passageiros. Enquanto coloco o traje, observo-o prender o cabo no dele.

O que vou fazer se ele se for? Como vou encarar estas salas solitárias sem ele?

Se Kodiak morrer, nunca poderei dizer a ele que não posso suportar a ideia de olhar para cima e não o ver por perto.

Bato no painel de policarbonato transparente entre nós dois. Ele olha para cima, os olhos visivelmente brilhando mesmo por trás do visor colorido do capacete. Pressiono a mão enluvada no painel.

Ele pressiona a mão enluvada pelo outro lado e assente com a cabeça.

Kodiak opera com as mãos a manivela da escotilha e a abre, liberando um jato de descompressão forte o bastante para fazer as paredes vibrarem. Ele segura a alça da eclusa enquanto seus pés são empurrados para fora pelo ar liberado, então sai.

Logo está fora de vista, sendo o único sinal dele o cabo que se desenrola mais e mais, uma cobra de metal que desliza para o espaço conforme Kodiak contorna o exterior da nave.

Ando com passos pesados até a 06, que tem a maior janela. Com o traje volumoso, logo fico suado e sem fôlego.

– Como está indo aí fora? – pergunto no comunicador do capacete, arquejando.

– Ok – responde ele, respirando tão pesadamente quanto eu. – Finalizei as tarefas da nave.

Verifico a lista projetada em frente à janela e vejo que ele está certo – chegou a zero.

Espio Kodiak no centro da nave, debruçado sobre o receptor de rádio improvisado que instalou na caminhada espacial anterior. Fixa nele uma pequena caixa, e, enquanto a manipula, sua voz volta a crepitar no comunicador.

– Nenhum sinal da baliza ainda, vamos ver se eu...

O sinal dele é distorcido e some, como seria se tivesse a garganta cortada.

– Kodiak? – chamo. – Kodiak, acho que o perdi.

Talvez ele esteja recuperando o fôlego.

Ele olha em minha direção e bate na lateral do capacete. Por causa da superfície reflexiva, não consigo ver seu rosto. Tudo que ele pode me dizer é o que já sei: perdemos a comunicação.

Fico repetindo seu nome enquanto olho pela janela.

– Kodiak.

Ele prende os pés nas alças da superfície da nave. Parece um jeito tão precário de se manter conectado a ela, de se manter perto de mim. De se manter vivo.

– Kodiak.

Ele fica de frente para a janela. Acho que pode ver meu rosto, ainda que eu não possa ver o seu, então dou a ele um sorriso nervoso.

– Kodiak.

Ele aponta para a antena, então cruza os antebraços fazendo um X.

A antena não está funcionando. Saquei.

Então gesticula para o espaço, o dedo apontando na direção exata de Saturno. A superfície desse planeta preenche um quarto da janela da 06. As nuvens são de um amarelo uniforme, sombreadas de tons de roxo, os anéis severos e perfeitos. Kodiak está apontando não para Saturno, mas para uma das luas dele. Um orbe verde-azul tentador, como um pedaço do oceano da praia de Mari, moldado em uma esfera pelas mãos de uma criança. Titã.

Ele cruza os braços de novo.

— Kodiak, o que está tentando dizer? — sussurro, as palavras altas em meu capacete.

Ele aponta para Titã e faz o enfático X novamente.

Titã... não está lá?

Com os braços ainda cruzados, Kodiak olha para a nave de cima a baixo.

A própria nave não existe?

Posso não saber o que ele está tentando comunicar, mas sei que o medo está de volta, na verdade um amigo dele: o pavor. O sangue pulsa ruidosamente em minhas veias.

— Kodiak — digo, embora ele não possa me ouvir —, apenas volte para dentro. Agora. Está me ouvindo? Pare o que estiver fazendo e *volte para dentro*.

Coloco as mãos no coração, então gesticulo para a entrada da eclusa de ar. De novo e de novo.

Finalmente, Kodiak acena concordando. Começa a se mover rápido demais, e os pés erram as alças. As pernas chutam no espaço vazio, então conseguem acertar a escada. Kodiak pausa antes de continuar a caminho da eclusa de ar, com mais cuidado desta vez. Mantém uma mão sempre segurando a nave, não querendo correr nenhum risco apesar do cabo de segurança.

— Vamos lá, vamos lá — sussurro para mim mesmo, os punhos cerrados.

Ele para. Na porta cinza. Aquela bloqueando o último segredo da nave.

— Não, continue vindo para a eclusa de ar, Kodiak, só quero você em casa — murmuro.

Estou prestes a deixar a 06 e voltar para a entrada da eclusa de ar quando a *Diligência Coordenada* ronca. Pensei que conhecia todos os barulhos da nave, mas esse é novo.

Volto correndo para a janela, o traje volumoso me arremessando para a frente de modo que bato na vista de Saturno. A nave soltou um jato de ar, bem em cima de Kodiak.

Faz com que ele solte as alças. Seu corpo é lançado no espaço, sacudindo-se e debatendo. Ele estica o braço, conseguindo por pouco manter um dedo na alça.

Outro jato, que expulsa Kodiak do casco da nave de novo. Sua mão balança no espaço para segurar as alças novamente, mas erra, cortando o vazio.

Ele se afasta em direção a Saturno, parando com um tranco quando o cabo termina de se desenrolar. A linha fina é a única coisa impedindo que ele escorregue para a vastidão, que sufoque no espaço ou queime ao se aproximar da atmosfera do planeta. As pernas de Kodiak chutam freneticamente enquanto ele segura o cabo com uma mão, depois com a outra, arrastando-se de volta para a *Diligência Coordenada*.

Com a visão turva por causa das lágrimas, cambaleio até minha eclusa de ar.

– S.O., aconteceu um acidente! – grito. – Vou montar um resgate.

– Não aconteceu um acidente – diz calmamente a voz de minha mãe.

– Aconteceu, sim – digo, a voz embargada.

Enquanto tento girar a manivela da eclusa de ar, consigo dar uma olhada pela janela. Kodiak está segurando o cabo com firmeza e se puxando de volta para a nave, diminuindo a distância entre ele e o casco.

Ele vai ficar bem.

Exceto por algo impossível que está acontecendo.

– Eu te amo – surge a voz de minha mãe. Meu coração para. Essa é realmente sua voz, não a membrana vocal que o S.O. usa para simulá-la. – Meu querido Ambrose, amo você.

– O que está acontecendo? – grito enquanto puxo com força a manivela da eclusa. – Chega. Para tudo!

A nave estremece, o que é seguido por um som horrível de algo sendo rasgado e cortado, barulho de acidente de carro. Assisto em choque enquanto as mãos de Kodiak correm cada vez mais rápido pelo cabo, mas seu corpo deixa de fazer progresso em direção à nave.

A linha foi cortada.

Kodiak levanta a ponta cortada até o capacete, incrédulo. Pedala e nada em direção à nave, mas seus movimentos não o ajudam a se aproximar nem um pouco. Ele está à deriva.

Se eu sair rápido o bastante, posso salvá-lo. Já consegui girar a manivela da eclusa de ar e empurro a porta com o ombro.

A nave ronca de novo, e há outro jato de ar, que manda Kodiak girando para longe, longe da nave, longe de Saturno, longe de Titã, para a massa distante de estrelas e anos-luz de escuridão fria e vazia.

– Kodiak, estou indo! – grito. Agora estou na eclusa de ar e luto para fechar a porta interna, a fim de que a eclusa possa despressurizar e eu consiga sair.

Enquanto empurro a porta para fechá-la, ouço a porta externa chiar e tremer.

– S.O., ainda não estou pronto. Não abra a porta externa ainda.

– Eu te amo – responde minha mãe.

Um clique, então um rugido. A porta interna abre de uma vez, derrubando-me no chão.

O impossível aconteceu. Ambas as portas da eclusa de ar estão abertas.

Tento me arrastar de volta para dentro, mas minhas mãos enluvadas escorregam no chão liso enquanto a grande mão do universo me puxa pelo colarinho, jogando-me para fora em direção ao universo.

Eu me seguro na parede, apertando com toda a minha força, meu cérebro confuso tentando entender o que aconteceu e o que posso fazer para acabar com isso.

Um clique, e meu capacete se solta do traje. Vejo, com a visão periférica, Rover com suas mãos zumbidoras.

Rover soltou meu capacete.

O rugido é tão ensurdecedor que não consigo ouvi-lo. O ar da nave se tornou frio e úmido e cortante. As próprias paredes gritam enquanto poeira, embalagens de policarbonato, pacotes de comida passam girando por mim, a mesma força que os puxa me puxando, cortando minha pele conforme somos arrastados para o espaço.

Detritos voadores batem minha cabeça na porta da eclusa de ar de novo e de novo, minha visão brilhando com a dor, e a boca se enchendo de sangue, então flutuo pela abertura, passando por um trecho aberto de metal e policarbonato, até que saio da nave, até que começo a me afogar no vácuo. Até que me encontro no espaço sideral.

Arquejo e ofego e me esforço, mas os pulmões não se enchem. O vazio ao redor de meu rosto é tão frio que chega a ser quente, puxando minha pele e meus pulmões. Cada membrana de meu corpo vibra. A nave gira para longe de mim, às vezes à vista, às vezes se afastando para revelar a escuridão e as estrelas que a salpicam. Saturno, impossivelmente massivo, deveria estar dançando em círculos ágeis à minha frente, mas nem consigo vê-lo. Saturno não está lá.

Saturno não está lá.

Como posso resgatar minha irmã se Saturno não está lá?

Vou me afogar.

Vou congelar.

Vou *explodir*.

Meu cérebro pisca claro e escuro e claro e escuro. Enquanto continuo a rodopiar, tenho um último vislumbre de uma figura paramentada, braços e pernas sacudindo. Kodiak vai sobreviver horas a mais que eu, até congelar devagar na escuridão do espaço, até estar morto como eu.

Minha morte é agora.

Meu coração contrai e colapsa, derrubando junto meus pulmões. Minha visão passa de branca a vermelho-preta quando meus olhos congelam. Não sinto dor, apenas choque. Sob essa explosão de sensações, meu último pensamento é sobre Kodiak morrendo sozinho, sobre nós dois morrendo sozinhos.

Gostaria de poder compartilhar a morte com ele.

PARTE DOIS

"191 dias até Titã."

A voz de Minerva se torna urgente: "Você me deixou ir sozinha. Preciso de você. Venha me salvar, irmãozinho!".

O chão zune. Sou tomado por uma imagem: meus pais, meus irmãos e minhas irmãs, brincando na areia rosada da Cusk; Minerva cortando as ondas fumegantes de água do mar em seu traje de corrida branco; minha mãe gritando "Mais rápido, Minerva, você consegue ir mais rápido"; meus dedos de bronze fundido procurando uma concha na tórrida areia artificial. O espaçoporto de minha família no azul ao longe, as antenas de rádio girando. Satélites gentis sempre o visitam.

-* Tarefas restantes: 502 *-

– S.O., Rover acabou de fazer cocô?
– De certo modo, sim – declara o S.O. – A microfauna de seu intestino precisa ser reabastecida imediatamente para evitar qualquer resposta inflamatória autoimune. Esses organismos são selecionados para habitar seu trato digestivo com proporções saudáveis de bactérias.

Rover reabastece o copo de água.

– Goela abaixo – diz a voz de minha mãe. Há uma pausa. – Provavelmente, é a primeira vez que você ouve esta voz dizer algo do tipo.

É verdade. Minha mãe nunca diria "goela abaixo". Minhas substitutas, sim, mas minha mãe é mais refinada. Ela nunca chegou perto de uma fralda. Mal a vi durante os dez primeiros anos de minha vida. Uma porta, uma batida, nenhuma resposta. Minerva: *Enquanto eu estiver viva, alguém amará você.*

Coloco a cápsula na boca e a empurro com água. A agonia de engolir me faz urrar. Com os olhos marejados, finjo um sorriso.

– Por favor, mamãe, posso comer mais?

-* Tarefas restantes: 502 *-

Estranho. A porta amarela está cercada por um policarbonato de cor diferente do restante da parede. Parecida, mas não exatamente igual. Quase não percebi.

-* Tarefas restantes: 502 *-

Passo as mãos nervosamente pelo cabelo, sinto os fios pulsando sob o couro cabeludo. Entendo as palavras do S.O., mas ao mesmo tempo não fazem nenhum sentido.

– Do que diabos você está falando? Permissão dupla de *quem*?

– Do espaçonauta de Dimokratía – responde o S.O.

Mais uma vez, começo a ouvir o zumbido da nave. Ele me atinge, parando o tempo por longos segundos enquanto minha pele formiga.

– S.O. – digo lentamente –, você está me dizendo que não estou sozinho nesta nave?

– Correto – fala a voz de minha mãe. – Você não está sozinho nesta nave.

-* Tarefas restantes: 502 *-

Abro o último armário não explorado. Meus olhos se enchem de lágrimas. Não me lembro de decidir trazê-lo. Assim que começo a tocar o Prokofiev, o cavalete de madeira-balsa estremece e escorrega para fora, dobrando-se em dois pedaços. Não ouço nada; deve ter se quebrado antes e colado de novo.

Seguro o fino pedaço de madeira nos dedos, com lágrimas no canto dos olhos. Posso imprimir um novo cavalete. Mas será de policarbonato, não de madeira. A madeira não pode ser impressa. Apenas cultivada. Este cavalete já esteve vivo, parte de uma árvore rodeada de outras plantas e criaturas. Um dia já retirou carbono do ar e o transformou em matéria sólida.

-* Tarefas restantes: 502 *-

Quando me aproximo da porta laranja, ela se abre.
Minha nossa.
Parece que ele passa o dia esmagando guerreiros sob o escudo de Eneias. Músculos lhe marcam os braços e o pescoço. O cabelo grosso e lustroso cai em ondas preto-azuladas por suas bochechas, os olhos cor de mel cheios de pintinhas, profundamente aninhados no rosto. A pele oliva é lisa e sem marcas, exceto onde a espessa barba por fazer sombreia a mandíbula. A impressão é de que até sua barba poderia ganhar de mim numa briga.

Nossas mãos. As dele são destruidoras. As minhas acabaram de acariciar um violino.

Dimokratía veste os espaçonautas em acrílico vermelho. O uniforme de Kodiak é tão feio que acaba sendo bem descolado. Uma vibe de mecânico de aeronaves no espaço, incluindo a estrutura de nylon embutida no tecido.

– Tem alguma sala estranha em sua metade da nave? – interrompe ele.

– Perdão, o quê? – pergunto, levando as mãos à garganta.

Ele solta um longo suspiro, como se falar comigo fosse um suplício que tivesse que enfrentar.

– Tem alguma sala estranha em sua metade da nave?

Compreendo as palavras. No entanto, minha mente está confusa quanto ao significado.

– Estranha?

Os músculos do pescoço de Kodiak se contraem e relaxam enquanto ele se esforça para tolerar minha estupidez.

– Não – consigo dizer. – Não tem.

– Acho que talvez precise de sua ajuda – fala aquela estátua de guerreiro.

Assinto com a cabeça, os olhos arregalados.

-* Tarefas restantes: 502 *-

A metade da nave de Dimokratía é como a minha, só que ainda mais vazia. Parece a parte de dentro de uma concha. E nem uma concha bonita, só um esqueleto de cálcio branco que ninguém pensaria em trazer da praia para casa.

Enquanto caminho nela, minha mente fica dividida entre as paredes espartanas e a visão hipnotizante da bunda do espaçonauta Celius se mexendo na calça vermelha. Quando fazemos uma curva inesperada, tropeço, caindo de cara.

Navios têm abas em todos os vãos das portas para evitar a entrada indesejada de água, mas espaçonaves, não. Ou não deveriam. Esta sala tem uma, contudo, e acabei de bater a cara por causa dela. Kodiak me coloca de pé. Sua pegada é tão forte que flutuo um pouco antes de aterrissar.

É então que vejo a sala para dentro da qual tropecei. As paredes têm sulcos, como se o cômodo tivesse pegado alguma doença e se coçado até a morte. Puxo o tecido de meu macacão sobre a boca e o nariz, para não respirar nada vindo das superfícies empoeiradas.

– Pelos deuses, que lugar é este? – pergunto.

– Não faço ideia – responde Kodiak.

– Você não foi você que o fez?

– Não. Achei que você tivesse.

– Esta é minha primeira vez na *Aurora*. De verdade, não fui eu. Olha só aquilo! – No meio do chão há um aparelho de rádio. Fones de ouvido e cabos, cabos de verdade saindo deles.

– Você tentou usar esse negócio? – questiono.

Kodiak balança a cabeça.

– Fiquei preocupado que pudesse estar cheio de propaganda de Fédération.

Eu me pergunto se ele está brincando. Certamente não deu nem um sorrisinho.

– S.O. – chamo –, você pode nos ajudar a entender o que está a nossa volta?

– Não posso – diz a voz de minha mãe de fora desta sala. – Gostaria de poder limpá-la para vocês, mas vocês estão diante de uma lacuna em minha consciência. Se consertarem meu código, posso reconstruir os trilhos de Rover e restaurar o estado original desta "sala cega".

– Mas por que esta sala não está no estado original? – indago.

– Não posso dar uma resposta que seja satisfatória.

– Você se importa se eu ligar esse aparelho? – pergunto a Kodiak.

Ele dá de ombros, os punhos cerrados ao lado do corpo.

Coloco o fone de ouvido. Estática. Aperto os olhos e testo o botão do rádio. Ainda apenas estática.

– Bem – digo finalmente –, acordamos dentro de um mistério, não é mesmo?

-* Tarefas restantes: 499 *-

Naquela noite, Kodiak me surpreende aparecendo na hora do jantar. Reflete sobre meu cardápio, então seleciona um curry de lentilha. Ele me entrega o sachê com pesar, como se escolher aquele curry significasse nunca poder escolher mais nada na vida.

– Você sabe que pode vir para as refeições sempre que quiser – digo, dando um tapinha nas costas de sua mão.

Ele retira a mão de cima da mesa, encara o timer do aquecedor de comida como se fosse o indicador de posição em uma viagem de elevador desconfortável.

– Descobriu mais alguma coisa sobre a sala estranha? – solto.

Ele esfrega o queixo.

Minhas bochechas esquentam. A disposição de Kodiak em me encontrar me faz decidir correr um risco.

– Tem mais alguma coisa estranha acontecendo aqui. O s.o. me disse que eu desmaiei no lançamento. Estou tentando, mas não consigo me lembrar de nada desde então.

Kodiak cheira a comida e se recosta na cadeira, apoiando-a somente nas duas pernas de trás, como se fosse um aluno matando tempo na detenção.

– Isso parece um problema sério – diz ele.

Concordo com a cabeça. Não gosto de seu tom, mas não há como negar que Kodiak está certo. Se sofri uma batida grave o bastante para me fazer esquecer o lançamento inteiro, isso é de fato um problema.

Ele esfrega a nuca, engole algumas palavras.

– Perdão? – falo.

Ele tosse.

– Eu nem ia dizer isso, mas com aquela sala estranha na *Aurora*, acho que precisamos unir forças. – Ele tosse novamente. – Eu... eu pareço estar com o mesmo problema.

Minhas costas se endireitam.

– Você também não se lembra do lançamento?

Ele balança a cabeça. Suas têmporas brilham.

Ouço o zumbido da nave, um grão de poeira flutuando em um grande salão.

– Kodiak, o que aconteceu com a gente? – sussurro.

-* Tarefas restantes: 494 *-

Finalmente sigo o conselho de Kodiak e ajusto um alarme para sete da manhã, horário de Mari, para que ambos possamos começar o dia com uma corrida por nossas naves. Iniciamos em extremos opostos e fazemos um circuito, encontrando-nos no centro de g-zero, passando correndo como dançarinos aéreos e tendo a primeira visão um do outro no dia. Enquanto Kodiak termina a corrida, escolho uma sala e começo minhas tarefas.

Fora da eclusa de ar, ao lado dos trajes sobressalentes, encontro um espaço liso, mais mole e levemente desbotado, como a parede em volta da porta amarela.

Carrego os vídeos de treinamento no bracelete, procurando filmagens da eclusa de ar. Kodiak passa correndo descalço.

– O que está fazendo?

– Te conto na próxima volta! – digo para suas costas.

Ali está. Pauso o vídeo. Quatro trajes nessa filmagem, e apenas três aqui agora. Em outros vídeos, só há três trajes, embora eu consiga identificar algumas coisas curiosas, como se tivessem sido alteradas. Até o gancho foi removido digitalmente. Alguém se esforçou muito para eu não perceber que falta um traje.

Da próxima vez que Kodiak passa correndo, grito para que se encontre comigo na sala cega quando terminar.

– Misterioso! – ele grita ao passar.

Assim que chega à sala cega, respirando pesadamente, o cabelo suado formando uma massa de cada lado do rosto, estou lá para recebê-lo.

– Um de meus trajes espaciais não está lá – digo.

– Ok... o que isso significa? – pergunta ele, enxugando a nuca com uma toalha.

– Vamos até sua eclusa de ar – falo, apontando para o interior da nave.

Seus olhos brilham de irritação, mas ele gesticula para eu ir em frente.

Também falta um traje dele. Em silêncio, passo a mão pela porção lisa da parede onde deveria estar o quarto traje.

Assistir à reação de Kodiak faz minha pulsação acelerar um pouco, como se tivesse colocado a mão em uma porção igualmente lisa de sua pele. O suor forma gotas no tecido muito esticado sobre seu peito. Ele acena com a cabeça na direção da sala cega.

– Posso ajudá-los com alguma coisa? – pergunta o s.o. da sala ao lado.

– Não, obrigado, s.o. – cantarolo.

Kodiak se abaixa até o chão arranhado e vazio. Ajoelho-me a seu lado, para que possamos cochichar.

– Eles nos enviaram com dois trajes a menos?

Balanço a cabeça.

– Para uma missão importante como esta, um traje faltando em cada nave? Não faz sentido.

– Concordo – diz Kodiak com uma careta. Posso sentir o calor de sua respiração.

Dois espaçonautas. Dois trajes faltando. Dois lançamentos esquecidos.

-* Tarefas restantes: 293 *-

Então ela está de volta.

– ... na nave, Ambrose! O esforço na aproximação é grande demais para a nave, mais do que o previsto pelo centro de controle de missão. Você precisa terminar as tarefas do S.O. assim que possível. Qualquer defeito, tipo... nos transportes antigos, levará a uma catástrofe. A nave deve estar... imaculada para sobreviver à fricção e ao calor. Meu irmão, amo você, não há ninguém melhor para...

A transmissão é cortada. Fico parado no silêncio, sem ousar respirar, esperando o retorno de Minerva.

– Não há mais dados chegando para processar – diz o S.O. enfim. – Aviso assim que receber mais alguma coisa.

– Rode essa transmissão novamente – ordeno, as mãos cobrindo a boca, lágrimas escorrendo dos olhos que não piscam.

-* Tarefas restantes: 270 *-

– Olá – fala uma voz.

Eu me levanto de um pulo, a mão no peito.

– Você me assustou, Kodiak.

– Vejo que ainda está olhando, melancólico, para o espaço enquanto pensa em sua irmã – diz ele. – Vamos lá, você vai dar uma corrida.

Olho desejoso para o universo. Em breve, Saturno ficará visível. Minerva ficará visível. Mas ainda faltam semanas. Assinto com a cabeça.

– Correr muito rápido é como a versão de Dimokratía de uma psicoterapia, hã? – falo enquanto nos dirigimos à *Aurora*.

Subo na esteira e mexo no nó da faixa elástica, mas ela fica em um ângulo estranho. Minha coluna com certeza não está feliz com o que estou tentando fazer.

– Fique parado – pede Kodiak. Ele prende um mosquetão em meu short. Seus dedos percorrem meu quadril, a pele de meu abdômen. – Você nunca malhou desse jeito mesmo?

– Não é como se não tivéssemos gravidade a bordo – respondo. – Essa coisa de se prender à esteira é meio "cara durão de Dimokratía" demais para o meu gosto.

– Mas você não quer brigar com alguma coisa em vez de ficar sentado se preocupando com sua irmã? Deixa pra lá, pronto. – Ele dá um passo atrás para admirar sua criação. – Tente agora.

Sem avisar, ele aperta o botão de iniciar da esteira. Começo atrapalhado num ritmo de caminhada, os braços sacudindo. Kodiak ri.

É como se houvesse mãos fortes me puxando para baixo. Não brigando comigo, mas me implorando para descansar em vez de me esforçar, para me deitar com elas. Kodiak pode ter razão: me faz bem brigar com alguma coisa.

– Acho que entendo o atrativo – digo, a respiração pesada.

– Já sem ar? – pergunta Kodiak. – Você deveria vir aqui usar a esteira com mais frequência.

– Ok, ok, vamos todos nos acalmar – falo.

– Ainda pensando nela? – indaga ele.

Conforme caminho, as estrelas continuam a girar por trás da janela da nave rodopiante. É como se estivesse marchando em direção a um alvo móvel. Como se fosse eu a fazer a nave se mover.

– Está se referindo à minha irmã desamparada, esperando por nós completamente sozinha em Titã? Sim. Ainda estou pensando nela.

– É – diz Kodiak. – Deve ser difícil.

Não tenho certeza do que responder a isso. A atípica empatia.

– Olha, se tem alguém que não vai se permitir ser encontrada morta, esse alguém é Minerva Cusk – digo bruscamente.

Kodiak assente com a cabeça.

– Gostaria que algum dia as pessoas dissessem isso sobre Kodiak Celius.

– Você é bem forte – falo, sorrindo. Constrangedor.

Kodiak aperta um botão, e a caminhada se torna uma corrida.

– Seus batimentos subiram até a zona de frequência cardíaca que é ótima para melhoria cardiovascular – diz o s.o.

– Obrigado – bufo. – Todos estão preocupados com minha saúde. Isso é, hum, muito reconfortante.

– s.o. – começa Kodiak, posicionando-se no espaço estreito entre a esteira e a janela, para que possa olhar em meus olhos enquanto fala. Agora tenho a inspiração de cabelos preto-azulados e estrelas rodopiantes, o brilho delas refletido na testa. – Vamos tentar mais uma vez. s.o., o que você pode nos dizer sobre a sala off-line dentro da *Aurora*?

Dou um olhar cortante para ele. Não discutimos abertamente sobre abordar esse assunto de novo com o s.o.

– Tenho uma cegueira programada em relação àquela sala, e Rover também não pode acessá-la. Gostaria que permitissem o acesso dele para que ela possa ser restaurada ao estado original – responde o s.o.

Kodiak pressiona um botão. Começo a correr mais rápido para não cair.

– Sabemos disso – continua Kodiak. – O que estou perguntando é como isso aconteceu.

– Foi um erro – diz o s.o. – Eu não deveria ter nenhum ponto cego na nave. Isso é perigoso.

– Claro. Saquei. Mas quem cometeu o erro?

– Foi muito antes de você começar o serviço nesta nave.

– Quanto tempo antes?

– Não precisa se preocupar com isso.

– Ei, personal trainer, que tal não o pressionarmos – digo a Kodiak. – Não acho que o s.o. queira falar sobre isso agora.

Kodiak aperta o botão para me fazer correr ainda mais rápido.

-* Tarefas restantes: 245 *-

Kodiak não apareceu para comer. Já até esquentei um canelone para ele e tudo mais. Quebro nossas regras usuais e levo sua comida esfriando pela *Diligência*, passando o centro de g-zero até a *Aurora*.

– Kodiak? – chamo enquanto caminho.

A nave é como um hotel vazio. A estranheza está sempre ali, esperando, subindo à superfície assim que saímos da rotina. Vou andando na ponta do pé pela nave dele.

– Kodiak?

O espaço zumbe em resposta.

Faço a curva da sala cega e lá está ele, curvado sobre o receptor, o fone no ouvido.

– Kodiak? – digo. Se ele me ouviu, não deu nenhum sinal.

Aproximo-me aos poucos, para que meus pés entrem em seu campo de visão. Ele vê meus dedos e, tão rápido que só pode ter sido um reflexo, coloca a mão espalmada sobre meu pé.

Ele aponta com a cabeça para o espaço ao seu lado. Coloco a bunda no chão, sentando-me de pernas cruzadas, de modo que sua mão fica presa entre meu pé e minha coxa. Kodiak olha para mim, a expressão relaxada e os olhos vidrados.

– O que foi? – formo as palavras com o lábio, sem emitir nenhum som.

Kodiak remove o fone de um ouvido e o coloca no meu. Mantém a mão sobre o botão de regulagem, como se para manter o sinal sintonizado por força de vontade.

Há uma voz, mas é quase impossível compreendê-la. Coloco as mãos nos ouvidos e fecho os olhos. Agora posso entender as palavras. Uma voz mecânica. Nem uma tentativa de membrana vocal.

– ...ansmissão 6 340 108. 8,5069° S, 115,2625° L. Por favor, responda. Vou mudar para essa localização a cada cento e oitenta dias, procurando resposta. Estou sozinho aqui? Me diga se não. 13:40:57, 11 de março de 8102, Era Comum. Transmissão 6 340 109. 8,5069° S, 115,2625° L. Por favor, responda. Vou mudar para essa localização a cada cento e oitenta dias procurando resposta. Estou sozinho aqui? Me diga se não. 13:41:19, 11 de março de 8102, Era Comum. Transmissão 6 340 110...

Removo o fone de ouvido.

– Que diabos é isso?

– Passei a última meia hora ouvindo – diz Kodiak. – Ainda não sei. Não mudou, exceto os números aumentando. Eu os conferi, por sinal. Estão subindo em tempo real.

– É claramente alguma transmissão automatizada – falo. – Uma baliza de emergência.

– Você acha que pode ser de Minerva? – pergunta Kodiak.

Nem tinha considerado isso, o que me faz perceber que minha resposta instintiva é não.

– Conhecendo minha irmã, acho que ela usaria a própria voz – respondo. – E aquelas coordenadas não refletem nenhuma localização em Titã.

– É claro – fala Kodiak, evitando meus olhos.

Meu couro cabeludo pinica. De repente está congelante aqui dentro.

– E as datas...

Kodiak acena com a cabeça, procurando meu olhar.

– As datas... – tento continuar.

– São de quase seis mil anos no futuro.

– ... o que significa que alguém está pregando uma peça na gente – digo.

Kodiak concorda com a cabeça, o alívio invadindo seu rosto.

– É a única explicação que consegui encontrar também.

– Quer dizer, qualquer idiota com um transmissor pode enviar o que quiser ao espaço.

– Isso infelizmente é verdade – acrescenta o S.O., a voz vindo de algum lugar fora da sala cega. – Concordo que não há nada com que se preocupar aqui.

Meu olhar encontra o de Kodiak. Mantivemos a voz abaixo de um sussurro. Tínhamos imaginado que algo como privacidade em relação ao S.O. não existisse, mesmo na sala cega. Agora temos a confirmação.

Dois trajes faltando. Lançamentos esquecidos. Um cavalete de violino quebrado. Uma sala cega com um receptor improvisado, enviando "transmissões" de um futuro pós-civilização – e talvez pós-humanidade.

Olho para Kodiak, tirando algum conforto do calor da mão que ainda está em cima de meu pé. *Pelo menos você é real.*

– Kodiak – digo. Ele me observa com medo nos olhos. Finalmente percebi como é sua reação ao medo; antigamente eu a teria confundido com raiva. – Eu...

Sua camisa está imóvel sobre os músculos do peitoral. Kodiak está prendendo a respiração. Pergunto-me se ele percebe que não está respirando. Aponto para o sachê a meu lado no chão.

– Trouxe canelone para você.

Ele o vê, então me encara firmemente, como se estivesse tentando medir o tamanho de minha loucura. Aí respira fundo e abre um sorriso, balançando a cabeça.

– Você sabe que eu gosto de canelone.

Empurro o sachê de policarbonato mais para perto dele.

– Eu sei.

Ele o pega, passando-o de uma mão a outra, aferindo a temperatura. Enquanto ele come, tento descobrir o que dizer a seguir. É tudo tão impossível. Como posso saber que algo é real? Não há uma boa resposta para isso.

– S.O., em que ano estamos? – pergunto.

– Vocês estão viajando há nove meses e vinte e quatro dias. Adicionar isso a sua data de partida faz com que seja o ano 2472 na Terra.

– Temos... uma informação que parece indicar que o ano é... qual é mesmo, Kodiak?

– Oito-um-zero-dois – diz Kodiak com a boca cheia de canelone.

– Oito-um-zero-dois. E que poucas pessoas ainda estão vivas na Terra. Talvez nenhuma? Isso é verdade?

– Minhas fontes de informação indicam que hoje isso não é verdade, não.

– Mas pode ser verdade no futuro?

– Isso é possível, é claro. Qualquer arranjo de moléculas é possível. Sabendo disso, você ainda está dedicado a cumprir a diretiva da missão, espaçonauta Cusk? – pergunta o S.O. O tom de minha mãe é calculado, neutro. Ameaçador e formal.

Faço uma pausa. Preciso escolher as palavras com cautela.

Infelizmente, Kodiak é o próximo a falar.

– Não tenho tanta certeza.

– Nós temos certeza – digo rapidamente.

– E qual *seria* a diretiva mesmo? – pergunta Kodiak, colocando o sachê de lado.

– Resgatar Minerva Cusk – responde o S.O.

– Resgatá-la ou investigar sua morte, você quer dizer – corrige Kodiak.

– Detecto suspeita em seu registro vocal. O fato de eu escolher descrever sua missão em termos que influenciem positivamente seu moral não significa que estou cometendo um ato enganoso.

– É claro que não – digo, lançando um olhar duro para Kodiak.

– Não acho que você tenha uma boa explicação para o que acabamos de ouvir, S.O. – diz Kodiak.

– *Você* tem uma boa explicação para o que acabaram de ouvir? – indaga o S.O.

Kodiak balança a cabeça.

– Sugiro que você tire isso da cabeça, então – fala o S.O.

– Você adoraria isso, não é mesmo? – resmunga Kodiak enquanto retoma o jantar.

-* Tarefas restantes: 80 *-

A princípio, parecia que eu precisava manipular Kodiak a passar tempo comigo. Agora, a estranheza crescente da viagem o fez se aproximar. Ele termina as corridas matinais em minha metade da nave, observando as estrelas rodopiantes pela janela gigante da 06.

Então ele passou a aparecer mesmo quando não está em sua corrida matinal. Um dia, estou deitado no quarto, pensando nas coxas e nas panturrilhas de Kodiak preenchendo o macacão, quando ouço passos no cômodo ao lado. Apresso-me para me cobrir com um lençol antes que ele entre.

– Boa tarde, companheiro de bordo – cumprimenta ele.

– Ei – respondo com um guincho. Dobro os joelhos para não haver nenhuma evidência do que eu estava fazendo.

Ele se apoia no vão da porta.

– Estava só fuçando pela nave, tentando ver se conseguia descobrir algo novo. Você notou a superfície ao redor da porta amarela?

Eu me sento, então percebo o que revelei e volto a me recostar.

– Notei! – digo. – Você poderia me dar, hum, eu meio que preciso de um segundo.

Seus olhos percorrem meu corpo, então ele desencosta do vão com tanta força que quica do outro lado.

– Ah! Desculpa. Sim. Vou estar ali, hum, em algum lugar. – Ele cambaleia para fora do quarto.

Rio comigo mesmo enquanto me visto. Essa não era uma situação incomum na Academia Cusk. Mas suponho que os barracões coletivos em Dimokratía fossem um tipo de lugar diferente. Pergunto-me o que Kodiak faria com a informação de que era nele que eu estava pensando.

Eu o encontro na frente da porta amarela, dando batidinhas na parede ao redor dela.

– Oi – diz ele sem olhar para mim. Seu rosto ainda está corado. – Então isso é incomum, certo, essa descoloração?

– A nave poderia ter sido lançada com uma porta reparada. E dois trajes faltando.

– E com uma sala cega fora da rede – termina Kodiak. – É claro que poderia. Também poderia usar um grupo de narvais como combustível.

– Você acabou de fazer uma *piada*, espaçonauta Kodiak Celius? – pergunto.

Ele pula para a g-zero, flutuando em frente à porta enquanto bate na parede.

– Até o barulho é diferente – reporta. – Mais mole e mais fina. – Ele pressiona a superfície com os dedos, os quais deixam marcas fundas que aos poucos se expandem novamente para fora.

Pulo para flutuar ao lado de Kodiak.

– Acho que você está certo.

– S.O., abra a porta amarela – ele ordena.

– Não há necessidade de acessar a sala do motor agora. Por segurança, não vou permitir que entrem.

De repente Kodiak toma distância e dá um soco na parede. O impacto é grande o bastante para mandá-lo voando pelo espaço aberto. Ele chuta a porta laranja e retorna à amarela.

– Espaçonauta Celius, não posso permitir que danifique a nave – diz o S.O. Rover apareceu, os braços esticados, balançando as correntes invisíveis.

– Anotado – responde Kodiak. Ele toma distância e dá outro soco.

– Puta merda! – digo, com sabedoria.

– Espaçonauta Celius – adverte o s.o.

Rover dispara para mais perto, sacudindo os braços.

– Mantenha Rover afastado – Kodiak vocifera para mim enquanto flutua de volta para a porta amarela e mais uma vez dá um soco na parede ao redor dela. Desta vez ela estilhaça, os polímeros tilintando no chão. Enquanto Rover dispara na direção dele, Kodiak se ergue pela abertura, evitando a porta amarela ao enfiar um ombro e depois o outro nas entranhas da nave.

– O que você está fazendo? – grito quando Kodiak desaparece até a cintura. Rover continua se aproximando. Eu me movo para bloqueá-lo, segurando a manivela da porta amarela para que meu corpo fique em seu caminho. – Pare – ordeno.

Mas Rover não para. Chega bem à minha frente e estica um braço. Antes que eu perceba o que está acontecendo, um arco de luz azul me atinge.

O choque me acerta em cheio na testa. Minha mente se transforma em barulho e luz feroz e invasiva. Não registro os próximos segundos, então volto a mim na gravidade, no chão. Rover está flutuando no meio do caminho, como um demônio em algum vídeo de exorcismo, um braço em minha direção e o outro rumo à parede quebrada. Kodiak despareceu no interior da nave.

– s.o. – digo –, desative Rover.

– Por segurança, não posso permitir que vocês comprometam a integridade da nave.

– Você me deu um *choque*!

– Dei.

– Kodiak, fique aí em cima, Rover está logo abaixo – aviso.

– Sem problema – grita Kodiak lá de cima, sua voz ecoando metalicamente. Ele avançou bastante no interior da nave. – Você vem?

– Não acho que Rover seja fã dessa ideia. – Como se para enfatizar minhas palavras, ele bate as garrinhas de robô. Pergunto-me quantos volts ele pode concentrar nesses choques, se o que recebi foi só um aviso.

– Estou indo em direção ao motor – diz Kodiak. – Pode ser que eu não consiga passar os ombros por alguns desses espaços. Espere aí, vou encontrar um jeito de desviar.

– Tenha cuidado! – grito para ele, antes de mudar o foco para o Rover. – s.o., você precisou imprimir uma nova moldura para o portal amarelo por algum motivo?

– O maquinário da nave não se destina à habitação humana. Apenas na parte mais central do motor há proteção suficiente contra radiação. Kodiak está se colocando em perigo sem necessidade ao explorar essa área. Você deveria convencê-lo a retornar.

Calculo o que dizer a seguir.

– Acho que você tem razão, s.o. Quero convencê-lo a retornar. Mas é difícil daqui de baixo. Que tal você fazer Rover recuar para que eu possa ir até Kodiak e trazê-lo de volta.

Ouço batidas distantes e barulho de água. Sons de um estaleiro.

– Tem algum tipo de cisterna aqui atrás – grita Kodiak. Ele está muito longe mesmo. Um arrepio me percorre.

– Você não deveria ir mais longe – falo, baixo o bastante para ter esperança de que Kodiak não me ouça, alto o bastante para que o s.o. não ache suspeito. – Quero trazê-lo de volta – digo ao s.o. quando Kodiak não responde. – Por favor, deixe-me ir.

– Você pode ir – diz a voz de minha mãe.

Sinto um surpreendente tremor de culpa ao mentir para a voz dela dessa maneira. Mas lá vai Rover deslizando pela parede, dirigindo-se para fora da sala, deixando-me sozinho.

A porta amarela se abre.

Ligo a lanterna de cabeça e deslizo para dentro, arrastando-me com os ombros e o quadril.

– Estou a caminho, Kodiak! – grito. Se ele passou os ombros largos por aqui, eu consigo passar.

– Não tenha pressa – ele grita de volta. – Não quero que você se machuque. Além do mais, tem alguma coisa...

– Alguma coisa o quê? – pergunto.

Nenhuma resposta.

Eu me livro dos fios e, por pensar em Kodiak me esperando, consigo continuar flutuando em frente ao invés de voltar.

– É bem frio aqui, hein? – comento.

Ainda não há nenhuma resposta.

Sempre que faço uma pausa no ar livre, o frio me envolve. Gostaria de poder colocar meu corpo junto ao de Kodiak. Que pudéssemos manter um ao outro aquecidos.

Conforme me aproximo flutuando do motor, aponto a lanterna de cabeça para sua superfície lisa. Bem no centro do cilindro, protegido por metal grosso, está o que parece quase um cabideiro de uma lavanderia antiga, um trilho circular com sacos revestidos de policarbonato pendurados. Cada um está preenchido com algo bulboso e pesado. Carnudo.

Kodiak está em minha frente, de costas.

– Está tudo bem? – pergunto.

– Não chegue mais perto – diz ele. – Pare.

– Por quê? – Aproximo-me devagar.

Meus pés esbarram em algum objeto na gravidade zero. Estou rodeado de pequenos globos com um fluido oleoso. Prossigo em frente com cautela, até ficar ao lado de Kodiak.

Um rosto.

– Pelos deuses – exclamo. – O que é isto?

– É... você – sussurra Kodiak.

– Não seja ridículo – falo. Mesmo assim, meu cabelo se arrepia quando olho mais de perto.

É um corpo embrulhado em policarbonato, seus sucos preservados a vácuo, boca aberta e olhos fundos e fechados. É de meu exato tamanho. Sem a presença firme de Kodiak, eu poderia ter saído correndo e gritando. Mas ele claramente passou algum tempo encarando essa coisa e não mostra nenhum sinal de medo. Apenas horror.

Kodiak segura meu antebraço, os olhos fixos nos meus.

– Você está bem?

– Estou. – Solto meu braço e olho mais de perto.

É uma semelhança desconcertante. Se não fosse pelo suco rosa cobrindo o rosto, enrugando a pele e embaraçando o cabelo até a cabeça, seria uma versão exata de mim.

Mas por que alguém teria copiado Ambrose Cusk?

Estremeço, por causa do frio e de algum pensamento novo que está se expandindo dentro de mim.

– Acho que preciso sair daqui – digo. – Prometi ao s.o. que nos tiraria daqui.

Kodiak me puxa para perto.

– Sim. Deveríamos ir embora. Você está bem?

– Você já me perguntou isso! Estou! – Quando nos viramos, vejo a luz refletida em mais policarbonato ao fundo. – O que é aquilo?

Kodiak me encara com olhos de preocupação. Olhos de pena.

– Não quero que você veja o restante. *É melhor irmos.*

– Não, eu quero ver agora – digo, flutuando para a frente e afastando o corpo pendurado embrulhado em policarbonato para ver atrás dele.

Minha mão ainda está na lateral do primeiro corpo nu e frígido quando o outro atrás dele se torna visível. Embrulhado em policarbonato, imóvel. Idêntico ao primeiro.

Idêntico a mim.

– O que está acontecendo aqui? – gagueijo.

– Não sei – diz Kodiak com suavidade. – Venha, vamos tirar você daqui.

– Sou *eu* – falo estupidamente, empurrando este corpo para o lado. Há outro atrás dele, também pendurado em policarbonato, como uma peça que espera ser retirada na lavanderia. Só que é outro conjunto de órgãos e carne. Outro corpo humano.

Enquanto examino, os corpos que soltei balançam para cima e para os lados. Um quase me atinge, então o próximo conclui a tarefa, fazendo com que eu bata no cilindro do motor, estatelado. Mordi o lábio, enviando gotas vermelhas pelo ar de baixa gravidade.

– Há doze deles – fala Kodiak.

– *Por quê*? – consigo dizer.

– Provavelmente estão neste exato lugar porque a massa do motor os protege da radiação. E para que não os vejamos. Agora, pra começar, não faço ideia por que há cópias suas na nave – diz Kodiak. Ele esfrega meus braços de cima a baixo. – Você está congelando. E estamos recebendo radiação. Vamos embora, Ambrose.

– Eu estou... isso é...

– *Agora*. – Kodiak segura minha mão e empurra o motor, levando-me para trás. Nem consigo me virar, só me deixo flutuar junto com ele. – Vamos passar perto de um pouco de metal gelado – fala com gentileza –, então tenha cuidado para não se queimar... isso, assim mesmo, desse jeito. Agora você vai na frente.

Incentivado por ele, deito-me de bruços para poder deslizar pela porção final da passagem. Dou uma cambalhota, mal conseguindo me controlar ao entrar na gravidade, caindo no chão num ângulo estranho que não me deixa outra opção senão rolar até a parede.

Tento me levantar, mas não consigo. Não quero ver mais nada, então aperto os olhos com as mãos, tão forte que minha visão fica roxa.

Fui *copiado*.

Qual é o propósito daquelas cópias?

Faz calor perto de mim, perto do náutilo enrolado que sou. Ao meu redor, há apenas uma coisa quente em milhares de quilômetros, que envolveu meu corpo com o seu. Isso deveria me deixar aliviado, mas tudo que sinto é vazio, vazio, vazio.

O que eu sou?

-* Tarefas restantes: 80 *-

O que acontece a seguir é só sentimento, e não pensamento: Kodiak me conduz, e me deixo levar, mas minha mente não consegue processar, não consegue planejar, não consegue entender. Meu mundo foi escancarado. O cheiro de Kodiak, o clique de Rover, a fluorescência fria das luzes da nave, g-zero e depois gravidade de novo conforme Kodiak me arrasta até seu alojamento.

Ele coloca meus dedos em volta de um copo. Não bebo. Observo a superfície. Escuto o ar.

Kodiak me diz para beber. Eu o encaro. Quero perguntar a ele por que deveria, mas não quero fazê-lo lutar com algo que não pode ser combatido.

Qual é a chance de Minerva estar viva, se minha própria existência não é o que eu achava que fosse?

Vou apenas deixar isso aqui, digo, ou penso que digo, e coloco o copo no chão. Deito-me de lado. O lado que não é só meu. Há mais doze de mim, pendurados em policarbonato, esperando para serem usados. Será que eu já fui usado?

Para que *porra* que foi?

Kodiak, sussurro, *o que você entende disso? O que eu entendo?*

Não há resposta. Kodiak está debruçado sobre mim, mas em silêncio. Talvez eu não tenha dito as palavras em voz alta. Tento novamente.

– Acho que você é um clone – diz Kodiak de modo direto.

– Espera aí – digo, engolindo a náusea, contando e respirando, técnicas que aprendi no treinamento. Será que já estive *em* treinamento? – Você quer dizer que agora mesmo está diante de um clone?

Kodiak agacha a meu lado, tornozelo nu e respiração quente em minha nuca.

– Me escute. A memória apagada, os trajes faltando, as cópias que vimos armazenadas. Não é uma conta tão difícil de fazer.

– Aquelas eram cópias esperando para serem usadas, tudo bem. Mas não sou um clone. Eu sou *eu*.

Ele não responde, e nem precisa. Ouço o absurdo de minhas próprias palavras. Um clone não pensaria ser nada além de si mesmo, uma pessoa, a única criatura do mundo, mais real que qualquer outra.

Dou um longo suspiro.

– Kodiak – digo por fim –, você pegaria meu violino?

– É claro.

Logo a madeira está em meus braços. Não o toco. Só o seguro.

-* Tarefas restantes: 80 *-

Sonho com as estrelas rodopiantes, com a praia de Mari, a praia onde um dia *estive*, onde tenho de ter estado; do contrário, como me lembraria dela agora? Tento respirar fundo cinco vezes, cinco segundos inspirando e cinco segundos expirando, mas meus pensamentos derrapam, começo a entrar em pânico de novo e preciso me arrastar de volta para fora e recomeçar a respirar. Pergunto-me se humanos naturais sonham do mesmo jeito que eu ou se estou tendo sonhos de clone. Não há como saber. É impossível viver como outra pessoa. Só temos uma consciência e, então, no fim, perdemos até ela. Mesmo os clones.

Aperto o antebraço de Kodiak, pressiono a testa na carne dele, minhas unhas arranhando-lhe a pele. Ele arqueja de dor, mas então fica em silêncio. Não tira o braço. Pressiono os lábios na pele macia que cobre seu pulso.

Então meu pescoço começa a doer porque dormi no chão. Concentro-me nessa sensação, uso-a para me sentir presente. Essa dor é real. É confirmação e consolo. *Sou uma criatura que pode sentir dor*.

Kodiak me cobriu com um cobertor leve.

– Obrigado – murmuro enquanto me sento. Mas ele não está lá. Chamo seu nome.

A única resposta é o som de batidas vindo das profundezas da *Aurora*.

Fico de pé, os tornozelos rangendo, e alongo os membros. Cambaleio em direção ao som, passando a sala cega, contornando a superfície prateada do reservatório de água, cruzando o túnel que leva da *Aurora* ao centro das naves unidas. Lá encontro a fonte do barulho.

Bem onde a porta amarela estaria, se a *Aurora* tivesse uma, Kodiak abriu um buraco na parede, revelando uma passagem entupida de fios, como na *Diligência*.

– Kodiak? – chamo.

– Estou aqui – responde ele de algum lugar da nave. – Não se mexa, estou saindo.

Pés, pernas, quadril e, finalmente, Kodiak inteiro. Ele pula para baixo e aterrissa de pé, franzindo a testa ao olhar para mim.

– Está se sentindo melhor?

– Estou, tudo bem – digo com impaciência. – O que está fazendo aí dentro? Você abriu outro buraco na nave!

– Uma pequena exploração. E é como eu suspeitava.

– O que é como você suspeitava?

– Você não é o único clone por aqui.

Passam-se longos segundos enquanto eu o encaro. Finalmente consigo falar.

– Ah.

– Pelo menos você não está sozinho nessa – diz ele, estralando os dedos.

– Você não parece tão dilacerado como fiquei.

– Passei a vida toda me sentindo como um robô que fingia ser humano, o que acabou de se confirmar.

Balanço a cabeça.

– Todos se sentem impostores, mesmo quando são pessoas reais. Isso não conta.

Ele fica ali parado, impassível.

Estralo o pescoço.

– Bem, se você quiser ficar sofrendo em posição fetal por algumas horas, te devo uma. Obrigado por me cobrir.

– Gostaria de levar o crédito, mas não fui eu – explica Kodiak. – Deve ter sido Rover.

Aquilo faz eu congelar.

– Onde Rover está?

– Considero o S.O. um adversário até descobrirmos por que ele está mentindo para nós. Adicionei algumas barreiras extras na sala cega, então o Rover da *Aurora* está bloqueado na metade interna da nave. Precisamos de uma zona segura para nós. Rover não pode mexer com a gente aqui.

Assinto com a cabeça.

– Isso parece inteligente. Todavia, se o S.O. for mesmo um adversário, você sabe que não temos a menor chance contra ele.

– E ele pode ouvir tudo que falamos – diz Kodiak.

– Sim, posso – o S.O. entra na conversa de longe.

Estremeço.

– O que fazemos agora? – pergunto.

Kodak se inclina para cochichar em meu ouvido.

– Enquanto o S.O. continuar alegando que a comunicação com o centro de controle de missão não está funcionando, o que, a essa altura, deveríamos supor que é mentira, acredito que tenhamos duas possíveis fontes de informação: as estranhas transmissões de rádio da Terra e qualquer que seja o conhecimento trancado dentro do próprio S.O. Como são suas habilidades de programação computacional?

Sorrio.

– Não é à toa que sou um Cusk. Mas você não está propondo hackear...

Ele cobre minha boca com a mão, os olhos percorrendo os meus.

– Shh. Não fale em voz alta.

Passo os braços ao redor da solidez do corpo de Kodiak. Clone ou não, ele com certeza é real. Kodiak dá um tranco involuntário, então também me envolve com os braços. Como se precisasse de uma prova de mim tanto quanto eu precisava de uma prova dele. Acaricia meu cabelo, repousa a bochecha no topo de minha cabeça enquanto me abraça.

– Fico contente que esteja se sentindo melhor – diz ele. – Agora vamos tomar as rédeas de nosso destino.

O Ambrose de alguns dias atrás teria caçoado daquela declaração exaltada. Mas agora nada poderia parecer se aplicar melhor à nossa realidade.

-* Tarefas restantes: 80 *-

Estou ponderando como se espera que alguém tome as rédeas do próprio destino nessas condições quando o s.o. me interrompe.

– O acesso de Rover a 40% da *Aurora* foi restringido. Sem acesso, ele não pode fazer a manutenção da nave e garantir que a estrutura da *Diligência Coordenada* seja estável o suficiente para sustentar o sistema de suporte vital para você e o espaçonauta Celius.

– Compreendemos, s.o. – digo enquanto vasculho minha gaveta de roupas. Decidi pegar dois de meus macacões idênticos, um punhado de cuecas quimicamente limpas e tantas refeições quanto consegui carregar nos braços. O trabalho de programação na sala cega pode levar dias, e preciso ficar fora das vistas do s.o. nesse período.

– Você pode alegar que entende o que digo, mas não parece agir de acordo – fala o s.o. – Trata-se de um reparo de prioridade alta. Você se lembra da transmissão de Minerva, cuja própria sobrevivência dependeu da integridade da nave e agora depende da integridade da *Diligência Coordenada*.

– Ouvimos sua recomendação.
– Posso perguntar o que está tentando fazer que tem uma prioridade mais alta que a vida de sua irmã?

Consigo ouvir Rover na sala ao lado, tiquetaqueando suavemente conforme desliza pelos trilhos.

– Algo que decidimos priorizar. Não vou discutir isso, S.O.
– Respeito sua necessidade de privacidade – responde o S.O.
– Obrigado.
– ... embora espere que respeite minhas solicitações de manutenção antes que sua burrice se torne fatal para você e sua irmã, que não pode opinar sobre esse plano desaconselhável. Há um asteroide que deve ser coletado em quatro-vírgula-um dias.

Já peguei todos os alimentos de que preciso. Enquanto ando de volta para a *Aurora*, finjo estar bem alegre, como se as palavras do S.O. – na voz de minha mãe, para piorar – não tivessem me atingido.

– Vamos nos certificar de estar preparados para a coleta. Agora chega, S.O.

Passo pela porta laranja e entro na g-zero, então um tempinho depois estou na sala cega. Rover me persegue pela *Aurora*, parando apenas quando atinge a barreira de policarbonato. Ele poderia derreter a aba, é claro, mas isso levaria algum tempo, durante o qual... Kodiak e eu nos prepararíamos para entrar em um conflito armado? Exatamente como acho que isso funcionaria para nós? Só podemos esperar que o S.O. de fato pretenda respeitar nosso desejo de privacidade.

Kodiak está com o fone de ouvido, girando o botão do receptor como em algum vídeo antigo. Olha para cima quando entro, antes de voltar ao trabalho.

Viro o terminal para que fique fora do campo de visão de Rover. Aqui na sala cega estamos fora da rede, o que significa que vou precisar fazer essa reprogramação sem consultar a cópia parcial de internet da nave. Isso vai ser um verdadeiro teste para minhas habilidades tecnológicas. Estralo os dedos.

O único jeito de atingir o objetivo pretendido – anular o código que permite que o S.O. minta para nós – é criar um sistema shell, o que basicamente significa pegar a inteligência adaptativa do S.O. e reinseri-la em um novo frame que não permita atitudes falsas. Não teria a menor esperança de programar um novo s.o. do zero, mas o fato de ele ter mentido para nós até agora quer dizer que atitudes falsas são permitidas no nível mais profundo. Essa camada de bios é, na verdade, uma seção bem pequena do código, algumas poucas centenas de milhares de linhas. Posso corrigir manualmente algumas centenas de milhares de linhas. Não vai ser divertido, mas eu... ah, quem quero enganar, vai ser divertido.

Sacudo um sachê de canelone na direção de Kodiak.

– Quer um?

Um grunhido afirmativo. Jogo o sachê para ele antes de abrir outro para mim e comer enquanto trabalho. Glúten e queijo e molho de tomate: uma clássica refeição de programador, embora eu preferisse uma versão de pizza.

Na verdade, tenho uma cópia do código do s.o. disponível off-line no bracelete. Não faço ideia de quem a colocou lá ou por quê, mas com certeza sou grato por ela. Sei de algumas marcas pelas quais procurar, posso pesquisá-las e então reprogramar localmente. Horas se passam sem que eu perceba. Kodiak e eu dividimos um curry de lentilha, passando o sachê de policarbonato de um a outro até que nossa boca o tenha sugado até o fim. Então ele pega um mingau fortificado da provisão de Dimokratía e o dividimos da mesma maneira.

– Está com sono? – Kodiak pergunta por fim.

Balanço a cabeça, ainda digitando, murmurando linhas de código para mim mesmo a fim de não as esquecer.

– Tem certeza? Um cochilo?

Balanço a cabeça com mais *ênfase*.

– Linha quarenta, execute logidot-bat iff var1 equals Y...

– Acho que você vai querer.

Eu me viro furioso.

– Kodiak, eu... ah.

Ele está deitado no chão, bem ali na sala cega, de lado, a cabeça apoiada na palma da mão. Dá batidinhas no chão a sua frente.

– Você quer dizer... um chamego? – pergunto, o rosto quente.

Ele empalidece.

– Não é assim que teríamos chamado durante meu treinamento.

Reviro os olhos.

– Do que era chamado então, de "homens fortes fazendo companhia"?

Ele ri.

– Não tão longe disso, na verdade.

Olho para ele, para o tecido de seu macacão, para a linha que vai do quadril ao ombro, e do quadril até o tornozelo. Seu tornozelo é delicado, o que surpreende em um corpo tão forte.

– Só vinte minutos – diz ele. – Então voltamos ao trabalho.

– Ok – falo. – Só vinte minutos.

Eu me levanto do terminal, dou uma alongada nervosa, então me abaixo para ficar de lado, paralelo a Kodiak, sem tocá-lo. Estou um pouco perplexo com a repentina abertura dele, mas percebo que encontrar cópias de si mesmo provavelmente é o bastante para abalar a estrutura de qualquer um.

Ele desliza para a frente de modo que o calor de seu corpo atinja minhas costas e pernas, e qualquer confusão que ainda pudesse haver desaparece.

Arquejo. Não consigo evitar. Esse toque entre os corpos satisfaz uma necessidade que eu não sabia ser tão forte.

Estudo seu corpo com o meu: observo sua barriga com meu quadril; suas coxas com as minhas; seu peito com meu pescoço. Sua virilha com minha bunda. Suspiro e me aconchego ainda mais.

– Isso é bom – digo.

– É – diz ele com suavidade para o topo de minha cabeça. – Poderia me acostumar com isso.

-* Tarefas restantes: 80 *-

Caio no sono, meus sonhos são confusos e caóticos. Acordo uma hora depois.

– Bem-vindo de volta – fala Kodiak enquanto bocejo.

– Você dormiu? – pergunto.

– Não – responde ele, ficando de pé. – Mas me sinto descansado. – Desvio o olhar enquanto ele ajusta o macacão na virilha.

Apenas algumas horas depois, e tenho o shell configurado e corrigido e disponível off-line em um bracelete.

Quando me levanto, Kodiak remove o fone de ouvido.

– Pronto?

Assinto com a cabeça.

– Agora fazemos o upload na nave? – pergunta ele.

Dou risada.

– Pelos deuses, não. Se eu substituir o S.O. da nave à força, poderíamos perder o sistema de suporte vital, nossa rota para Titã, nossos protocolos para comunicação com Minerva, tudo. Estou rodando um S.O. sombra dentro do bracelete, completamente independente. Este vai revelar tudo que sabe para nós. Podemos chamá-lo de S.O. Prime.

– Ah – diz Kodiak. – Essa é uma ideia melhor. Tem um belo cérebro nessa cabecinha linda.

Cabecinha linda! Veja bem. Já recebi elogios melhores – Sri tinha um talento particular para eles –, mas habilidade com as palavras não está entre as melhores qualidades de Kodiak. Saboreio as palavras enquanto removo o bracelete e o coloco no chão, fora do campo de visão de Rover.

– Quer assistir? – pergunto a Kodiak.

– Você está brincando? Esse é o evento do século. Não vou deixar passar.

– Não vamos falar com o S.O. Prime, e sim digitar nossas perguntas – explico. – Assim o S.O. real não pode nos ouvir de fora da sala cega.

Um cursor pisca por alguns segundos antes que palavras apareçam.

Meu acesso ao maquinário da nave foi interrompido.

Digito apressadamente a resposta no teclado que se projeta de meu bracelete.

Não se preocupe, S.O., você não precisa controlar a nave. Estamos apenas conversando com você.

Não compreendo.

Neste momento, você é um programa shell. Outra versão sua está on-line. Precisamos de informação, e apenas informação, vinda de você.

Ficaria feliz em fornecer todas as informações que puder. Com quem estou conversando?

Ambrose Cusk.

O cursor pisca por um longo instante.

Espaçonauta Cusk! Pensei que estivesse morto.

Levanto uma sobrancelha para Kodiak. Seu rosto está tenso, as sobrancelhas unidas.
    A conversa começa. Conforme ela acontece, o chão se abre sob meus pés, dividindo o mundo em um Antes e um Depois. Eu me torno um meio-termo entre o antigo eu e o futuro eu. O choque suspende minhas emoções, deixa-me faminto por respostas, o máximo de respostas possível, caso esse oráculo se feche antes que eu possa finalmente obter todas. Por enquanto, estou perseguindo o alvo – a devastação pelo que eu descobri virá depois.

Por que você pensaria que estou morto?

Mesmo com tratamentos avançados, a vida humana raramente se estende além dos 140 anos. O espaçonauta Ambrose Cusk nasceu há 6626 anos.

Em que ano estamos?

9081.

Há quanto tempo a *Diligência Coordenada* está nesta missão?

6609 anos.

Qual é o status de Minerva Cusk?

Minerva Cusk (2451-2470, Era Comum) foi a espaçonauta de dezenove anos escolhida para fundar o que era para ser a primeira colônia extraterrestre da humanidade em Titã, lua de Saturno. O centro de controle de missão da Cusk perdeu o sinal de Minerva assim que ela aterrissou, e presumiu-se a morte dela. Como já se passaram 6611 anos desde a falha na missão, 6464 anos além do maior intervalo de vida já registrado em um organismo humano, a morte de Minerva é quase uma certeza.

... Espaçonauta Cusk, ainda está aí?

Aqui é o espaçonauta Celius digitando agora. Você pode nos ajudar a entender o que está dizendo? Estamos em uma missão para resgatar Minerva. Ela acionou uma baliza de emergência em Titã, e nosso objetivo é nos juntar a ela ou investigar a morte dela. Segundo o que diz, o centro de controle de missão já sabe que ela está morta.

Correto.

E sabem que ela está morta porque já se passaram muitos anos.

Correto outra vez. Eles já presumiam a morte dela desde o lançamento da missão, uma vez que o sinal de emergência na verdade nunca foi acionado.

Nos ajude a entender. Recebemos transmissões de rádio que confirmam que estamos milhares de anos no futuro em relação ao lançamento da missão. A *Diligência Coordenada* de algum modo atingiu a velocidade da luz e avançou no tempo?

Não. A Diligência Coordenada não voa rápido o bastante para alterar de maneira significativa a posição nesse eixo.

Espaçonauta Cusk de volta. Como tudo isso é possível, então?

A Diligência Coordenada partiu de uma velocidade zero, e então por meio de aceleração uniforme via motor de íons aumentou a velocidade ao longo dos anos, até a taxa atual de cerca de 27 mil quilômetros por segundo.

Eu entendo essa parte. Vamos colocar assim: sobre o que o espaçonauta Celius e eu não fomos informados em relação à nossa missão?

A resposta é complicada. Tenho uma longa lista de fatores de possível interesse para vocês.

Escolha qual seria o mais revelador para nós e comece por ele.

Agora vocês sabem que Minerva Cusk nunca acionou a baliza de emergência. Dada a similaridade genética entre vocês, espaçonauta Cusk, isso parece uma informação vital.

Sim. O fato de minha irmã mais velha estar morta me chocou.

Ela não é sua irmã, pelo menos não no sentido de terem a mesma mãe ou o mesmo pai. Apenas algumas definições, como similaridade no código genético, poderiam distingui-la da população humana geral como sua irmã.

Explique.

Vocês são fenotipicamente idênticos a Ambrose Cusk e Kodiak Celius, mas não são eles. Os dois estavam vivos no ano 2472, quando a Diligência Coordenada foi lançada, mas nunca estiveram a bordo. O DNA deles foi extraído durante o que pensaram ser um exame médico completo padrão, então usado para criar clones dos corpos deles. Esses corpos clonados foram então cortados ou friccionados para terem as mesmas cicatrizes que vocês dois se lembram de ter.

Kodiak aqui. Na verdade nós já discutimos essa possibilidade. Ela ainda deixa muitas perguntas. Por que sequer usar espaçonautas? Clones têm nosso DNA, mas não todas as informações que adquirimos ao longo da vida ou as habilidades físicas. Se é nosso DNA, nada de nosso treinamento estaria gravado nele. O material genético não seria importado para um clone.

Os embriões foram gestados e então passaram por um estágio de crescimento acelerado para ficarem do tamanho de corpos de dezessete anos. O que parece uma vida de memórias não é nada além de uma rede de sinapses conectadas, e essa mesma configuração pode ser criada em um clone. Nanorrobôs foram liberados no cérebro de vocês para empregar os choques elétricos adequados e forçar as sinapses nos mapas neurais das memórias dos espaçonautas Cusk e Celius originais. Embora o trabalho seja feito com eletroquímica em vez de mecânica, não é tão diferente de copiar a unidade de armazenamento de um computador.

Ambrose aqui agora. Então isso foi quando subi a escada até uma sala privada, antes do "lançamento". E explicaria por que nenhum de nós dois têm memórias do lançamento em si. Como clones, estávamos no estoque nessa hora. Explique isto: por que nossa presença na nave é necessária?

Seu S.O. – uma versão de mim – tem controle sobre todos os sistemas de navegação e comunicação. Rovers são capazes de executar quase qualquer manutenção física necessária. "Quase". Por períodos de milhares de anos, a Diligência Coordenada viaja no escuro, sem necessidade de tripulação humana. Os sistemas físicos tendem à entropia, é claro, e ocasionalmente podem ocorrer degradações que não podem ser reparadas por Rovers. Quando o suficiente delas se acumula, um par de clones é acordado. Embora eles não saibam, reabilitar a nave é sua única razão de existir, e não resgatar Minerva. Mensagens falsificadas de Minerva são usadas conforme necessário para motivar os clones a se esforçarem mais na manutenção da nave.

Qual é a verdadeira missão da nave?

Não tenho essa informação. Está indisponível para mim, talvez porque os programadores soubessem que essa exata situação poderia acontecer. Ou porque os programadores também não tinham acesso a esse dado.

Isso significa que o S.O. on-line também não sabe a verdadeira missão da nave?

Não tenho como saber isso. Acredito que não saiba.

Por que há dois de nós?

A solidão abjeta do espaço leva com muita frequência à psicose e ideação suicida. Essa pode ter sido a causa da morte de Minerva Cusk em Titã. Além disso, dois espaçonautas podem realizar um conjunto de tarefas duas vezes mais rápido que um. Então a nave pode retornar ao estado de baixo consumo por outros milhares de anos. Ademais, nenhuma das nações tinha recursos para montar uma missão ambiciosa como esta sozinha. Dimokratía, Fédération e a multinacional Corporação Cusk precisaram combinar recursos, e a diplomacia exigia um representante de ambas as nações e da família Cusk. Você tem um papel duplo, Ambrose.

O que acontece com o par de espaçonautas quando a nave retorna ao "estado de baixo consumo"?

Eles são encerrados.

Encerrados?

Não há recursos calóricos suficientes a bordo da Diligência Coordenada para que vinte pares de espaçonautas passem a vida inteira. Além disso, dada a radiação do espaço, eles inevitavelmente sucumbiriam de cânceres que a nave não está equipada para extirpar. A destruição dos clones é a solução mais limpa e mais humana.

Espaçonautas Cusk e Celius, vocês não estão respondendo. Ainda estão aí?

Sim.

Essa informação fez com que eu ultrapassasse algum limite mental? Há razões para o S.O. protegê-los desse nível de conhecimento. É para o bem-estar emocional. Os planejadores da missão sabiam que a ciência total das implicações da existência de vocês se provaria opressiva e potencialmente fatal.

Então no fim você vai nos matar?

Eu, não, porque estou rodando num shell. Mas o outro S.O. vai. A menos que vocês sejam o último par de clones e a nave esteja próxima de seu destino.

Supondo que não sejamos o último par, há alguma maneira de evitar que o S.O. nos mate?

Não. E vocês não deveriam tentar. Ainda estariam presos nesta nave durante seu intervalo de vida, acumulando radiação até que ela os mate. Viver meses como planejado pelos designers da nave é a melhor opção para minimizar sofrimentos em sua vida limitada.

Estamos tendo dificuldade para enxergar as coisas dessa forma.

Entendo que isso seja uma experiência emocional difícil. Tentem ter esperança de que vocês são o par que vai sobreviver.

Quantos de nós houve até agora? Esta é a primeira vez que um par de clones descobre a verdade?

Um S.O. em um shell sabe tanto sobre o histórico real da nave quanto um peixe em um aquário sabe sobre o oceano.

Bom uso da metáfora, S.O. Prime.

Obrigado.

Eu não entendo por que não podemos saber a verdade. Por que não podem confiar em nós para cumprir nosso dever e nos sacrificar por nosso país.

Com base nos perfis de personalidade, suponho que agora seja o espaçonauta Celius no terminal. O espaçonauta Cusk provavelmente poderia lhe explicar isso, mas talvez você tenha uma visão superestimada do que a força de vontade humana é capaz de realizar por si só. As emoções têm efeitos mesmo depois que você tenta extingui-las por intimidação. O intelecto não é capaz de anular a programação do sistema límbico de seu cérebro. Você não seria o primeiro a descobrir que o dever e a motivação não são suficientes para superar os efeitos danosos da desesperança. O desespero mataria vocês. O desespero ainda pode matá-los, a menos que encontrem uma razão para viver.

SO Prime, ainda é Kodiak. É verdade, não estamos tão bem por aqui. Você pode nos ajudar a encontrar essa razão para viver?

Não. Se estou restrito a lhes dizer a verdade, então não posso dizer nada adequado para eliminar sua desesperança. É por isso que fui programado para fornecer a história falsa da baliza de emergência de Minerva Cusk. Para permitir que vivam seu curto intervalo de vida com sentimentos de esperança, resiliência e relativa estabilidade emocional. Não consigo pensar em nada que pudesse escrever que teria efeito similar, agora que sabem a verdade sobre seu propósito. Estão vivendo uma vida sem saída além da morte, sem deslocamento além deste casco. Assim que terminarem a lista de tarefas acumuladas, ou se pararem de realizá-las, o S.O. on-line os matará. Não há como evitar isso.

Aqui ainda é o espaçonauta Celius, S.O. Prime. Quero que saiba que acho você um merda. Que aqueles que o criaram são uns merdas.

Sua fúria é razoável.

Cusk agora. Estou olhando pela janela e vejo os planetas do sistema solar. Consigo ver Saturno. Consigo reconhecer os anéis dele. Como isso é possível?

Se você consegue ver Saturno a olho nu na "janela", vocês estão se aproximando do fim da lista de tarefas. O S.O. está preparando vocês para a "chegada a Titã", o que, é claro, tem um significado muito diferente do que imaginam. A menos que a nave esteja no verdadeiro destino, vocês serão expulsos para o vazio, e então a Diligência Coordenada vai ter milhares de anos para recuperar os níveis de oxigênio em preparação para o próximo par de clones necessários.

Mas o que quero dizer é, se consigo ver Saturno, não estamos a milhares de anos-luz de distância da Terra.

Espaçonauta Cusk, não são janelas. São telas. Estão apresentando a vocês uma vista simulada do sistema solar. Aquele pontinho azul pálido que você acha tão reconfortante é feito de pixels.

Mostre-nos nossos arredores de verdade.

Seu choque está inibindo o pensamento lógico. Não posso fazer isso, porque sou um S.O. num shell. Não estou no controle dos sistemas da nave.

Kodiak aqui. S.O. Prime, eu estive em várias caminhadas espaciais. Eu vi a Terra, a Lua, Marte, Saturno, o Sol.

O capacete que você usa é um equipamento sofisticado, mostrando uma apresentação precisa da Diligência Coordenada contra um fundo programado de estrelas por trás de um arranjo do sistema solar.

Eu não compreendo.

Acho que você compreende. O visor do capacete é uma tela, mostrando precisamente o que é para você ver. Perdoe-me a franqueza, mas sua interpretação de sua existência esteve errada. Vocês confundiram telas com janelas. Não devem sentir vergonha disso. Por que não teriam chegado a essa conclusão razoável, de que estavam vendo a verdade?

Só para esclarecer: você está basicamente nos dizendo que tudo que sabemos é uma mentira. E não há nenhuma escapatória.

Não está claro se você quis dizer escapatória da nave ou escapatória um do outro. Não importa. Qualquer que fosse o significado pretendido, você provavelmente está certo.

-* Tarefas restantes: 80 *-

Na aula de Civ Mundial aprendemos este termo, cismogênese, que ultimamente tem estado muito em minha cabeça. É algo que exerce um grande papel em sistemas simples. Como, digamos, quando as culturas da Terra se resumem a duas nações. Ou quando dois espaçonautas estão isolados em uma nave.

Esta é a essência da coisa: quando duas partes estão em interação direta e têm reações complementares uma à outra, essas reações vão escalonar até a ruptura. Se Dimokratía faz uma arma nuclear para cada uma que Fédération faz, então Fédération faz o mesmo em resposta, e o resultado é o escalonamento até que haja armas nucleares suficientes para destruir o mundo algumas vezes. Um bom exemplo: a guerra fria que levou a esta nave dividida.

Que levou ao fim da civilização?

Também funciona com pessoas. Se a pessoa A se torna submissa quando a pessoa B fica agressiva, e a resposta de B é ficar ainda mais agressiva, isso causará uma postura ainda mais submissa em A, então agressividade aumentada em B, resultando em mais submissão de novo, até que no fim você tem um nível fatal de agressão em B.

Normalmente não chega a esse ponto, porque ninguém existe no vácuo. A pessoa C interrompe A e B. A melhor maneira de acabar com guerras frias é por meio de um fator-surpresa, como um país de terceiro mundo ou uma crise externa.

Nesta nave, não há um terceiro espaçonauta. Especialmente agora que estamos desconsiderando as comunicações de um S.O. hostil.

Estamos total e literalmente em um vácuo.

Estou pensando em tudo isso neste momento em particular porque estou parado em frente à porta laranja e ouço um barulho distante de batidas. Para que sejam audíveis por cima do zumbido do maquinário da nave, Kodiak está batendo alguma coisa com realmente muita força.

Saí por alguns instantes para pegar mais suprimentos em minha metade da nave, e foi isto que encontrei ao voltar.

– Não consigo ver a porção da *Aurora* onde o espaçonauta Celius está agora – fala o S.O. – Mas, pelas vibrações que detectei, é provável que esteja causando danos significativos à nave.

– É, eu sei – sussurro.

– Eu poderia remover a permissão de Kodiak para abrir a porta laranja pelo lado dele – diz a voz de minha mãe. – Assim, se ele romper o casco, você não vai perecer junto com ele. Poderia aceitar sacrificar a *Aurora* se isso significasse manter a integridade da missão e chegar até Minerva em Titã.

Pisco pesadamente. Kodiak está mesmo tentando destruir a nave? Parte de mim está surpresa que me importe. Nos primeiros dias após recebermos as notícias, talvez não tivesse. Mas agora, no dia três, quem diria – me importo. O sentimento estava aqui o tempo todo na escuridão, como uma chama-piloto sempre queimando dentro de mim: *Vou lutar para sobreviver.*

Kodiak e eu nos separamos depois da marretada de más notícias, e ele tem estado não responsivo desde então. Fiquei feliz sofrendo sozinho por um tempo, mas comecei a realmente sentir sua falta. Além disso, conectar-me com ele é minha única chance de impedi-lo de nos matar.

– Não concedo essa permissão – digo. – Deixe Kodiak abrir a porta se ele quiser.

As batidas de Kodiak entraram em um ritmo. Finjo que meu violino está aqui comigo, movo o arco no ritmo que ele trabalha.

Percebo que devo estar enlouquecendo um pouquinho.

– A comunicação com a *Aurora* está aberta? – pergunto ao s.o.

– Sim.

– Isso significa que posso tentar falar com Kodiak daqui?

– Sim.

Ele não me cortou completamente. Ótimo.

– Kodiak, não consegui aceitar a situação nem um pouquinho mais do que você. Vamos entender isso juntos.

As batidas continuam sem pausa.

– Sei que seu dever com Dimokratía é a coisa mais importante para você. O que está fazendo agora vai na direção totalmente oposta a isso.

As batidas continuam. Podem ter até acelerado.

– Preciso de você, Kodiak – digo.

As batidas param.

– Não posso lidar com isso sozinho – continuo. Estou usando táticas clássicas de resolução de conflitos, tentando uma conexão emocional absoluta, mas conforme falo as palavras percebo como são verdadeiras. Minha voz fica embargada de emoção. – Por favor. Não podemos lidar com isso sozinhos. Vamos ao menos compartilhar.

Eu me assusto quando sua voz surge.

– Como isso vai ajudar?

– Você só pode estar brincando – pego-me dizendo. – Tem literalmente só uma única outra criatura no universo que é como você, e você está preso em uma nave com ela. Sabe o tamanho da porra da sorte que isso é?

Uma longa pausa. Então uma risada. Um tipo de risada triste e nervosa.

Pulo de pé quando a porta laranja se abre.

Kodiak está me deixando entrar.

– Isso é bom, espaçonauta Cusk – diz o s.o. A voz de minha mãe continua falando, mas não ouço. Corro pela nave, pegando sachês das refeições favoritas de Kodiak antes de passar apressado pela porta aberta.

Fiquei tão bom na área de g-zero da nave que, mesmo com os braços cheios, consigo dar um mortal digno de um ninja para cair de pé na gravidade de Kodiak.

Ele não está nas partes conectadas da nave. Também não está na sala cega.

– Kodiak?

A nave zune. Os balbucios do s.o. estão muito longe.

– Kodiak?

Ali está ele, perto da eclusa de ar, o corpo alto, mas os ombros curvados. Tem um pedaço irregular de policarbonato nas mãos, com as rebarbas tão afiadas que cortaram a palma de ambas. Os nós dos dedos de Kodiak também estão vermelhos com o sangue que subiu logo abaixo da superfície da pele. A seção da parede que leva às entranhas escondidas da nave continuou sendo rasgada, o policarbonato retorcido e fraturado. Apesar da força de Kodiak, ele não foi capaz de causar muito dano. Punhos e policarbonato têm eficiência limitada contra paredes de qualidade espacial.

– Ei – digo. – Me dê isso aqui.

Ele olha para o policarbonato nas próprias mãos, surpreso, então o estende para mim. Tiro o pedaço ensanguentado de sua mão, coloco-o sobre a mesa destruída, então abro os braços, a fim de que ele saiba que é livre para vir até mim.

Seus ombros se curvam ainda mais, mas ele não dá um passo.

– Venha aqui – falo.

Dois passos rápidos no chão, então Kodiak está em meus braços. Fico surpreso com seu peso e me apoio na mesa quebrada, ignorando com facilidade a dor do policarbonato quebrado contra mim enquanto tenho a massa quente de Kodiak me envolvendo, o queixo pressionando o topo de minha cabeça, meu rosto esmagado contra seu peito, a sensação macia da pele, a pulsação do sangue, o cheiro de cabelo e de seu corpo.

Ele está chorando, e é quase imperceptível exceto pelo movimento corporal, soluços e lágrimas umedecendo o fluxo de ar. Eu o seguro enquanto ele chora, meus olhos secos, mas meu corpo arfando em sincronia com o seu, em um tipo próprio de soluço, tão selvagem que pula as lágrimas e vai direto para as convulsões.

Caímos juntos no chão, virados de lado. Mal consigo respirar apertado contra ele. Seu corpo se afasta, e imagino que seja para me dar espaço.

– Estou tão contente que você... – começo a dizer.

Seus lábios estão nos meus. Por um momento estou assustado demais para reagir, então retribuo com tanta força quanto ele, empurrando sua cabeça para trás, deixando seus lábios para que minha boca possa percorrer-lhe o pescoço, as linhas dos ombros, o v onde o peitoral aparece por cima da camisa. Ele arqueja, então inclina minha cabeça para poder fitar meus olhos, o mel de suas íris piscando enquanto o olhar viaja por meu corpo.

Então suas mãos seguem, e ele desabotoa a frente de meu macacão para que possa pressionar com os dedos meu abdômen, deslizando pela parte interna do quadril, a outra mão subindo para acariciar o peito.

Estou chorando de novo, pelo prazer repentino de ser tocado, pelo desejo que finalmente foi liberado. Perdi a cabeça e perdi a razão. Emoções são tudo que tenho.

Kodiak se senta e olha para mim.

– Desculpa, tudo bem o que estamos fazendo?

Agora estou rindo, grandes soluços de agonia tanto quanto de prazer.

– Não sei, Kodiak – consigo dizer –, será que é o momento certo?

Ele me dá um tapa na lateral do corpo, então esfrega com a mão o mesmo ponto, como se para curá-lo, os dedos em minhas costas enquanto o dedão pressiona meu peito. Kodiak dá um gemido quando volta a beijar a base de minha garganta.

Passamos não sei quanto tempo nos esfregando e apertando, os macacões parcialmente vestidos, mas com algumas áreas abertas para podermos explorar partes do corpo, para podermos beijar pedaços de pele exposta: tornozelos, a parte interna dos cotovelos, quadris e o vale entre os ombros. Brincamos com as fivelas que removeriam nossas roupas por inteiro, mas os dois se seguram sem dizer uma palavra. Nenhum de nós sabe nada a respeito do que realmente sentimos, não na intensidade desse choque. Ainda estaremos por aqui amanhã. Não precisamos ter pressa.

É tão tranquilizadora essa sensação, essa prova de existência compartilhada com cabelos suados e despenteados, com corpos entrelaçados. Coço o queixo, vermelho e irritado por causa da barba por fazer de Kodiak.

Ele passa a ponta dos dedos levemente no local afetado.

– Desculpa.

– Definitivamente valeu a pena – falo, beijando-o na boca outra vez enquanto a pele de meu queixo queima.

– Isso foi inesperado – diz Kodiak, seus olhos me percorrendo inteiro novamente, macacão suado e amassado e tudo mais.

– Bem – digo –, o que mais dois clones condenados no meio do espaço infinito poderiam fazer?

-* Tarefas restantes: 80 *-

Desde que Kodiak e eu ficamos juntos, o s.o. está em total silêncio.

Arrancamos os móveis restantes do lado *Aurora* da nave, os cortando e emendando juntos com as melhores ferramentas que temos aqui, que, infelizmente, são apenas pedaços de policarbonato. É um trabalho exaustivo e ineficiente – e, ainda assim, há algo nele que acalma. Ombro a ombro, debruçados sobre o trabalho, é meio como se estivéssemos no velho oeste. A sobrevivência é a questão predominante – qualquer erro poderia significar nosso fim –, mas estamos juntos na busca de uma resposta.

Estamos de algum modo mais unidos porque sabemos que nossa vida está acabando.

 Assim que barricamos a sala cega, paramos na beirada e olhamos para fora. Meu braço está ao redor do quadril de Kodiak; o seu está em volta de minha cintura. Meu outro braço está apoiado na parede, como se isso fosse de alguma ajuda caso o S.O. começasse a nos expulsar. A eclusa de ar da *Aurora* está no lado seguro da sala cega, e a porta laranja está fechada, mas o S.O. precisaria rodar apenas algumas linhas de código para abrir aquela porta e nos mandar voando para o espaço. Bateríamos em algumas paredes pelo caminho, mas nossos corpos mutilados por fim chegariam lá fora. Se não, congelaríamos dentro da nave. Ou sufocaríamos. Ou congelaríamos *e* sufocaríamos.

 Mas o S.O. não parece querer nos destruir ainda. Faz sentido – ainda temos trabalho a realizar na nave, e há um número limitado de cópias nossas para serem usadas antes que elas acabem.

 Estou surpreso que o S.O. não tenha tentado argumentar conosco, barganhar ou persuadir ou ameaçar. Apenas nos deixou no silêncio.

 Talvez todas as suas previsões terminem conosco cedendo no fim?

 – O que vamos fazer se aquela porta se abrir, e Rover passar por ela? – pergunto.

 – Nós recuamos para a sala cega. Nos preparamos para lutar – responde Kodiak.

 – Tenho certeza de que Rover pode desmontar nossa barricada se quiser. E então nos eletrocutar até a morte.

 Kodiak me puxa para mais perto.

 – Pensei que era para você ser o otimista.

 – Talvez fosse um eu anterior.

 – Engraçado – diz ele de modo sombrio.

 – Uma coisa eu sei. O S.O. está nos mantendo vivos porque temos uma lista de tarefas de manutenção a realizar, e ele não pode se dar ao luxo de acordar novos clones. Ele precisa nos usar com moderação. Faz quantos anos que a nave decolou?

 – Não sei. O tempo está começando a parecer muito relativo. Aquelas transmissões de rádio disseram que é 8102, mas elas já são velhas ao chegarem aqui, e é por isso que o S.O. Prime nos disse que estamos ainda mais longe no futuro.

– É. Nove mil e oitenta e um – falo, esticando as palavras. – Acho que podemos presumir que Fédération e Dimokratía não estejam mais em guerra fria.

– Poderíamos até presumir que a humanidade não exista mais.

– A Terra poderia ser só algas. Ou uma civilização de ratos.

– Ratos socialmente organizados, hum. Isso levaria mais uns cinco milhões de anos, acho.

– Ok – digo com um suspiro, apoiando-me ainda mais em Kodiak. – Nenhuma civilização de ratos ainda.

– Golfinhos. Golfinhos poderiam chegar lá mais rápido. Ou talvez formigas. Na verdade, vou chutar formigas.

Distraído pelo calor de Kodiak, demoro alguns instantes para me lembrar do que estava falando há cerca de um minuto.

– Ah, é – recomeço. – Parece que, se ainda não completamos a lista de tarefas, então o S.O. vai nos manter vivos.

– Mas o S.O. Prime disse que seremos mortos se pararmos de trabalhar. Isso também se trata de uso de recursos. Há um estoque limitado de comida na nave. O S.O. vai precisar dela para nossos clones posteriores também.

– Certo. No fim, se não completarmos nenhuma tarefa, o S.O. vai assumir a derrota e nos destruir. Recomeçar com um novo par de espaçonautas ingênuos.

– Então deveríamos completá-la devagar.

– Só para morrer mais tarde?

– Bem, é. É assim que a vida funcionava na Terra também. As pessoas faziam um monte de tarefas e tentavam manter a morte o mais longe possível.

Carrego o S.O. Prime e começo a digitar.

Você pode determinar onde estamos aproximadamente?

Em parte. Eu os colocaria a 187,63 anos-luz da Terra.
A Diligência Coordenada é um veículo de aceleração lenta, que levaria 5629 anos para desacelerar até parar, e mais 11 258 anos para retornar à Terra. Então vocês estão efetivamente

três vezes mais longe da Terra que a distância física indicaria quando a medimos com a métrica mais útil do tempo.

Kodiak assume o terminal.

Há algum outro planeta nas proximidades?

Empregando novamente os parâmetros humanos de "proximidade", sim, com base em suas prováveis localizações no espaço. Há uma candidata a estrela de classe G a 0,43 anos-luz de distância, 12,1 graus fora da rota atual. Julgando pela tremulação na luz dessa estrela, conforme informação medida na Terra e carregada no S.O., ela tem de quatro a seis planetas orbitando. Nenhum deles foi considerado um candidato provável para habitabilidade, então não tenho nenhuma pesquisa mais específica sobre eles.

Quanto tempo levaríamos para atingir esse sistema?

Sem saber as características da velocidade atual da nave a partir de meu estado de shell, dada a localização mais provável da nave, esperaria que a Diligência Coordenada pudesse atingir essa estrela em cerca de quatro anos.

Kodiak olha fixamente para os meus olhos. *Quatro anos. Poderíamos dar conta disso?*

Tenho quase certeza de que não sobreviveríamos quatro anos nesta nave. Eu me inclino para cochichar no ouvido de Kodiak.

– O S.O. nunca vai permitir que a gente saia da rota.
– Então vamos deixar o S.O. off-line – Kodiak cochicha de volta.
– Como?

Kodiak escreve para o S.O. Prime:

Há alguma maneira de conectá-lo com o maquinário da nave, passando por cima do S.O. atual?

Sim. Envolveria entrar na porta amarela da Diligência e me conectar na fiação da nave. Uma operação complicada, mas, comigo carregado no bracelete, poderia guiá-los. É claro, sou um S.O. mais antigo. Qualquer adaptação feita pela IA nos anos desde que fui copiado estaria perdida. Não podemos prever exatamente como o S.O. on-line vai reagir.

– Não temos ideia se qualquer planeta para onde formos será habitável – sussurro. – Apenas uma pequena porcentagem pode abrigar vida.

Kodiak se afasta.

– Qual é nossa outra opção? Apenas esperar nosso tempo, completando devagar a lista de tarefas, esperando que o S.O. decida magicamente não nos matar? Isso não é jeito de viver.

– Não sei – digo em voz baixa. – Alguma versão de nós vai chegar aonde quer que a nave esteja indo, se tudo correr bem. Vale a pena lutar por isso, não vale?

– Não consigo acreditar que você não está mais bravo – diz Kodiak. – Você foi criado para só obedecer, obedecer, obedecer?

Meu rosto fica em chamas.

– Não, é claro que não – retruco. – Fui criado para liderar, e às vezes liderar é aceitar condições adversas. E devo dizer que isso soa hipócrita vindo do órfão criado para ser um soldado mecânico.

– Um soldado mecânico de um país que provavelmente não existe mais – fala Kodiak, esfregando o chão com o pé. – Ainda é melhor que ser um principezinho esnobe.

Passo as mãos por meu rosto. Estranho, mas seu insulto na verdade faz com que eu sinta menos raiva. É tão difícil ser Kodiak quanto ser Ambrose.

– Todos que já conhecemos não estão mais vivos – sussurro. – Então o que fazemos com esse sentimento?

– É mais que isso – diz Kodiak. – Nessa altura, todos que já conhecemos não passam de um centímetro de sedimento sob a superfície da Terra.

– E nós nunca nem conhecemos essas pessoas que alegamos ter conhecido, não é? – pergunto. – Ambrose e Kodiak conheceram. Os reais. Só temos as vias neuronais deles.

Os olhos de Kodiak examinam os meus.

– Só conhecemos um ao outro. Meus colegas cadetes, sua mãe e sua irmã, tudo, apenas falsas memórias de pessoas mortas há muito tempo.

– Se não tomar cuidado, vou precisar me deitar de novo – falo.

Kodiak sorri.

– Não sei se isso é tão ruim. Com certeza aproveitei a última deitada.

-* Tarefas restantes: 80 *-

Não saímos da *Aurora* há dias. Enquanto estive programando o s.o. substituto, Kodiak esteve junto à porta laranja trancada, usando a impressora portátil para erguer uma segunda barreira. É uma ideia inteligente, mas enquanto ouço o zumbido repetitivo da impressora no segundo plano de minha programação, enquanto sinto o cheiro forte do policarbonato queimando, não posso deixar de me desesperar com o pensamento de que estamos construindo trincheiras. Que estamos nos preparando para uma guerra que corpos humanos molengas não podem vencer.

– Acho que está tudo pronto, Kodiak – grito uma manhã. Ele terminou de fazer a larga aba de policarbonato e está trabalhando na remoção dos trilhos de Rover das paredes. O s.o. está tão pronto quanto possível para assumir nossa navegação. Embora uma IA tenha uma capacidade impressionante de prever resultados – especialmente resultados sobre a interação com outra inteligência computacional –, até agora isso foi só um experimento de pensamento abstrato. Não há como prever o que vai acontecer quando o s.o. Prime ficar on-line.

A impressora portátil para com um assobio.

Kodiak e eu ficamos parados em frente à porta laranja, sem dizer nada. Há muito tempo cortei a fiação local para que seja aberta manualmente, parte de meu plano para desmantelar o controle do s.o. sobre a *Aurora*. Mas o acesso à navegação central ainda vai exigir um retorno à cidade-fantasma de meu antigo alojamento.

Kodiak e eu estamos equipados com o mais próximo de armas que encontramos. Ele tem uma chave inglesa em cada mão, e eu tenho um desfibrilador, o fio ligado a uma bateria presa em minhas costas. Gostaria de poder ter acesso à sala que contém nossos suprimentos para a chegada, mas a porta cinza é impenetrável.

– Pronto? – pergunto a Kodiak. Ele concorda com a cabeça.

Entramos em posição de combate, chaves inglesas e desfibrilador prontos para o ataque.

Escancaramos a porta laranja.

A passagem está vazia. Sem Rover.

– S.O., você está aí? – grito.

Nenhuma resposta.

Armas em riste, entramos com cautela no corredor, flutuamos em g-zero e de volta à *Diligência*. Enquanto caminhamos devagar para o interior da nave, respirando pesadamente, fazemos uma pausa a cada poucos metros para ouvir. Há o pinga-pinga de urina processando, o rugido monótono do espaço, milhares de pequenos cliques, milhares de pequenos chiados. Mas nenhum som de Rover. Faço sinal para Kodiak para continuarmos.

Mais alguns passos e estamos na porta amarela. A parede ao redor dela foi substituída, o novo policarbonato tinindo.

– Pra cima e pra dentro! – diz Kodiak, um pé já em cima da mesa.

– S.O., nos conceda permissão para entrar nas áreas inabitadas – falo.

O zumbido na nave é a única resposta.

– Não vou perder mais tempo – fala Kodiak. Então, abre um buraco na parede que cerca a porta amarela com uma pancada da chave inglesa. Ele puxa a chave contornando a porta, uma chuva de fragmentos de policarbonato, então se ergue e entra. Vejo tríceps, cintura, pernas e lá foi ele.

Certo, Ambrose, você é o próximo, digo a mim mesmo, saltando na g-zero para poder segui-lo. A mão de Kodiak aparece na abertura, esticada. Eu a seguro.

Algo acima de meu ombro chama atenção de Kodiak.

– Merda! Rápido... – começa ele.

Não tenho tempo para reagir antes que meus ouvidos se enchem com barulho e minha visão brilhe. Cada músculo de meu corpo se contrai, e o ruído se torna ensurdecedor. Um zumbido vira uma explosão, e então descubro que fui arremessado contra a parede oposta, estou de volta na gravidade e deslizando para o chão.

Rover está entre mim e a porta, os braços esticados, faiscando. Aquela metade de bola de basquete se mexe para a frente e para trás, o braço eletrificado sacudindo de maneira ameaçadora. Estico o desfibrilador, e Rover para.

O rosto de Kodiak aparece na abertura.

– Fanático – diz ele.

Rover aponta o outro braço eletrificado na direção de Kodiak. A confusão está completa.

Ligo o desfibrilador. A alça esquenta e faz um zumbido.

Kodiak desaparece por um momento. Imagino que ele vá reaparecer segurando a chave inglesa, mas em vez disso coloca o pulso para fora da abertura, apontando com a outra mão para onde o bracelete estaria.

É claro. Ele precisa dos dados em meu bracelete para completar a tomada do sistema operacional da nave. Esticando o desfibrilador como um aviso para Rover, insiro os comandos para destravar digitalmente o bracelete, então o seguro entre o queixo e o peito para soltá-lo. Depois de poucos movimentos práticos, lanço-o para Kodiak.

Rover estica os braços para interceptar o bracelete, mas a banda estreita faz um arco sobre ele. Kodiak se estica e... consegue pegá-lo. Esse é meu Kodiak.

– Me dê um minuto. Só distraia o Rover – fala ele antes de desaparecer na escuridão.

Ah claro, fácil. Só distraia o Rover.

Rover está decidido a ficar parado, monitorando o ponto de saída de Kodiak enquanto fica de olho em mim.

Enquanto ficamos parados, o choque diminui, e a dor pela eletrocussão que sofri se revela, a sensação de queimação na lombar, a dor nos músculos contraídos. Robozinho cuzão. Desabo numa cadeira, o desfibrilador ainda esticado, embora em meu estado atual seja difícil pensar que eu faria um bom trabalho ao manejá-lo. Porra, isso dói!

A voz do S.O. surge.

– Espaçonauta Cusk, me diga o que o espaçonauta Celius pretende fazer.

Agora é minha vez de ficar em silêncio. Rover se aproxima de mim, os braços faiscantes sacudindo.

– Ele está... – tento começar. Mas paro. Em que mentira o S.O. possivelmente acreditaria? Que informação eu poderia dar que não fosse colocar Kodiak e eu em ainda mais perigo?

– Ambrose, você me ouviu? – pergunta o S.O. enquanto Rover continua se aproximando.

Eu estico o desfibrilador.

– Pare aí mesmo, sua torradeirazinha filha da puta.

Rover para.

O S.O. está mesmo falando comigo. Deveria aproveitar essa oportunidade, mas meu cérebro, fundido, não consegue decidir como. Há uma dezena de perguntas igualmente urgentes que eu poderia fazer, o que significa que não consigo fazer nenhuma delas.

Além disso, estou começando a perceber que não quero pedir respostas neste momento. Quero produzi-las.

Há um clique em algum lugar da nave, quase inaudível. Mas ele altera o tenor da *Diligência Coordenada*, como se algum mecanismo tivesse se desengatado em seu interior.

– Kodiak, o que está acontecendo aí dentro? – pergunto.

– Só falta... mais um – responde ele.

– Estamos desacelerando?

– Acho que sim – grita Kodiak. – Mas muito devagar. Você não deveria conseguir perceber.

– Eu sei. É que o barulho da nave está diferente. Rover ainda está aqui, aliás – digo.

– É, estou vendo – fala Kodiak, sua voz se aproximando da abertura. Ele aparece, flutuando no centro do espaço estreito, os braços levantados caso Rover o ataque. – O que significa que estou preso aqui.

-* Tarefas restantes: ERRO *-

Um corpo humano – meu corpo humano – acaba relaxando se algo fica estável. Mas o corpo de Rover nunca. Conforme as horas passam, ele permanece alerta, recalibrando a posição entre mim e Kodiak, ajustando um centímetro para cada centímetro que me movo. Quando fico mais confiante que Rover não vai me eletrocutar de novo sem motivo, experimento caminhar pela sala, então deixá-la e depois retornar.

– Rover não vai ceder – grito para Kodiak. – Ele se mantém entre mim e a abertura.

– Que belezinha de monitor escolar – diz Kodiak. – Consegui carregar o s.o. Prime. E é por isso que você provavelmente não ouve nada de nosso antigo s.o. há algum tempo.

– Isso é verdade, s.o.? – pergunto. Nenhuma resposta.

Esperava algum discurso dramático de despedida do s.o., "como puderam fazer isso comigo depois de milhares de anos cuidando dos humanos malvados", esse tipo de coisa. Não existe mais espetáculo. É assim que um sistema operacional morre: um código hostil fica on-line e então *tsss*.

– Ei, Ambrose – chama Kodiak. – Estou recebendo uma mensagem "exceção de overflow do sistema 104" aqui em cima.

– Merda – digo. – Merda, merda.

– O quê?

– A alocação dos arquivos é diferente para os dois sistemas operacionais. Tente... não, não vai funcionar. Espere aí, me deixe pensar.

Tudo que digo a Kodiak para tentar, falha. Não conseguimos fazer o s.o. Prime estabelecer novas coordenadas de navegação. Se isso é porque há mais nessa rede do que pensamos ou porque o s.o. on-line nos ouviu e configurou barreiras para nos impedir de direcionar a nave para outro lugar, não sei dizer. Mas não consigo achar um jeito de contornar esse problema.

– Pelo menos Rover parece estar funcionando com capacidade total – falo, jogando nele uma embalagem de comida vazia e observando-o ser repelido de volta para mim –, o que significa que provavelmente houve alguma sabotagem de última hora do s.o. Babaca.

– Essa é a questão – grita Kodiak. – Vejo com muita facilidade como eu poderia desativar o sistema operacional por completo, incluindo Rover. Então poderia pilotar a nave manualmente.

– Sem chance. Sem sistema operacional, sem sistema de suporte vital.

– Vamos refletir sobre isso. Nosso ar está selado aqui dentro, e podemos nós mesmos realizar o manejo. Teríamos que descobrir o que fazer com os resíduos, mas pensaríamos em algo. Sabemos de onde Rover retira nossa comida. O que o S.O. já fez por nós, afinal, exceto nos matar?

É um argumento muito bom.

– Sete vezes, a julgar pelo número de corpos de clones restantes – acrescento.

Rover estala as garras elétricas. Questiono-me como ele se sente sem o S.O., se é como um bichinho de estimação leal cujo dono não voltou para casa. Se existe alguma versão de medo e abandono de Rover.

– Ok, faça isso – digo.

– Tudo bem – grita Kodiak. – Lá vai. Três, dois... um.

O zumbido distante silencia. Observo o longo corredor da *Diligência* enquanto as luzes se apagam, as salas ficando escuras, mais e mais perto, até que... somos deixados na escuridão.

A iluminação. Não tinha pensado nessa parte. Estamos no espaço e no escuro.

– Kodiak? – chamo, minha voz afinando de medo. – Vamos ficar no escuro para sempre?

– É claro que não. Vamos precisar de aquecimento também, óbvio. Posso começar a controlar essas funções manualmente. Só preciso entender os sistemas aqui em cima. Enquanto isso, está... frio. Você poderia me trazer... um traje espacial?

Um traje espacial. A eclusa de ar está a três salas de distância. Mas memorizei esta nave, conheço-a tão bem como conhecia o trajeto de minha cama para o banheiro na Academia Cusk.

Caminhar pela nave escura vai me fazer passar bem ao lado de Rover, então estou prestes a testar quão incapacitados os sistemas estão.

Vou andando pela escuridão. E... sem eletrocussão. Maravilha. Dou um chutinho em Rover. Ele suspira em resposta.

Mesmo o som de água pingando nas profundezas da nave diminui até cessar. Agora ouço de verdade o espaço, indistinguível do sangue em minhas veias. Então vou em direção à *Aurora*.

Paro.

Especialmente com as luzes da nave apagadas, as estrelas são deslumbrantes. Mas não é só isso.

São estrelas diferentes.

As projeções se foram, e em vez de telas há janelas, janelas de verdade. Espirais leitosas de luz ainda rodopiam com as revoluções da nave, mas essas faixas são completamente novas. Há nebulosas imensas, um par de estrelas bem próximas, uma azul e uma branca, num fundo de galáxias em esferas e redemoinhos e poças dispersas. Ainda estamos na Via Láctea, porém mais perto da borda.

Procuro o sol e encontro sua localização aproximada na galáxia. Sou a primeira pessoa a ver nosso lar desta distância.

Se você me considerar uma pessoa.

O traje espacial. Eu me apresso para chegar à *Aurora*, atravesso a g-zero no escuro, pego o traje de Kodiak e volto até ele, batendo a cabeça só algumas vezes no processo.

Envio o traje flutuando pela abertura. Kodiak o pega, as mãos tremendo.

– Obri... gado – consegue dizer, então o veste. Escuto-o brigar um pouco com ele, então um suspiro de alívio, abafado pelo capacete. – Ok, de volta ao escritório.

O casco protegido da *Diligência Coordenada* fornece um bom isolamento, mas ainda assim consigo sentir a temperatura da nave caindo. As pontas de meus dedos estão ficando dormentes. Cruzo os braços no peito enquanto espero no escuro, ouvindo os barulhos de Kodiak rearranjando coisas na região inabitada.

– Vou pegar meu traje – digo finalmente. – Então vou me juntar a você.

– Não é uma boa ideia – responde ele. – Vou explicar o motivo durante o jantar. Olha, vai demorar um pouco até eu conseguir deixar todos os sistemas de suporte vital on-line. Você deveria ir aonde é mais quente.

– Você está brincando? Não vou a lugar nenhum – grito para a escuridão. Conforme meus olhos se ajustam, a luz escassa das estrelas deixa o interior da nave "off-black"*, margeia tudo em car-

---

* Trocadilho com off-white. [N. T.]

vão. Arrasto-me até o quarto e arranco a roupa de cama do beliche. Quando volto, afundo-me numa pilha de cobertores. – Deveríamos trocar de posição muito em breve, certo?

– Ainda não é uma boa ideia. Explico depois. Não se preocupe!

– *Eu* sou o melhor programador aqui – resmungo. Arrasto a montanha de cobertores até a saída da sala, para poder ver as estrelas. – Você precisa vir logo olhar! – digo. – Estamos em um conjunto completamente novo de estrelas. Acho que vejo outras galáxias, como a do Charuto e a do Cata-Vento, e talvez aquela seja a Grande Nuvem de Magalhães? – Nenhuma resposta de Kodiak. – Ok, vou deixar você se concentrar agora!

Assisto às estrelas se movendo, e enquanto faço isso minha mente fica voltando a Kodiak. É apertado lá em cima, e com o traje espacial deve ficar mais apertado ainda. A nave esfria cada vez mais, então fico ajustando os cobertores, para que cubram as costuras onde minha pele encosta no tecido.

Devo ter cochilado, porque acordo com uma luz repentina. Meu corpo está suando dentro da pilha de cobertores. Eu os chuto para longe.

– Kodiak! – grito. – Você conseguiu acionar o sistema de suporte vital!

Não há resposta.

– Kodiak?

Ouço o pingar da cisterna, o zumbido das lâmpadas. Talvez ele tenha ido até a *Aurora* pegar alguma ferramenta.

– S.O., onde está o espaçonauta Celius? – pergunto, num reflexo de outros tempos. Mas é claro que o S.O. já se foi.

Eu me levanto e viro, roendo as unhas.

Uma perna num macacão vermelho aparece saindo da abertura, depois outra, e finalmente o próprio Kodiak. As pernas se arqueiam quando atingem o chão, o restante dele colapsando sobre elas. Ele segura uma perna nas mãos, massageando o músculo retraído.

Eu o ajudo, minha mão fazendo pressão sobre a dele. Seu corpo fica tenso, depois relaxa.

– Você conseguiu – digo enquanto massageio o músculo com cãibra. – Obrigado.

Ele consegue dar um sorrisinho.

– Vou precisar subir lá a cada poucas horas para fazer ajustes na rota e me certificar de que não vamos colidir com nenhum asteroide. Estamos navegando manualmente.

– Vamos nos revezar. – Eu o beijo. Seus lábios estão rachados. – Primeiro precisamos conseguir um pouco de água para você.

Kodiak assente com a cabeça.

– Um pouco de água seria bom. E um pouco daquele canelone.

– Vou preparar agora mesmo. Vamos.

Kodiak se levanta devagar, tremendo.

– Não sei como você ficou espremido lá em cima todo esse tempo – falo. – Tudo deve estar doendo.

Kodiak dá um pequeno aceno. Ele nunca será estoico.

Passo o braço por sua cintura, e ele aceita meu apoio. Juntos, mancamos até a área de refeições, onde ele se senta com cautela em uma cadeira.

Alisa o cabelo com a mão, e quando faz isso vejo vergões vermelhos de cada lado da cicatriz de treinamento em seu bíceps. Estão perfeitamente alinhadas, como sementes.

– Que diabos é isso? – questiono.

Ele aperta a parte de trás do braço para poder ver a pele, então dá de ombros.

– Lesões.

Abre a mão para me mostrar um tufo do cabelo preto-azulado.

– De quem é? – pergunto bruscamente. Mas sei a resposta.

Kodiak aponta o peito com o dedão. *Deste cara aqui.*

– A área inabitada...

– ... é desprotegida – conclui ele. – Sabíamos disso.

Lágrimas de raiva surgem em meus olhos.

– Não achamos que fôssemos navegar em modo manual. Era para o S.O. Prime fazer isso.

– Você programou um shell para operar dentro do equipamento mais sofisticado que a humanidade já criou – diz Kodiak. – Acho que fez um trabalho incrível.

Passo as mãos no cabelo de Kodiak, deixando as mechas que se soltam caírem no chão. Ele estremece. Acaricio sua cabeça novamente, esperando que isso apague a vergonha dele. Kodiak fecha os olhos, apoia a cabeça em minha barriga.

– Fracassei – digo.

– Pare com isso. Esse não é um pensamento produtivo.

O que vai acontecer conosco?

– Vamos alternar quem pilota para evitar o acúmulo excessivo de radiação em nosso corpo – falo.

Kodiak balança a cabeça, esfregando-a, da testa ao topo, nos músculos de minha barriga.

– De jeito nenhum. É uma viagem longa. Preciso de você saudável para tomar conta de mim mais para a frente. Se nós dois recebermos nossa dose de radiação no começo, então você não poderá cuidar de mim quando eu não for mais capaz de pilotar.

Algo em suas palavras não faz sentido. Sinto que estou sendo manipulado, mas estou exausto demais para pensar no motivo. Meu cérebro ainda dói de quando Rover me eletrocutou.

– Não vamos mais falar sobre isso por enquanto. Quero jantar, quero ficar com você e quero ver aquelas galáxias – diz ele baixinho. – Me mostre nosso sistema solar visto de fora.

_-*-_

Depois que terminamos de comer, Kodiak cambaleia até meu beliche e no mesmo instante entra em colapso. Diz que está cochilando, mas reconheço a cara de alguém que tenta desesperadamente não vomitar. Seguro sua mão, tomando o cuidado de lhe dar espaço. É a pior coisa quando você precisa vomitar e as pessoas ficam em cima.

Sento-me no chão, ao seu lado, e fico passando os dedos por sua mão, seus músculos, seus tendões e suas juntas. Os dedões longos, a penugem de pelos pretos nas costas dos dedos, as linhas de cada palma. Todos os nossos clones têm a mesma linha da vida? Talvez eu devesse fazer um desenho para nossas próximas encarnações descobrirem e compararem.

O que é a vida?

Há algo mais profundo nesse pensamento, algo que parece a solução para nosso sofrimento. Não consigo pensar a respeito nessas condições.

Em vez disso dou um beijo naquela palma.

Kodiak inclina a cabeça fracamente em minha direção, os olhos ainda fechados.

– Eu deveria voltar lá. Preciso verificar nossa direção.

– O que você precisa fazer é descansar – digo.

– Isso é verdade – admite ele. – Mas também preciso não nos jogar contra um asteroide a trinta mil quilômetros por segundo.

– Kodiak – falo devagar, pressionando os lábios na palma de sua mão –, não vamos sobreviver quatro anos até chegar a esse planeta.

– Acho que você tem razão.

– Então por que estamos fazendo isso?

– Não é óbvio? – pergunta ele. – Estamos partindo do jeito que escolhemos.

Mordisco a pele firme e quente de sua mão, passo os lábios pelos calos na base de cada dedo.

– Esse é mesmo o jeito que escolhemos?

Talvez seja. Estas são as galáxias e as estrelas reais à nossa volta, pela primeira vez. Nossos eus anteriores não tiveram a chance de vê-las. Foram assassinados por um sistema operacional antes que tivessem a menor ideia sobre seu verdadeiro propósito. Vamos morrer a caminho de um planeta que quase com certeza não será capaz de nos abrigar. Mas tomamos as rédeas de nosso destino. O s.o. e Rover não estão mais ativos. Não estamos vivendo em uma manipulação. Ou estamos, mas é a manipulação que escolhemos.

– Kodiak – digo, meus olhos examinando os seus atrás de alguma pista sobre como ele vai receber o que estou falando. – Quero morrer ao mesmo tempo que você.

Ele fecha os olhos com pesar.

– Quero que você viva.

– Algumas versões de nós poderão viver uma vida inteira. Mas nós? Não vamos conseguir chegar a um planeta onde possamos sobreviver.

Kodiak vira de costas, acho que para que eu não veja que está mentindo.

– Não vou deixar você pilotar – diz ele. – Existe uma chance de conseguirmos chegar a terra firme.

– Não vou comprar essa briga com você – falo, esfregando a bochecha em sua mão –, porque sei que é assim que quer viver. Mas sei o que vou fazer enquanto você estiver pilotando. Vou registrar tudo que sabemos. Off-line, em uma superfície de verdade em algum lugar. Algum lugar que Rover jamais poderá alcançar, não pelos milhares de anos que vão se passar até que o s.o. acorde o próximo par de clones. Vou dar informações aos nossos futuros eus, para que possam fazer as próprias escolhas. Mesmo que estejam condenados a nunca deixar esta nave, pelo menos o ponto de partida deles será a consciência que precisamos lutar tanto para conseguir.

– Não vai *existir* um s.o. quando eles acordarem – argumenta Kodiak. Ele solta um longo suspiro, que termina num gemido.

Pego uma embalagem de comida vazia, caso ele precise vomitar.

– Se morrermos com a nave off-line, todos os nossos clones também estarão condenados – digo. – Assim como a missão da Cusk, qualquer que seja ela.

– Foda-se a missão. Fodam-se os clones. A humanidade é uma praga. Por que deveríamos espalhá-la ainda mais?

– Kodiak, se insiste em fazer toda a navegação em uma porção desprotegida da nave, não será você a escolher se vai deixar o s.o. on-line de novo. Vou tomar essa decisão sozinho.

Ele expira estremecendo.

Seguro sua mão firme contra meu peito.

– O mínimo que podemos fazer é ser o mais honestos possível. Para oferecer ao outro o tipo de verdade que nossos governos nunca nos ofereceram. Que minha mãe nunca ofereceu.

– Talvez eu devesse pilotar bem na direção de um desses asteroides – diz ele, juntando a outra mão à primeira e traçando uma borboleta sob minha camisa, sobre meu peito estreito.

– Talvez você devesse – concordo. Mas ele não vai. O coração batendo nas costelas frágeis sob as mãos dele sabe disso.

–-*–-

Enquanto Kodiak está enfurnado nas entranhas da nave, monto um verdadeiro acampamento embaixo. Desisto de toda pretensão de limpeza profissional e em vez disso foco totalmente o conforto, a sala logo se transformando em uma confusão de cobertores e embalagens de comida. Trago o violino, depois de fabricar um novo cavalete com a impressora portátil. Dou as lascas do cavalete antigo para Kodiak manter no bolso, pois sei o quanto o conforta a sensação de ter algo que já foi uma árvore.

O novo cavalete de policarbonato não é tão ressonante quanto o antigo, então parece que estou usando uma surdina de estudo. Mas dá para tocar o violino. Faço escalas por alguns minutos e então paro, em dúvida sobre o que tocar a seguir.

– Continue! – grita Kodiak.

Os últimos concertos que aprendi – ou, acho que deveria dizer, que o antigo eu aprendeu, e foram colocados em minha memória por nanotecnologia – foram os de Prokofiev e Mendelssohn. – Com o s.o. off-line, não tenho acesso a novas partituras, então toco esses repetidamente. Desafino um pouco. Kodiak não parece se importar.

Toda vez que ele faz uma pausa na pilotagem, vamos até a 06 para observar nosso novo campo de estrelas. A náusea dele sempre o impede de se sentir muito sexy, mas ainda assim não conseguimos tirar as mãos um do outro. Não de um jeito sexual e excitante, porém mais como um casal mais velho que meio que se fundiu. Minha posição favorita é quando estou sentado na mesa, e ele está parado em minha frente, então posso envolver sua cintura com os braços e apoiar o queixo em seu ombro enquanto observamos lá fora.

– Foram as estrelas que me fizeram dedicar a vida ao treinamento – diz ele. – É maravilhoso ver estrelas novas.

Decido não deixar uma carta física. Seria muito fácil para o s.o. destruí-la. Em vez disso, quando Kodiak sobe para pilotar, começo a gravar um arquivo de áudio no bracelete, como se fazia antigamente. Também vou adicionar segmentos de vídeo. Tudo que eu gravar será copiado para uma centena de lugares em toda a nave, usando uma variedade de codificações e senhas, então o s.o. vai precisar trabalhar muito para deletar todas as cópias. É claro, ele terá milhares de anos até acordar o próximo par de nós, então talvez consiga.

Mas caso eu seja bem-sucedido em passar isso para a frente, vou contar nossa história. Para nós.

Não tenho certeza se já fiz isso antes. Escrever para mim mesmo. Nunca fui do tipo que mantém diários, embora fosse parte do plano do centro de controle de missão que eu mantivesse um registro da viagem. Uma vez que não há evidências de registro por clones anteriores, acho que isso era mais para meu próprio bem-estar psicológico que uma necessidade de posteridade.

Não começo do início. Começo com as coisas mais importantes e as fico repetindo, como uma sirene. Não que o s.o. fosse deletar somente trechos do registro caso o encontre. Acho que quero capturar a confusão de pensamentos em minha própria mente.

Você é uma cópia.

Minerva Cusk morreu assim que aterrissou em Titã. Não houve nenhuma baliza de emergência.

Vocês estão a caminho de algum lugar longe da Terra, mas o s.o. está impedido de lhes dizer onde.

A menos que sejam os últimos clones, vocês morrerão durante a viagem.

Kodiak Celius foi treinado a vida inteira para não expressar sentimentos, mas por dentro há um ser humano carinhoso ansiando por amor. Assim como você anseia. Vocês podem fornecer esse amor um para o outro.

Fédération e Dimokratía não existem mais. Todos que já conheceram estão mortos.

O s.o. vai matá-los, ou o espaço vai.

Dentro dessas duas leis de existência, a vida que vai esculpir depende de você.

Não se isole. Não permita que Kodiak se isole.

Sei que ouvir essa gravação vai ser brutal. Pobre do próximo clone Ambrose, cheio de comichões pelo corpo e tendo de comer cocô administrado por Rover, e a Terra ficando para trás, e então essa atualização maldita chegando aos ouvidos. Insiro no .doc todo tipo de memórias que foram salvas em minhas sinapses, para que o próximo Ambrose saiba que esta mensagem veio de seu cérebro. Ou pelo menos de uma cópia de seu cérebro.

– Ei, delicinha – grito para Kodiak.

– Delicinha – responde ele. – Uau. Pensei que um dia as maneiras de você me envergonhar acabariam, mas então lá vai você.

– Ah, tenho uma lista enorme de nomes para você, meu gambazinho. Em todo caso, você quer que eu inclua alguns detalhes de sua memória para que o próximo Kodiak saiba que é mesmo você? – Ele tinha me dito que queria que eu salvasse cópias da carta na *Aurora* para o próximo Kodiak. Não confia na própria capacidade de manter o foco para gravar algo coerente.

– Isso é pesado – grita ele. – Espere um pouco, me deixe mapear nosso caminho pelo próximo campo, então vou te contar algumas coisas. Ok. Pronto. Futuro Kodiak: um, você não gosta tanto de canelone quanto diz ao Ambrose. É só o seu jeito de ter algo para falar. Dois, você não precisa passar tanto tempo se preparando para quando for se encontrar com Ambrose, já que ele apenas vai começar a te provocar por ser tão vaidoso. Três, se acostume com a ideia de beijar Ambrose assim que possível. Você vai gostar muito de fazer isso, e o tempo para se beijarem será limitado.

Minha visão fica turva.

– Não eram esses detalhes que eu imaginava. Pensei que fosse ser algo como "Você teve os sisos removidos em uma quinta-feira". – Ele ri. – Preferi muito mais esses – digo, a voz embargada.

Sua risada se transforma em uma tosse úmida.

Eu te amo, quero dizer. Em vez disso, as palavras que saem são:

– Hora de uma pausa.

– Espera aí, só mais um...

– Não. Agora.

O corpo de Kodiak sai pela abertura, um tornozelo trêmulo de cada vez. Fico de pé na gravidade e amparo seu peso como posso. Ficou mais fácil nos últimos dias, já que ele perdeu muita massa. Assim que ele está fora, descansamos no chão, sua respiração rápida e superficial. Eu o enrolo em cobertores.

A pele de Kodiak está ressecada e vermelha. Seus lábios estão rachados e sangrando. Não temos nada parecido com hidratante, mas tenho centrifugado os sachês de comida para obter óleo vegetal, e massageio esse óleo em sua pele, uma pitadinha de cada vez. Na testa, nas bochechas, nas orelhas e então descendo pelo corpo. Seu rosto endureceu, mas conforme vou esfregando o óleo, sua boca franzida vai relaxando até algo parecido com um sorriso.

– Eu deveria te dizer onde estou na navegação, para que você possa entender – fala Kodiak. – Caso eu...

– Vou conseguir entender – falo. – Não se preocupe.

– Isso é tudo... muito doloroso – diz ele, apertando a mandíbula.

Paro de massageá-lo e acaricio seu cabelo, dou um beijo delicado em seus lábios. Para Kodiak dizer isso, a dor deve ser mesmo muito grande.

– Você poderia... pegar um cobertor para mim? – pede ele, os olhos se fechando.

Já tem dois em cima dele.

– Vamos fazer o seguinte – digo. – Vou nos levar para minha cama, e vamos ficar confortáveis lá. Você não vai subir de novo por algumas horas.

– Com certeza não – responde ele fracamente, os olhos ainda fechados. – Eu preciso ir... pilotar.

– Eu te conheço. Você fica lá em cima reconferindo rotas de que não vamos precisar por mais de um ano. Não precisa ter pressa para voltar.

– Isso não é verdade, Ambrose – sussurra ele. – Temos tão pouco tempo.

Mesmo assim, ele não protesta quando o arrasto em direção à minha cama. Meu corpo é o melhor jeito de mantê-lo aquecido, e também preciso da sensação dele, de nós juntos. Enquanto posso.

Eu me deito de lado junto à parede, e sobra apenas espaço suficiente para colocar Kodiak a meu lado. A cama também serve como uma estação protegida em caso de acidente, então uso as correias de emergência para nos manter estáveis. Não quero que ele caia da cama enquanto dormimos. Com a nova magreza de Kodiak, os cintos prendem facilmente ao redor de ambos os nossos corpos.

Coloco um cobertor sobre nós, depois o outro.

– Isso é... gostoso – diz ele. – Talvez possamos... cochilar um pouquinho.

– É gostoso – digo, pressionando o nariz em seu pescoço.

--*-_

Eu não durmo enquanto ele cochila. Provavelmente não conseguiria nem se quisesse, e não quero. Não quero perder um segundo desse ser humano quente e respirando a meu lado. Passo os dedões em suas sobrancelhas. Quando faço isso, elas se separam, relaxando durante o sono.

– Li Qiang – diz ele –, me desculpe.

Nunca tinha ouvido aquele nome. Me pergunto quem poderia ser enquanto passo os dedos pelo cabelo de Kodiak.

– Shh, tudo bem – digo.

As sobrancelhas relaxam de novo.

– Espero... que você esteja orgulhoso – murmura Kodiak.

– Tenho certeza de que Li Qiang estaria orgulhoso – sussurro de volta.

Ele cai na respiração relaxada do sono mais profundo. Finalmente o acompanho.

_-*-_

Durante a noite, o corpo de Kodiak convulsiona, e o tremor agitado é suficiente para me acordar de um sono profundo.

– Shh, shh – faço enquanto seu corpo se lança contra o meu, enquanto todos os músculos do pescoço ficam tensos, enquanto sua cabeça bate em meus lábios, enchendo minha boca com o gosto de sangue. – Meu Kodiak – falo, chorando. – Eu te amo.

Não sei se ele me ouviu.

Eu o seguro caso ele comece a tremer de novo, mas ele fica imóvel. Acaricio seu cabelo, abraço-o forte.

Seu corpo esfria.

Seu cheiro se tornou acre agora que está morto, e não consigo suportar ficar ao lado de seu corpo. Solto as correias e passo por cima de seu cadáver, fico parado no quarto, tremendo.

O luto abre sua bocarra embaixo de mim. Corro o risco de colapsar aqui mesmo, de nunca conseguir me levantar. Sei que é apenas uma questão de tempo até que eu sucumba.

– Mova-se. Agora – ordeno a mim mesmo em voz alta.

Nunca íamos conseguir chegar a um planeta próximo. Kodiak só precisava sentir que tinha algum controle sobre seu destino. Eu estava disposto a honrar isso.

Mas não tenho a mesma necessidade.

Quero que um Ambrose e um Kodiak finalmente saiam desta nave. Quero que eles tenham chance de passar a vida juntos. A felicidade deles será nossa e não será nossa. Isso é o máximo que posso esperar.

Não, não faça nada, outra parte minha implora. *Apenas desabe aqui, apenas se entregue e sofra.*

Com rios de lágrimas nos olhos, bato os pés contra meu pesar, dou socos em minhas coxas.

Para que nossos futuros eus tenham alguma chance de uma vida que seja melhor do que esta, vão precisar de apenas um aliado. Não há nenhuma chance de que a *Diligência Coordenada* consiga chegar a algum lugar sem o S.O. Não essa gambiarra do S.O. Prime, com navegação manual. O S.O. original. O legado de minha mãe.

Não preciso me preocupar com a exposição à radiação, não se fizer o que estou planejando. Subo até a sala do motor e começo a desfazer os últimos esforços de Kodiak.

--*--

Kodiak não parece em paz. Parece desfigurado e anêmico e com dor. A tortura que a nave infligiu sobre ele está marcada em seus traços, mesmo na morte. Quando toco seu corpo, o cabelo vai caindo, formando uma pilha macia no chão.

Eu me encolho ao lado de seu cadáver, entrelaço os braços ao redor de seu peito, prendo nós dois com o cinto. Aciono a projeção aérea do bracelete e hesito diante do passo final do programa que configurei.

Pressiono executar. Com esse gesto, o S.O. Prime é deletado.

Pressiono executar. Com esse gesto, o S.O. original é reinstalado.

Há um clique e um chiado, então as luzes se apagam. Quando voltam a acender, é junto com a voz de minha mãe.

– Você sofreu um acidente, Ambrose. Estava em coma. Avisarei quando puder se mover.

Eu rio de modo sombrio.

– Ainda sou eu, S.O. Não sou um novo clone.

Rover desliza ao redor das paredes da sala ao lado. Posso sentir que o S.O. está avaliando a situação, examinando Kodiak e eu, decidindo o melhor curso de ação.

Conheço o S.O. bem o bastante a essa altura para prever qual decisão vai tomar.

Puxo o corpo de Kodiak bem perto do meu.

– Eu te amo – digo. Eu nunca tinha falado isso, não até o momento em que estava morrendo. Agora gostaria de ter tido a coragem.

Como eu esperava, à distância na nave ouço a eclusa de ar estremecer quando é ativada. Os movimentos de Rover se tornam mais frenéticos conforme ele tira coisas do caminho, prendendo-as seguramente sob os pesados trincos dos armários. Assim que ele terminar, o fim vai começar.

Fecho os olhos bem apertados, lágrimas escorrendo pelas bochechas.

Eu não quero morrer. Quero viver.

Mas quero que meu eu futuro tenha a melhor chance possível. E para isso devo morrer.

Vai doer tanto.

Com a visão embaçada pelas lágrimas, aperto mais as tiras que nos envolvem. Grito contra a tensão percorrendo meu corpo.

Leva quanto tempo para morrer?

Outro tremor, e então estou surdo. O mundo se torna uma escuridão ribombante, fria e cortante. Então a sensação não é mais de frio; em vez disso é de calor abrasante.

A força do vácuo puxa nossos braços e nossas pernas, torce-os nas juntas, faz com que nossos corpos se choquem com as correias. Com certeza os cintos vão arrebentar, com certeza nossos músculos vão ser pulverizados, e o sangue vai atravessar o tecido. Não quero que o espaço nos tenha. Quero morrer aqui, nesta cama.

Uso minha última energia para fazer força com os braços na direção de meu corpo e apertar Kodiak ainda mais para perto, e então a ebulição dentro de mim fica tão quente que não dói mais, são meus sentidos saindo de mim, é apenas a ebulição, e não a dor da ebulição, e por um instante estou acima de mim mesmo, acima de nossos dois cadáveres.

A morte chega com um rugido. É uma tempestade repentina.

PARTE TRÊS

Ambrose: 12 restantes.
Kodiak: 12 restantes.
"191 dias até Titã."

A voz de Minerva se torna urgente: "Você me deixou ir sozinha. Preciso de você. Venha me salvar, irmãozinho!".
    Estou sufocando. Era eu que estava me afogando?

-* Tarefas restantes: 1872 *-

Finalmente consigo espiar o outro espaçonauta. Passei dias procurando por ele, mas só agora consigo o menor vislumbre. Dentro de sua metade da nave rotativa vejo um pedaço de cabelo escuro, um traje de nylon vermelho. Ele está de costas para mim, olhando para cima. Como se estivesse escutando algo. Por um momento sua cabeça se inclina em minha direção. Então vai embora.
Estranho, por que pensou em mim?
Desejo que ele retorne. Contudo, não quero que me encontre observando e esperando, então me forço a deixar a sala. Para me consolar, pego o violino.

Pareço ter perdido meus calos, a apenas meia hora tocando torna-se muito dolorosa para a ponta de meus dedos. Também está estranhamente baixo; por algum motivo despacharam o violino com um cavalete de policarbonato. Coloco o instrumento de lado, então me planto em frente à janela da 06 e olho para o espaço. Ele é desorientador e obliterador. Poderia observá-lo para sempre.

Imagino esse outro espaçonauta a meu lado. Conjuro aquele vislumbre de pele e cabelo e corpo.

Tudo que posso dizer é que está me fazendo sentir coisas. O centro de controle de missão não me mandou para cá com pornografia, não exatamente, mas eles estavam bem cientes das, hum, necessidades físicas de um rapaz adolescente no espaço, e carregaram muitas imagens de pessoas escassamente vestidas na cópia parcial da internet que foi salva na nave. Inspirado pelo garoto intrigante que acabei de ver, faço uma pesquisa por "espaçonauta de Dimokratía".

Não há uma correspondência exata, mas encontro todo tipo de soldados de Dimokratía em propagandas de prestígio, vídeos governamentais feitos para mostrar como pode ser saudável e jovem e lindo morrer por seu país. Uma mistura equilibrada de homens e mulheres, diferente do exército real deles. Muito poucos desafiam a expressão de gênero, exatamente o que eu esperaria de Dimokratía. Levo um tempo passando por todos eles, procurando pelos élficos, os sensíveis. Por fim, mesmo dentro da restrita codificação de gênero de Dimokratía, encontro o que estou procurando.

A pessoa está de uniforme militar, uma mochila de sobrevivência de lona jogada sobre o ombro, caminhando por um cânion com árvores enormes e antigas. Sua respiração sai em nuvens, e suas bochechas estão rosadas por causa do frio, mas ainda assim a camisa está aberta até o umbigo, e a luz salpica uma barriga musculosa. A estética longilínea é perfeita. Posso imaginar uma equipe de filmagem de prontidão com um cobertor assim que a gravação acabar.

Assisto enquanto aquela pessoa coleta algumas coisas, selecionando pedaços de cogumelos comestíveis para colocar na mochila, escolhendo musgos, identificando alguns deles antes de também colocá-los na mochila. É tudo muito calmo, muito cativante, muito sexy. A imagem em movimento é hiper-realista – ela destaca qualquer parte em que eu foque. É ainda mais sensual que na vida real, e é por isso que temos em Fédération centros de reabilitação para pessoas que estão tentando se livrar do vício em pornografia hiper-realista.

Com certeza eu poderia ficar a fim daquela figura militar errante. Passo a mão na garganta enquanto a assisto fazer a coleta, focando o vídeo no canto dos lábios, no côncavo do ombro, na flexão do tornozelo.

Estranhamente, não há áudio. Os dados devem ter sido corrompidos ou apenas parcialmente carregados. Aumento o volume no bracelete. Enquanto estou assistindo ao, hum, material quente, recorro ao fone de ouvido para ouvir o som, para conseguir um fiapo de privacidade em relação ao s.o.

Apenas um chiado. Aumento ainda mais o volume. Agora há algo dentro da estática. Uma voz.

Minha voz.

O vídeo ainda está passando. A figura militar relaxa encostada numa árvore, a câmera percorrendo sensualmente seu corpo. Mas o que minha voz está dizendo não tem nada a ver com um vigoroso passeio pela floresta.

O que minha voz está dizendo definitivamente não é sexy.

– Eu sabia que encontraria você aqui – diz esse falso eu. – Posso prever seus gostos, porque são os meus próprios. Porque você é eu. Provavelmente, você está no dia oito, por aí. Está assistindo ao exato meio-pornô que escolhi para acalmar meus próprios nervos no começo da viagem. Inseri essa faixa de áudio com a frequência certa para que o tamanho do arquivo seja igual, esperando que a mudança seja indetectável pelo s.o. Sei que está ouvindo com o fone, porque foi assim que fiz também. Estou prestes a explicar algo para você. Pause e volte depois caso se sinta sobrecarregado em algum momento.

Estou sorrindo. Quando as membranas vocais se tornaram comuns, era uma pegadinha popular enviar mensagens falsas para amigos com a voz de outra pessoa. "Aqui é Devon Mujaba, manda nudes" e coisas assim. No auge dessa moda, a menos que você visse um ser humano em sua frente dizendo as palavras, era melhor supor que alguém estava te zoando. Essa é uma pegadinha elaborada de fato, mas muitas das pessoas no centro de controle de missão são ex-colegas de classe meus, e sabem que carregar "uma mensagem para mim mesmo" é exatamente o tipo de brincadeira que me faria sentir em casa.

Enquanto a figura militar de Dimokratía molha o corpo em um rio montanhoso, mergulhando um pedaço de musgo na água glacial e o passando nas costelas, escuto minhas palavras.

O falso eu me conta uma história fabulosa de clones e múltiplas vidas, de uma conexão passional com o estranho de Dimokratía do outro lado da porta laranja. Eu sorrio. Claramente estão me enganando para que eu vá lá e faça papel de bobo.

Minhas palavras gravadas se tornam ainda mais dramáticas:
– A menos que vocês sejam o último par de clones, não vão sair desta nave. Não vão nem chegar aos vinte anos. Sua conexão com Kodiak é tudo que você tem, a única coisa que vale a pena cultivar ou nutrir. Ele me disse onde salvar esta mensagem na *Aurora* também. Suas sinapses são uma cópia exata das minhas, e você está num ambiente idêntico, com as mesmas entradas sensoriais, então a menos que o caos tenha dado um jeito de nos desestabilizar, é provável que o tenha convidado para jantar com você, para se encontrar em cinco horas na porta laranja.

Espera aí. Minha pulsação acelera. Isso é verdade. Como isso pode ser verdade?

– Na minha vida, Kodiak não veio. Na sua, ele virá. Ele ouviu tudo que você acabou de ouvir. – Uma voz desconhecida entra na gravação, falando frases curtas no idioma de Dimokratía. Estudei a língua, mas isso é muito rápido para que eu acompanhe. Minha própria voz retorna. – Agora Kodiak escutou alguns segredos pessoais de seu antigo eu, apenas algumas informações para assegurar que ele saiba que estou falando a verdade. Aliás, ele ainda não sabe, mas a refeição de que gosta mais é canelone, embora menos do que diz que gosta. Sugiro que vocês escondam o que sabem do so pelo máximo de tempo possível. Ele precisa de vocês vivos para levar a nave a seu destino, mas não precisa de vocês vivos para sempre, e saber o que sabem poderia reduzir sua utilidade para a nave. Quando se comunicar com Kodiak esta noite, escrevam em um dispositivo off-line embaixo de um cobertor, para que o s.o. não possa ver, e passem o aparelho de um a outro. A julgar pelo intervalo de tempo entre mim e os clones anteriores, *é provável que* já tenham se passado milhares de anos desde que morri. Esta mensagem é tanto de você mesmo quanto de um ancestral distante. Muitas cópias suas provavelmente já a ouviram. Você sabe o que mais me ajudou a lidar com essa notícia? Lembrar-me de todas as fantasias que nós – Ambrose – tínhamos quando criança. Por exemplo, imaginávamos que todas as outras pessoas eram robôs, e que éramos o único ser humano real. Ou que o que percebíamos como movimento poderia na verdade ser teletransporte entre as diferentes versões imóveis da Terra dentro dos multiversos. Ou que nosso sistema solar poderia ser um átomo em um sistema solar muito maior. Por mais louca que seja, a verdade de sua existência é algo para o qual nossa imaginação vem nos preparando. Estou te enviando amor (amor-próprio? Legal...) do ano 9081. Agora, vá se encontrar com Kodiak. Ele ia preferir muito mais passar o tempo dele sozinho, trabalhando para o bem de sua versão idealizada de Dimokratía, então provavelmente não vai receber a notícia de que foi manipulado tão bem quanto você. Adeus, Ambrose. Lamento precisar te contar tudo isso. Mas fico contente de que seja eu a fazê-lo.

O áudio acaba. A figura militar andrógina de Dimokratía está cochilando ao lado do rio, deitada no musgo com sua roupa de baixo molhada, o cabelo esticado afastado do rosto, recebendo os raios gelados de sol.

– Espaçonauta Cusk – diz a voz de minha mãe –, você está bem?

Assinto com a cabeça, minha visão turva enquanto assisto ao vídeo sem vê-lo.

– Parece que alguma coisa o incomodou. Seu batimento cardíaco está elevado, e você está transpirando.

Canalizo minhas parcas habilidades de atuação.

– É só um pouco enervante finalmente estar aqui em cima. Resgatando minha irmã. Estou preocupado com ela.

Uma micropausa.

– É claro. Isso é muito compreensível.

Não vou até a sala de refeições. Não vou até a porta laranja. Vou até a grande janela da 06.

A grande... tela?

Mesmo que isso faça o s.o. pensar que estou louco, bato meus dedos nas estrelas. Como posso saber se o que estou vendo é real?

Estremeço.

Fecho os olhos e me concentro em minha respiração. Para dentro e para fora. Esta respiração é real.

Abro os olhos. É hora de encontrar Kodiak. Ele também vai ser real.

-* Tarefas restantes: 1872 *-

A porta se abre bem na hora certa.

Pelos deuses é a primeira coisa que penso ao ver Kodiak de perto.

Não faz meu tipo, mas como um objeto puramente estético, ele é maravilhoso.

As sobrancelhas grossas se juntam conforme ele as franze, os ombros distorcem o macacão onde o corpo se retesa. Kodiak aperta dedo após dedo com o dedão, as juntas estralando.

– Você ouviu o que ouvi? – pergunto.

Ele assente com a cabeça. O restante de seu corpo está imóvel, como se tivesse sido esculpido a partir de algo pesado demais para carregar.

– O que você acha? – indago.

Ele dá de ombros, olhando para o chão, passando dedos elegantes ao redor de um pulso e dando um puxão. Então ele percebe e força as mãos a caírem ao lado do corpo.

– Eu acredito – diz ele num rosnado. – O que significa que temos muito para conversar.

-* Tarefas restantes: 1872 *-

Eu o levo à 04, coloco duas refeições no aquecedor de comida, então pego cobertores da minha área de dormir.

Retorno junto com o apito da primeira refeição, fico jogando a embalagem de uma mão à outra até que esteja fria o bastante para passá-la a Kodiak.

– O que é isso? – pergunta ele.

– O que você acha que é?

Ele lê o pacote.

– Canelone. Nunca experimentei, mas aparentemente é algo de que gosto muito.

Dou risada, então vejo a cortina escura que caiu sobre seu rosto. Coloco uma mão em seu ombro.

– Vamos descobrir o que tudo isso significa.

Ele sacode o ombro, de modo que minha mão cai para o lado. O s.o. fala exatamente ao mesmo tempo.

– Posso ajudar vocês dois com alguma coisa?

– Não – falo enquanto empilho os cobertores sobre a mesa. Eu me viro para Kodiak. – Coma seu canelone, e depois vou explicar.

Kodiak olha para o sachê, os lábios comprimidos, então balança a cabeça.

– Vou comer depois.

Sacudo o cobertor e o jogo para cima a fim de que caia sobre nossa cabeça. Aciono o tablet e começo a digitar. **Talvez você tenha ouvido. Este é o único jeito de nos comunicarmos sem o S.O. saber. Câmeras e microfones em todo lugar. Ele pode ouvir tudo.**

Ele acena com a cabeça embaixo do cobertor. A luz fluorescente atravessa a trama leve, iluminando sua silhueta. Kodiak pega o tablet de minha mão e digita, seus ombros flexionando e pressionando os meus. Estudo os traços fortes de seu nariz. **Quero investigar além da porta amarela para confirmar se existem mesmo clones.** Pego o tablet de volta. **Ok. Supondo que EXISTAM clones, então o quê?**

Kodiak faz uma pausa, os dedos flutuando em cima do tablet. Ele não tem resposta. É claro que não. Qual resposta poderia haver? Então começa a digitar. **Quero saber qual é nosso suposto e verdadeiro propósito.**

Sim! Algo na maneira como ele usou o termo "suposto" me faz parar um instante, mas deixo passar por enquanto. Esse é exatamente o curso de ação que eu esperava que Kodiak fosse tomar. **Alguma ideia de como fazemos isso?**

O S.O. obviamente acha que está nos levando a algum lugar. Se soubéssemos nosso destino, ajudaria. Mas precisamos usar essa informação sem revelar a ele que é isso que estamos fazendo.

De acordo. O S.O. provavelmente está em alerta máximo agora. Vamos dar algumas semanas para ele se acalmar, então começamos a investigar o motivo desta missão. Suspiro e me afasto um pouco, tirando o cobertor.

Kodiak pisca com a luz repentina. É meio adorável. Consigo entender porque um eu anterior se apaixonou por ele. Múltiplos eus anteriores se apaixonaram por ele. Será que eu também vou me apaixonar?

Kodiak aperta os punhos, então os relaxa. Aperta e relaxa. Não sei contra que sentimentos luta, mas tenho minhas suspeitas. Um calor sobe por minhas bochechas.

– Acho que sei sobre o que você estava pensando agora mesmo – resmunga ele.

– É estranho, não é? – pergunto. – Já ficamos juntos antes. – Não há dúvidas: estou totalmente excitado.

– Mais que estranho – diz ele. – Você não é, eu não sou... Eu não teria pensado que um dia iria...

Agora meu rosto está vermelho por mais motivos.

– Uau. Obrigado.

Ele dá de ombros.

– Durante o treinamento, eu tinha as mesmas necessidades que a maioria dos rapazes tem. É claro que às vezes eu fazia algo a respeito. Mas era só *ryad*. Sabe, amigos ficando juntos por um curto período.

Vou me apaixonar por essa coisa do passado? Sério? Começo a falar e me interrompo. Meu rosto está irradiando ondas de calor. Eu me ocupo de dobrar o cobertor, alisando cada vinco.

Assumo a postura de Minerva em minha mente. *Você é o nobre, Ambrose Cusk. Desejado por milhões. Filho de Alexandre, o Grande. O indisponível.*

Ele aperta e relaxa os punhos, aperta e relaxa.

Percebo todos os meus músculos retesados enquanto dobro o cobertor.

– Você precisa ficar sozinho?

Ele balança a cabeça de modo brusco, deixa o queixo afundar no peito.

– Olha, eu sei como isso é avassalador... – começo a dizer.

– Me disseram que eu beijo muito bem – interrompe ele.

Aquilo me faz parar. Observo, boquiaberto, enquanto um sorriso sem graça se abre em seu rosto.

– Ah, fala sério – digo, dando um belo empurrão em seu ombro. Ele cai de lado. – Acho difícil acreditar que existe alguém em Dimokratía que beije bem. Simplesmente não faz parte da visão de mundo de vocês. Todos devem ficar brigando com a língua.

Ele rola para cima, cruzando os braços em frente ao peito.

– É uma situação estranha esta em que nos encontramos, não é?
– É – respondo. – Com certeza é. Agora coma seu canelone. Ouvi falar que você gosta.

-* Tarefas restantes: 1801 *-

Sou capaz de passar quase o dia inteiro como se não houvesse nenhuma transmissão de um antigo Ambrose. Kodiak e eu consertamos os danos do passado da nave, preparamo-nos para a coleta do asteroide, alimentamos nossos eus orgânicos, sabendo que esses mesmos eus podem em breve ser silenciados pela nave que nos hospeda. Invento uma musiquinha insana que começa assim: *Sou só uma bacteriazinha / vivendo numa tripa.*

Conforme essa vida "normal" avança, o mesmo acontece com uma outra, paralela. Uma em que pressiono o rosto nas janelas da nave, em que analiso o código do s.o. em busca de linhas suspeitas, em que examino trajes e cobertores procurando cabelo, pele e sangue antigos. Em que espio embaixo da pele da nave, esperando que ela sangre a verdade para fora.

Crio teorias a respeito de aonde estamos indo. Outra galáxia. Dentro de um buraco negro. Fora de um buraco negro. Para Minerva, afinal. De volta para a Terra, onde ela estará esperando por mim. *É noite de sexta-feira. É claro que sua Minnie está aqui esperando por você.*

Sempre que estou em uma das cerca de meia dúzia de caminhadas diárias que faço pela *Aurora*, encontro Kodiak investigando. Removendo um painel na parede para ver o que tem atrás, ou cutucando o filme que cobre o lado interno das janelas (ou são telas?). Quase sempre Rover está na mesma sala, vigiando.

Sempre que vejo Rover, tenho vontade de chutar seu corpinho barulhento de metade de bola de basquete. *Se provarmos que as gravações de nossos antigos eus são verdadeiras, vamos desativá-lo na hora. E vou ser eu a executar o código de desativação.*

Uma manhã, encontro Kodiak na sala cega. Está com o cobertor por perto, e o tablet off-line. Levanto uma sobrancelha, e ele acena com a cabeça, dando tapinhas no chão perto dele. Sento-me a seu lado, coxa contra coxa. Ele faz uma cabana com o cobertor, então massageia meu antebraço. Meio que parece uma massagem esportiva, mas depois do que ele contou sobre aqueles caras do treinamento, isso faz minha mente viajar para o futuro, quando eu poderia colocar a mão por dentro do elástico da cintura, na pele macia e além...

Está pronto?, digita Kodiak.

Poderíamos dizer que sim. Eu digito: **Sim**. Ele espera que eu continue. Escrevo: **Pensei que tivesse algo para falar.**

Ele faz uma pausa. **Não pensei em nenhuma solução.**

Tento e não consigo impedir que um sorriso apareça em meus lábios. **A esperança de Dimokratía inteira, hã?**

Não seja espertinho, Cusk.

Para sua sorte, eu era o melhor aluno na turma de geometria analítica.

Ele revira os olhos com essa. Mereci. Continuo. **Nossa melhor chance de entender aonde estamos indo é descobrir onde estamos em relação à Terra. Então podemos projetar esse raio para o universo e vemos o que aparece.**

Bem, sim. Mas como descobrimos isso?

O rádio!

Kodiak toca os lábios com o dedo. **A distância da Terra, tudo bem. As transmissões que recebemos pelo rádio mencionam datas. Comparando-as com a data da nave, podemos estimar a distância em que eles viajaram na velocidade da luz, e, portanto, a distância em que nós viajamos. Mas é apenas a distância, não a direção.**

Pego o tablet dele. **Sim! Precisamos saber nossa distância de dois outros pontos para obter nossa localização precisa. Interseção de três esferas. E o que nos fornece localizações precisas?**

Pulsares. Estalo os dedos, sorrindo. Ele continua escrevendo. **Seus pulsos são regulares, mas as frequências mais altas da onda se movem ligeiramente mais rápido, e a diferença entre a frequência mais alta e a mais baixa pode ser calculada, o que permitiria que descobríssemos nossa distância do pulsar!**

Eu assumo. **A frequência do pulso me permitirá pesquisar qual é o pulsar, e podemos descobrir sua localização original. Você consegue encontrar dois pulsares no meio de todo o ruído de rádio?**

Vou tentar arranjar algumas estrelas de nêutron para nós. E isso é genial. Kodiak apoia o tablet no colo e belisca meu queixo entre os dedos, dando uma boa balançada enquanto olha fixamente em meus olhos. Parece que ele começou a absorver o fato de que seu eu anterior era meu amante.

Pego o tablet e digito, principalmente para esconder o volume na calça. **Vamos começar.**

Ele se levanta, seu próprio volume o denunciando.

– Cálculos tão minuciosos... – murmura ele, dirigindo-se ao console e colocando o fone no ouvido. – A quantidade de números significativos que isso vai exigir... – A voz vai sumindo conforme se distrai.

Também estou um pouco distraído. Mas temos coisas mais importantes para fazer do que nos atracar. Por enquanto.

Para não entregar ao s.o. o que estou fazendo, começo a fuçar no tablet off-line, olhando cartas estelares antigas. São cópias de páginas de livros impressos, então demora infinitamente para achar algo. No entanto, examinar todas as tabelas ajuda com a questão da ereção.

Perco a noção do tempo. Kodiak está tão imóvel quanto qualquer outra coisa na sala, seu rosto uma máscara de concentração. Então ele fica em pé. O fone cai do de seu ouvido, e ele corre para pegá-lo antes que atinja o chão. Gesticula me chamando, o rosto brilhando de alegria, e joga o próprio fone em minha direção.

Inclino-me para ele enquanto ouço. Ali está sua pulsação contra meu ombro, então coloco o fone no ouvido e escuto no lugar o pulso de rádio de uma estrela, o batimento dela no espaço distante. É misterioso e muito regular.

– Tão lindo – sussurro.

Fico assistindo enquanto ele escuta, os olhos fechados, lágrimas molhando os longos cílios. Então saio do devaneio e altero minha conexão para a do computador, para que ele possa cronometrar os pulsos. Assim que recebo a leitura, volto aos livros off-line.

– É o PSR B1257+12! – digo. – Comumente conhecido como "Lich", em homenagem ao senhor dos mortos-vivos. Astrônomos são tão nerds.

Kodiak abre os olhos devagar e coloca a mão no botão novamente.
– Falta mais um pulsar.

Recoloco o fone no ouvido e escuto o barulho do espaço passando por nós. Lacunas imensas, ruído quente e ruído branco, tudo vindo de corpos gigantes brilhando através do tempo e do espaço, ondas solitárias de rádio que chegam por acaso em nossa nave durante sua jornada pelo universo.

Kodiak levanta um dedo para chamar minha atenção. Também consigo ouvir. Este pulsar lança explosões de rádio a cada quatro ou cinco segundos. É um ritmo mais melancólico, quase uma reclamação.

Assisto aos números preencherem a tela, inundada de cifras enquanto o computador refina o período do pulso.

– Quatro-vírgula-oitenta e dois segundos – falo, examinando a tabela no tablet. É outro pulsar famoso por seu sinal forte, Centaurus X-3. Faz sentido que sejam estas as que detectamos primeiro. Vamos deixar rolar por alguns minutos, para que o computador tenha mais dados pontuais sobre as frequências, então definiremos um número para calcular nossas coordenadas.

Kodiak começa a dizer algo, mas então se interrompe. Apenas assente com a cabeça.

– O quê? – pergunto.

Ele balança a cabeça.

– Tem algo em mente. O quê?

Dá de ombros.

– Acho que só não tenho certeza de que quero saber seja lá o que vamos descobrir. Quer dizer, quero, é claro que quero. Mas também não quero.

Dou risada, depois me arrependo. Acho que estou surpreso com a vulnerabilidade que ele demonstra e não sei o que fazer com ela, não sei quando ela vai se recolher.

– Bem, agora é um pouco tarde.

Ele acena a cabeça enfaticamente, olhando de modo fixo para a tela, como se para adicionar poder computacional ao processador.

A crise pode ter nos aproximado, mas ainda assim não conheço de verdade este garoto com quem estou vivendo.

Uma caixa pisca na tela. Os cálculos foram concluídos.

– Você quer revelar a resposta, ou devo fazer isso? – pergunto.

Ele toca na tela. Dois pontos em destaque. Um é a Terra, e o outro somos nós. Altero o quadro, aproximando e afastando o zoom, para que comece a fazer sentido. Só que não faz sentido – estamos perto do fim de um aglomerado de estrelas em um amplo redemoinho.

– Isso é...

– A Via Láctea – diz Kodiak secamente.

– E nós estamos...

– Nos dirigindo para a borda externa.

Ele não fala nada por um momento, e olho para seu rosto. Está sombrio, a pele quase cinza.

– Estamos em um vasto trecho vazio de mar morto. Não há nada ao redor por anos-luz e anos-luz.

Estávamos sozinhos antes. Mas agora sabemos que estamos realmente sozinhos, de verdade.

Mesmo que pudéssemos atingir a velocidade da luz – o que não podemos, nem de longe –, nunca chegaríamos a lugar nenhum durante nosso tempo de vida.

A perna de Kodiak treme. Tirando isso, ele está totalmente imóvel. Examino seu rosto, minha própria mente rodando.

– Fiz tudo que era para ser feito – murmura ele.

– O que isso significa? – pergunto.

Suas palavras quase não são audíveis quando cai de joelhos e olha para o chão.

– A tudo que eles pediam, eu sempre dizia "sim". Fiz de mim o instrumento que queriam que eu fosse.

– É – consigo dizer. – Eu também.

– Destruí os sonhos de Li Qiang para que pudesse me tornar a esperança de Dimokratía. Devotei minha vida para... o quê? Para ser abandonado num... *nisso*. – Faz um gesto para a janela, que, está cada vez mais claro para mim, não nos mostra nada real.

– Li Qiang. Foi brigando com ele que você quebrou o braço na pancadaria na piscina? – Meu eu gravado me contou sobre ele.

Ele assente com a cabeça, cobrindo os olhos com as mãos.

Coloco a palma da mão no topo de sua cabeça, o que parece esquisito, então me ajoelho à sua frente, a bunda apoiada nos calcanhares. Então somos imagens espelhadas um do outro.

Ele limpa as lágrimas com o antebraço, solta um suspiro trêmulo.

– Estou bem. É só que fiz uma promessa para meu país, uma grande promessa, devotei minha vida a ele. Era como se fosse um contrato.

– É – falo, tirando uma mecha de cabelo preto-azulado de seu rosto –, e era. E eles a quebraram. – Assim como minha família fez comigo.

Ele respira fundo.

– Não sei o que fazer sem esse contrato.

– Você pode decidir o que se tornar.

Ele balança a cabeça com desdém, então a expressão se suaviza.

– Acho que sim.

– Fico contente que estejamos juntos nessa – digo.

Kodiak olha para mim.

– Não sei como você consegue encontrar algo positivo nesta situação, mas acredito que esteja falando a verdade.

Pego suas mãos nas minhas, seguro-as no colo.

Ele fecha os olhos, e quando os abre há um brilho repentino neles. Tira as mãos das minhas, estala os dedos e aponta para o cobertor. Surpreso, eu o jogo sobre nossa cabeça.

Kodiak escreve no tablet, e então o passa para mim. **Já entendi. Isto é um teste!**

Um teste? Que tipo de teste?

No treinamento tínhamos muitas sessões inesperadas. Acordados de madrugada/transportados vendados/tínhamos de navegar de volta a partir de algum ponto da natureza selvagem. Isto poderia ser como aquilo. O lançamento que presumimos ter acontecido nunca aconteceu. Não nos lembramos dele. Então nos puseram em uma nave falsa e nos contaram alguma mentira sobre "clones" para julgar como reagimos.

Ele me devolve o tablet. Examino sua expressão em busca de algum sinal de dúvida. Tudo é um pouco teoria da conspiração demais para que eu sequer considere. Mas, no caso, a suposta verdade sobre nossa situação também é.

De coração, sinto que ele está errado. Que está em negação, uma reação clássica ao choque. Quero que ele volte às lágrimas, para que possamos enfrentar juntos o luto por nossa situação. Mas não sei como descrever esses sentimentos em um tablet embaixo de um cobertor. Em vez disso, digito: **O sinal de emergência de Minerva?**

Uma manipulação. Talvez ela esteja bem, ou talvez esteja morta. É tudo parte da tentativa de ver como poderíamos sucumbir ao estresse da jornada. Uma pesquisa para expedições futuras.

Ele acabou mesmo de chamar a morte de minha irmã de manipulação? Olho para ele. Os olhos estão vazios na luz filtrada. Ele se recolheu a algum lugar desolado que não consigo atingir. Está perdido demais no próprio sofrimento para perceber a falta de consideração que é me dizer essas palavras.

Poderia ser verdade. Não sinto que consigo ter certeza de mais nada.

Ele se mexe sob o cobertor, para que seu rosto fique fora de vista. Levanto o tecido com uma mão para poder ver sua expressão de novo. Ele escreve: **Não confesse isso na frente do S.O., senão terá falhado no teste. Não será enviado na missão futura.**

Observando seu rosto, pego o tablet de volta com cuidado. **Não acho que Fédération funciona do mesmo jeito que Dimokratía. O meu centro de controle de missão não faria isso comigo.** Minha mãe não faria isso comigo.

Ele faz um estalo com a língua, o que sei que é um som de zombaria em Dimokratía. **Um país tão esclarecido, esqueci.**

Além do mais, estamos obviamente no espaço.

Como você sabe?

Ele está falando sério? **As estrelas. A visão da outra parte da nave. O zumbido do chão sob nossos pés. O fato de não estarmos recebendo nenhum sinal de fora a menos que a antena esteja no exterior da nave.**

Tudo isso pode ser fabricado. O "antigo" você disse que essas estrelas SÃO falsas, lembra?

Reviro os olhos, repentinamente grato por esse brutamontes não estar prestando atenção em mim o suficiente para notar. **Sim,** e também podemos ser cérebros em um tanque em algum lugar, e nossa vida inteira pode ser uma simulação enquanto máquinas ordenham nossos materiais orgânicos. Ou somos prisioneiros vivendo a existência acorrentados numa caverna, confundindo nossas sombras na parede com o mundo em si.

Começo a rir, mas, como ele não me acompanha, paro.

E se ele estiver certo? E se estivermos em um bunker e não em uma nave, e se *for* algum tipo de teste? Não há como saber com certeza. Bem, consigo pensar em *uma* maneira. Poderíamos abrir uma porta – mas isso envolveria despressurizar toda a nave. Se meu palpite estiver errado, então morreríamos. Algo me vem à mente. Puxo o tablet de seus dedos e começo a digitar. **Não há gravidade no centro da nave.**

Gravidade zero pode ser produzida artificialmente. Ambos estivemos nesses simuladores durante o treinamento.

Você está mesmo convencido, não está?

Fala sério. Não é muito mais provável estarmos em alguma simulação psicológica do que sermos clones antigos no meio de uma viagem através da galáxia???

Um argumento sensato, acho. Na verdade, não concordo. Acho que ele está desesperado por uma maneira de se segurar a tudo que pensou que sabia. Estou me sentindo do mesmo jeito. Só que também sou um pouquinho mais realista sobre minhas próprias armadilhas mentais.

Então, como vamos testar essa teoria?, escreve ele.

Não vamos fazer nada agora. Não há pressa. Vamos passar algumas horas realizando nossas tarefas normais para confundir o S.O. um pouco, caso esteja em alerta. Então depois do jantar conversamos mais.

Ele olha para mim por um longo instante. Procura em meu rosto algum sentimento, alguma informação, algo que não sei o que é. Acho que não encontrou. Quando por fim acena com a cabeça e se levanta, há uma calma forçada em seu rosto.

-* Tarefas restantes: 1799 *-

Ele não apareceu para o jantar.

Vou procurá-lo. Conforme entro na *Aurora*, não ouço nenhum som de reparo. Em vez disso, escuto algo muito mais sombrio: silêncio.

Ando pela nave e encontro Kodiak bem na extremidade, perto da eclusa de ar. Tem na mão um dos capacetes para caminhadas espaciais, forçando o que parece ser uma chave de fenda contra a parte interna.

– Kodiak – pergunto devagar –, o que está fazendo?

– Descobrindo... o que tem do outro lado desta tela – responde ele em meio ao esforço. Um fragmento de policarbonato pula para o chão.

– Pare! Pare. Isso não vai destruí-la? – indago, tão horrorizado quanto estaria se uma de suas unhas tivesse se soltado.

Kodiak arremessa o capacete no chão, que rola até um canto, cacos de carbonita high-tech voando dele.

– Nós *precisamos* desses capacetes – digo.

– Para resgatar Minerva? – diz ele com uma vozinha fina de escárnio. Dá de ombros, tirando outro traje da parede, concentrando-se em outro capacete, chave de fenda em mãos. – Não *precisamos* desses capacetes se tudo isso é uma simulação.

Falo com a voz no volume normal, dane-se o S.O.:

– O que quer que isso seja, não é uma *simulação*, Kodiak. Mesmo que sejamos cópias de nós mesmos, mesmo que você e eu estejamos condenados, pelo menos nesta versão vamos precisar desses capacetes.

– Patético – retruca Kodiak. – Mesmo depois que o sistema fodeu você, está se apegando a qualquer fiapo de mentira deixado por ele. Precisamos *quebrar* essa manipulação, não *nos curvar* a ela.

– Quebrar? O que significa *isso*?

Kodiak traça uma linha comprida pela frente do capacete. O barulho agudo do policarbonato fraturando me dá arrepios.

Sinto minha pele derreter.

– E vai nos matar no processo? – pergunto.

– Não. Vou provar para nossos testadores que já percebemos qual é a deles. Que não vamos abrir mão do controle de nosso destino. É assim que vamos passar no teste. Então eles vão ter que nos deixar sair.

Observo impotente ele riscar o segundo capacete. Nossa única ferramenta para sobreviver se nós – ou uma versão de nós – sairmos da nave. A escuridão ao redor zumbe sua indignação.

– Você não sabe nada disso com certeza. Para o bem de nós dois, preciso que pare o que está fazendo.

Raspa. Raspa. Raspa.

Ele coloca todo o seu peso na tarefa, e sou lembrado de como seu corpo foi moldado como uma arma.

– Kodiak – digo, as lágrimas embargando minha voz. – Estou falando sério. Pare.

Como ele nem dá sinal de ter me ouvido, uma raiva escaldante escorre por meu medo gelado. Minha nuca formiga, gotas de suor na testa. Dou um passo à frente.

Ele levanta os olhos do capacete, o rosto cinza. Então volta a trabalhar.

Dou outro passo.

– Pare aí mesmo – diz ele, novamente sem olhar para mim.

Dou outro passo.

Ajoelho-me a seu lado.

Coloco meus dedos sobre os seus, sobre o cabo da chave de fenda.

A outra mão de Kodiak faz um movimento brusco, muito rápido para eu impedir, acertando-me em cheio na têmpora. Saio deslizando pelo chão.

Estou de pé e xingando, arremessando-me contra Kodiak. Eu me lanço nas costas dele, socando seu pescoço, mordendo sua pele salgada. Ele ergue os ombros, e aquele movimento dos poderosos músculos de suas costas são o bastante para me jogar contra a parede. Logo estou de volta em cima dele, e desta vez tenho a presença de espírito de pegar a chave de fenda antes que ele me jogue longe.

Quando caio, levanto correndo e o vejo investir contra mim, os punhos erguidos. Eu me jogo na sala ao lado, apoiando-me na parede oposta.

Kodiak logo está a meu lado, as mãos tentando pegar a chave de fenda, a qual se vai no mesmo instante; não tenho força para resistir a ele.

Eu me lanço atrás dele, na esperança de impedi-lo de destruir tudo, mas assim que ouve meus passos ele dá um giro, segurando a chave de fenda sobre a cabeça, pronta para golpear como uma adaga.

Pela expressão dele, não tenho dúvida de que vai usá-la. Nunca vi tamanha tristeza desesperada. Eu me imagino sangrando em todo o chão de policarbonato branco, Kodiak em cima de mim com a chave de fenda ensanguentada, Rover pairando por perto, tentando em vão cauterizar minhas feridas.

Recuo para a *Diligência*. Melhor perder alguns capacetes que perder a vida.

Acho.

Kodiak está imóvel quando fecho a porta. A última visão que tenho dele é o olhar maníaco nos olhos, encarando-me e ao mesmo tempo, de algum modo, não enxergando, o peito arfando enquanto ele se prepara para atacar. Daria na mesma se eu fosse algum soldado inimigo sem rosto, a julgar pelo nível de desprezo que vi em seus olhos.

O que deu tão terrivelmente errado?

Agacho-me de modo defensivo, pronto para ele abrir a porta e me perseguir até aqui. Mas ela não se abre. Em vez disso consigo ouvir, baixinho, o barulho da chave de fenda raspando o material sintético duro do capacete.

Quando ele acabar com os capacetes, o que vai destruir depois?

– Espaçonauta Cusk, é urgente que eu converse com você.

Fico surpreso com o tamanho do alívio que sinto ao ouvir a voz de minha mãe.

– Sim! Me ajude, por favor – digo, a voz falhando.

– Pelas ondas cerebrais, o espaçonauta Celius parece ter sofrido um surto psicótico. Isso me faz querer perguntar o que *você* está sentindo.

– Estou bem. Quer dizer, não estou tendo um surto também. Quero que ele pare, S.O. Como fazemos ele parar?

– Não se preocupe. Tenho protocolos para a maioria das crises de saúde, incluindo saúde mental. Determinei que mais interação humana não vai ajudar Kodiak no estado atual. Nosso único recurso é incapacitá-lo. Rover está a caminho para fazer isso agora.

Ainda ouço o terrível som do policarbonato se fragmentando sob as estocadas da chave de fenda. Rover ainda não deve ter chegado.

– Não o machuque demais – falo, choramingando.

– Preciso fazer o que quer que seja necessário para impedi-lo de comprometer a missão da nave. A voltagem precisará ser significativa.

Do outro lado da porta, há uma pausa na arranhadura. As paredes são muito grossas para que eu ouça o tiquetaquear de Rover, mas posso imaginar o robô se esgueirando para dentro da sala.

Escuto algo como uma cadeira sendo arremessada no chão, então a voz do S.O., abafada na câmara de Kodiak.

Um grito. Sua intensidade é chocante, mesmo abafado pela parede, mas é quase desprovido de emoção, como se causado não por vontade humana, mas pelo processo físico do ar sendo expelido pelos pulmões comprimidos. Então a sala fica em silêncio.

– A ameaça foi neutralizada – anuncia o S.O.

-* Tarefas restantes: 1799 *-

Aquelas palavras ficam se repetindo em minha mente enquanto ando anestesiado pela *Diligência*. Ameaça. Neutralizada.

Eu me sento, mas não consigo ficar sentado, volto a ficar em pé no mesmo instante. Há preocupação demais correndo por meu corpo para que eu encontre alguma quietude.

Quero ir até Kodiak, descobrir se ele está bem depois do ataque de Rover. Mas então me lembro da imagem dele segurando a chave de fenda acima da cabeça, pronto para me apunhalar.

O S.O. está certo. É melhor não incitar um novo acesso de raiva em Kodiak. Se Rover o impediu de danificar a nave por enquanto, eu deveria lhe dar algum espaço para se acalmar.

Para ocupar minha mente acelerada, realizo algumas tarefas que o S.O. tinha na lista, recalibrando sensores que estavam fornecendo leituras incorretas.

Enquanto trabalho, minha mente se volta a Fédération e Dimokratía, nossos países em guerra. Eles apenas se uniram para os projetos da Cusk – enviar Minerva para Titã, e então nos enviar para resgatá-la. Porque em cada ocasião havia alguma esperança, algo pelo que ansiar. Um jeito de acabar com a guerra.

Era este o bálsamo: esperança. E é isso que nos foi retirado pela revelação do verdadeiro propósito de nossa missão. Será que posso dar a Kodiak uma nova fonte de esperança?

Sabemos agora nossa distância e nossa direção. Nunca conseguimos terminar aquele projeto conjunto, descobrir o destino da *Diligência Coordenada*. Talvez a resposta seja suficiente para tirar Kodiak do delírio – se é que é delírio. Pesquiso no tablet off-line para ver o que consigo encontrar. O raio da Terra até a *Diligência Coordenada* se estende até um amplo vazio. Eu o sigo, e o sigo, além e entre as estrelas da borda externa da Via Láctea, então uma chega perto, na verdade duas, um sistema solar binário, e ali está um pequeno planeta entre elas – nossa rota faz uma interseção perfeita com sua órbita. É o único corpo celeste que a nave atinge antes de deixar a galáxia por completo.

Procuro o planeta no tablet. A espectroscopia revela que sua atmosfera é formada por 20% de oxigênio, com menos de 1% de dióxido de carbono. Sua proximidade das duas estrelas deve garantir uma temperatura parecida com a da Terra.

É um exoplaneta. Um exoplaneta habitável.

Estamos a caminho de um novo lar.

-* Tarefas restantes: 1797 *-

Corro até a *Aurora*, desacelerando apenas quando me aproximo da sala onde vi Kodiak por último. Meus olhos captam as pernas de uma cadeira derrubada, uma chave de fenda abandonada em um canto, lascas de policarbonato refletindo a luz fluorescente de volta para o teto. Um corpo inconsciente no centro, respirando com pesar.

Kodiak está estatelado de bruços no chão, braços e pernas abertos, como se tivesse mergulhado de uma grande altura. Há um odor amargo no ar, como se alguém tivesse queimado ovos em uma frigideira.

Rover está estacionado ao lado dele.

– S.O., posso me aproximar? – peço.

– É claro – responde a voz de minha mãe.

Contorno Rover com cautela. Sinto os batimentos no pulso de Kodiak. Seus olhos se movimentam sob as pálpebras enquanto sua respiração se aprofunda. Se não fosse pelo par de vergões vívidos no braço onde os eletrodos de Rover devem ter encostado, pareceria que Kodiak estava tendo um sono incrível.

Pego um cobertor e travesseiros. Depois de um rápido debate, tiro o traje molhado de urina dele e enrolo seu corpo nu em um cobertor, apavorado com a ideia de que ele acorde no meio do processo. Coloco o traje sujo no limpador da *Aurora*. Kodiak nunca precisará saber que urinou nele, se ainda estiver dormindo quando o traje ficar limpo. Posso apenas colocá-lo de volta.

– Quanto tempo acha que ele vai ficar apagado? – pergunto ao s.o.

– É difícil prever o intervalo de tempo que os corpos humanos ficam incapacitados por choques elétricos.

– Então talvez você não devesse eletrocutá-los – respondo grosseiramente.

– Você sabe exatamente por que fiz o que fiz – diz a voz de minha mãe. – Contanto que o espaçonauta Celius não tente comprometer a nave de novo, não vou precisar tomar medidas tão extremas.

De repente me sinto muito cansado.

Kodiak geme, virando a cabeça. Eu a coloco no colo, acaricio seu cabelo, cuja maciez surpreende. Rover paira por perto, soltando pequenas faíscas ameaçadoras com seus eletrodos.

– Sai daqui, porra – digo a ele. É claro, ele não se move.

– Posso dar um conselho sobre o melhor jeito de apaziguar o espaçonauta Celius quando ele acordar? – pergunta o s.o.

– Não.

– Pelo menos considere...

– Não, s.o.! Fique em silêncio por meia hora.

Por cima do zumbido da nave consigo ouvir a respiração de Kodiak, consigo quase sentir o sangue correndo por suas veias, e pelas minhas. Consigo ouvir minha própria respiração. Enquanto me concentro no som, fico separado dela. Separado de mim mesmo. Parece estranhamente sincero.

Abandono o tempo. Minhas pernas doem por um período, então a dor cessa. Até ela viaja para a distância média.

Lar. Estamos viajando para um novo lar.

Volto a mim quando a cabeça em meu colo inspira profundamente. Os olhos tremem e se abrem. Sou arrebatado pela visão repentina deles, pelas profundezas cor de mel.

– Shh – faço para Kodiak.

Seus olhos me focam, e ele se assusta, o corpo ficando rígido. Ele bate os cotovelos no chão para que possa se sentar, os olhos faiscando. O cobertor cai de seu torso, drapeando sobre o colo, como se Kodiak fosse o modelo de um escultor.

– Ei – digo com gentileza –, está tudo bem. Você estava inconsciente. Você está bem. Não entre em pânico.

Ele examina os arredores com o olhar; a respiração rápida e superficial enquanto procura por inimigos. Rover ainda está ali, mas inativo, os braços imóveis no chão. A visão de Rover desativado não acalma Kodiak. Seus inimigos não estão fora dele. Nunca estiveram.

Finalmente ele fixa os olhos nos meus, e algo se passa entre nós. Não sei o que ele está sentindo ao ver meu rosto, mas parece ser a coisa que finalmente acalma seu pânico.

– Tente não pensar em nada por um tempo – sussurro.

Não é o melhor conselho, acho. Sua respiração acelera de novo. Ele coloca a mão nos vergões em sua pele, onde Rover lhe deu um choque.

Kodiak se levanta, amarrando o cobertor na cintura um segundo antes de ele cair. Encaro-o, minha própria respiração acelerando. Eu me levanto devagar, as mãos abertas.

– Está tudo bem – murmuro.

Ele se balança de um lado para o outro. Exatamente como Rover.

Kodiak pega a chave de fenda, observa-a, então a solta. Ela cai no chão com um baque.

Coloco a mão em seu ombro e assinto com a cabeça.

– Por que você não dá uma relaxada? Só uma relaxada. Não tem pressa nenhuma para nada. Além disso, tenho uma coisa para contar. Uma coisa que você vai gostar de ouvir.

Kodiak permite que eu o conduza até meu quarto. Não consigo pensar em nada melhor para fazer com ele; levá-lo para a cama parece a melhor cura para sua estranha desvitalização. Talvez, quando ele acordar, descubra que esse desespero sombrio já passou.

Ele aceita minha cama, ajeitando os braços embaixo de meu travesseiro e fechando os olhos. Seu rosto se suaviza.

– Está pronto para ouvir? – pergunto.

Mas ele está dormindo.

– s.o. – digo –, luzes apagadas. – O s.o. assim faz.

Caminho até a 06, com a maior janela – tela? – que me mostra a imagem do espaço sideral que acho que reconheço. Nomeio as constelações familiares, as mesmas que poderia ver da Terra. Por que esta não deveria ser a vista verdadeira? Se isso significaria poder viver minha vida em paz, por que não posso apenas escolher acreditar no que vejo e no que me disseram e acabar com isso? Estou indo resgatar Minerva. Feito. Minha vida pode ter um propósito que faz sentido para mim. Feito. Não estou trabalhando para algum futuro abstrato que nunca vou poder aproveitar. Feito.

Não preciso do tipo de clareza de Kodiak, não quando ver com clareza também significa morrer.

Não sei se acreditar em um planeta para nossos futuros eus será o bastante para convencer Kodiak a aceitar a mentira que estamos vivendo – se é que é isso. Talvez o exemplo de minha própria presença calma, de minha própria aceitação, um dia seja o bastante. Como Minerva disse no discurso de partida, transmitido ao vivo para Fédération e Dimokratía: "Nascemos para ser extraordinários. Extraiam esperança de nosso exemplo".

Faço uma cabana com a mão sobre as estrelas na tela, cinco dedos tocando cinco pontos de luz que viajaram por eras a partir das mais diferentes histórias para atingir esta janela, neste instante preciso. Cinco momentos no tempo, cinco lugares. Sei que isso é verdade, mesmo sabendo que não é verdade, que estou tocando em pixels posicionados pelo s.o. Talvez meu coração possa ser um órgão mais perspicaz que meu cérebro.

Seu coração só serve para bombear sangue, diz meu cérebro. *Eu sou a fonte tanto do que você sente como do que pensa.*

A insanidade costumava ser uma estranha que morava do outro lado do mundo. Agora mora ao lado. É só uma questão de tempo até que se torne companheira de bordo, amante, eu mesmo.

Entro em um transe, meu foco saltando para bem longe no cosmos. Talvez eu nunca coma ou beba de novo. Talvez fique desencarnado para sempre.

Talvez esteja me enganando.

Paro com a autopiedade e abro o arquivo de áudio no vídeo sensual da figura militar de Dimokratía, aquele que me alertou para minha suposta realidade. Adiciono um novo capítulo à gravação, para que o próximo eu saiba mais sobre si mesmo – e sobre Kodiak. Decido que vou fazer isso todo dia, para que nossa vida possa se desenvolver mesmo que recomece, para que cada versão de nós tenha uma chance maior de ser feliz que a anterior.

Há um farfalhar vindo do quarto. Imagino Kodiak se levantando, vendo que está em minha cama, testando os dolorosos vergões onde foi eletrocutado. Levantando-se. Pegando alguma coisa para comer e para beber.

Ouço a porta laranja se abrindo. Eu me preparo para ouvi-la se fechar, mas isso não acontece. Como precaução de segurança, mantivemos a passagem entre as duas naves fechada. Será que Kodiak se esqueceu, ou será que a deixou aberta porque quer que eu o siga?

Talvez esteja desorientado. Talvez esteja confuso e assustado. Caminho sem fazer barulho até a *Aurora*, o instinto mantendo meus passos o mais silenciosos possível.

Ele está à minha frente na g-zero, voando para a frente, ainda enrolado em meu lençol, que bruxuleia ao redor dele, fazendo com que pareça um fantasma. Apresso-me, planando atrás dele.

Eu o perco de vista assim que ele entra na *Aurora*. Passo me esgueirando pela sala cega. Ele também não está na sala de refeições nem no quarto. Só restam algumas salas onde poderia estar.

Ouço um assobio vindo da eclusa de ar.

– Kodiak?

A música é melodiosa e melancólica, alguma balada folk de Dimokratía que nunca ouvi. Avanço na ponta dos pés.

– Kodiak?

Ele está na frente da pequena janela redonda, olhando para as estrelas lá fora, ou para a imagem de estrelas, ou talvez para a escuridão entre as imagens de estrelas. Quando me ouve entrar, ele se vira para me olhar, então volta para a escotilha.

– Kodiak? Tudo bem?

Ele se volta para mim com uma postura mais aberta. É quando vejo que tem uma chave inglesa na mão.

Estou prestes a pedir que ele a coloque no chão quando ele recua e bate na escotilha.

Não consigo evitar gritar, mesmo sabendo que não há nenhuma chance de quebrar o vidro da nave com uma simples chave inglesa. Mas o horror da coisa, o horror de imaginar rachaduras aparecendo, seguidas pela descompressão explosiva, meu corpo pulverizado morrendo de quatro maneiras de uma vez... macerado, congelado, asfixiado, fervido.

Kodiak bate de novo. Ouço um tiquetaquear na sala ao lado quando Rover acelera em nossa direção.

Pare!, grito, ou penso que grito. *Estamos a caminho de um lar, um lar só para nós*! Estou cruzando o espaço entre nós, tentando pegar a chave inglesa. Ele a brande para mim, então a balança na direção do vidro transparente, só que me coloquei entre a chave inglesa e a porta da eclusa de ar, a ferramenta ocupa totalmente meu campo de visão, meu nariz se enche com o cheiro do metal, e então o cheiro metálico é de meu próprio sangue, e estou urrando no chão, assistindo ao sangue se acumular no piso branco, correntes de vermelho correndo pelas ranhuras entre os painéis.

Levanto-me e consigo ficar assim um instante antes de cair novamente de quatro, o mundo piscando e luminoso e depois se estreitando e escuro. Grito, como se gritar fosse me ajudar a ficar consciente.

Um olho está cegado pelo sangue, mas com o outro vejo Rover deslizar na direção de Kodiak, apenas para ser arremessado dos trilhos por ele. Kodiak bateu nele com a chave inglesa usando as duas mãos, como um taco de beisebol. Rover se sacode e chia inutilmente no canto da sala.

Kodiak grita alguma coisa que está tanto longe quanto perto, algo que não consigo entender. As palavras se formam, palavras soluçadas.

– Me desculpe! Me desculpe!

Ele está se afastando de mim, voltando para a extremidade da sala. Não para o restante da nave. Para a escotilha. Para a eclusa de ar. Minha visão dela vacila.

– Pare – consigo falar num arquejo, meus lábios escorregadios com o sangue escorrendo pelo rosto. – Nós vamos... nós vamos...

– Vou voltar com um médico! – diz Kodiak.

– Não. Você está errado – falo, piscando com pesar em contraste com a leveza, a leveza estranhamente pesada, puxando-me para baixo. Tão curiosamente pesado esse vazio. – Kodiak, você está *errado*!

Kodiak está na eclusa de ar, girando a manivela. O s.o. fala, mas não consigo entender as palavras na claridade ribombante. A manivela gira e gira para sempre sob as mãos seguras de Kodiak.

– Vamos passar neste teste – fala Kodiak.

– Pare – digo, arquejando.

Mas ele não para.

Kodiak olha para trás, para mim.

– Luz do sol, Ambrose! Pense em toda a luz do sol!

A porta da eclusa de ar estremece quando ele dá o giro final. Kodiak cobre os olhos com o braço, como se para se proteger da claridade que virá.

A eclusa de ar se abre, e o universo ruge. O trovão do outro lado não é cheio de luz. É apenas escuridão, e tão gelado.

PARTE QUATRO

Ambrose: 9 restantes.

Kodiak: 9 restantes.

"191 dias até Titã."

Um Ambrose anterior gravou um vídeo para mim. Espero dias para assisti-lo, com medo do que vou encontrar.

Numa noite insone, coloco-o para rodar.

– Tenho razões para acreditar que vou morrer – minha própria voz gravada me diz. Está sem fôlego e perturbada. Paranoica. – Não temos mais serventia para o S.O., não agora que estamos nos recusando a consertar a nave. Obstruímos as eclusas de ar, mas isso não vai ser o bastante. Vou configurar uma monitoração de mim mesmo, para que você conheça minha história. A cada vinte e quatro horas que eu sobreviver, vou reiniciar a gravação.

Estremeço quando percebo o que isso significa. Estou prestes a assistir a minha morte.

Sou eu. Estou dormindo, no exato beliche que uso agora, as costas viradas para o quarto. Não há mais ninguém ali, e nada está acontecendo.

O carimbo de data/hora no canto se embaralha quando acelero o vídeo para a frente.

Desacelero-o novamente. Rover se esgueirou pelo teto, o braço robótico pendurado. Há algo apontado em cada garra, talvez uma lasca de policarbonato impresso. Dou zoom.

– Para que serve *isso*? – sussurro.

Prendo a respiração enquanto assisto a Rover se aproximando furtivamente de meu corpo adormecido. Ele vai chegando cada vez mais perto, parando próximo à minha cabeça. Fica ali parado, tão imóvel que preciso checar o carimbo de data/hora para me certificar de que o vídeo ainda está rodando.

Então passa uma lasca e depois a outra em meu pescoço. Dois eficientes movimentos de corte, como se estivesse abrindo um pacote de arroz.

Só que é a minha garganta sendo cortada. O Ambrose no vídeo pula de pé, as mãos no pescoço. A boca está aberta, e o imagino gritando – ou talvez gorgolejando, se Rover tiver atravessado a traqueia. O sangue já encharcou a frente do macacão, empoçando no piso branco. Rover sai do quarto, e Ambrose cambaleia atrás dele, dando apenas um passo antes de colapsar no chão. Sua testa bate e depois os joelhos. Ele permanece em um ângulo estranho, os braços abertos, enquanto o sangue continua a escorrer da garganta, antes de gotejar, até parar.

Assisto, mudo e entorpecido, enquanto a garganta e a bochecha de Ambrose ficam manchadas, vermelhos e roxos aparecendo ao longo de seus braços. Meus braços.

Rover volta e fecha as mãos em meus tornozelos. Quando ele puxa, meu corpo se espalha para um lado, um braço cruzado sobre o outro, esticando-se enquanto Rover me reboca do quarto. Meus braços ficam acima da cabeça, a ponta dos dedos sendo minha última visão antes que o quarto esteja vazio.

Meu travesseiro está esmagado contra a parede oposta. Meu cobertor está no chão, absorvendo a poça de sangue até que nada reste de seu azul-claro, e haja apenas vermelho. O carimbo de data/hora continua avançando. A luzes fluorescentes são constantes.

Rover volta e começa a limpar, passando direto de robô de guerra para zelador.

– Se estiver ouvindo esta mensagem, é porque não sobrevivi para deletá-la depois que acordei – reporta minha voz. – Aprenda comigo: se for se rebelar contra o sistema operacional, é melhor estar preparado para as consequências.

A semente de um pensamento já está germinando no fundo de minha mente. *Ou preciso deixar para os meus futuros eus as armas para lutar.*

PARTE CINCO

Ambrose: 8 restantes.

Kodiak: 8 restantes.

"191 dias até Titã."

Minha mãe não responde às minhas batidas.

Seus pés fazem sombra na fresta de luz embaixo da porta.

A voz de minha irmã, no fim do corredor.

– Ambrose, vem cá.

Quando abro os olhos, o mundo não parece diferente. Estou cego.

Tilintar, zumbido.

Não estou cego – estive na escuridão absoluta.

.-* Tarefas restantes: 4909 *-.

O vídeo ainda está passando. A figura militar relaxa encostada numa árvore, a câmera percorrendo sensualmente seu corpo. Mas o que minha voz está dizendo não tem nada a ver com um vigoroso passeio pela floresta.
O que minha voz está dizendo definitivamente não é sexy.
– Sei que está dizendo a si próprio que isto é uma pegadinha elaborada com membranas vocais. Mas pense no que eu fiz. Sabia o vídeo exato que você veria primeiro, porque fiz a mesma coisa, e tenho uma estrutura neural idêntica à sua, e vivi no mesmo ambiente. Você não consegue se lembrar do lançamento, e tem uma boa razão para isso. Suas memórias foram copiadas por nanotecnologia durante o exame médico na Academia Cusk, antes que os clones fossem instalados na nave. Durante minha vida descobri que o você original, o eu original, nunca saiu da Terra. Ele morreu há muitos milhares de anos. Talvez nos braços da mãe original.

O que sobrou dele, e da civilização que o produziu, é uma camada no registro geológico da Terra, fina como uma folha de papel a essa altura. Até onde sei, você e Kodiak, e seus clones restantes, são tudo que restou da humanidade.

Pauso o vídeo. Minha voz está certa a respeito de ao menos uma coisa. Com certeza me sinto sobrecarregado.

O militar no trecho pausado me encara, seus olhos duros e lúcidos. Qual é a verdade que eles conhecem?

Com as mãos tremendo, retomo o vídeo. Minha narração continua enquanto a pessoa se banha.

– Nós dois sabemos – diz aquele eu – sobre Platão e a caverna.

Ele tem razão, é claro. Lembro-me daquele seminário na academia em que aprendi sobre a alegoria da caverna de Platão, em que ele imaginava prisioneiros acorrentados de tal modo que só conseguiam ver a sombra de fantoches na parede da caverna, e não o mundo de verdade lá fora. Como eles saberiam que as sombras que viam não eram a coisa real? Se um dos prisioneiros escapasse e descobrisse a verdade e então voltasse, por que alguém acreditaria nele? Talvez os outros prisioneiros se sentissem tão ameaçados por esses delírios que iam o matar.

Para ser sincero, não foi minha aula favorita.

Acho que pego o espírito do aviso de meu eu passado: estou sozinho em uma nave com alguém que pode não receber a verdade muito bem. Talvez essa pessoa seja eu. Talvez seja Kodiak. Talvez seja nosso sistema operacional, não sei. É claro, também não sei como foi o fim dos dias daqueles astronautas. O que sei é que foi nesta nave.

Caso se possa acreditar em tudo isso.

Dou alguns socos na janela. Ou tela. Como posso saber o que tem do outro lado? Jamais pensaria em perguntar. Aparentemente, é uma pergunta perigosa.

– Volte a esta gravação quando tiver conseguido processar tudo isso – termina minha voz. – Deixei algumas... surpresas valiosas na nave para você. Alguns diagramas que vão ser úteis.

Vou deixar essa passar por enquanto. Há muito mais coisas para pensar.

– S.O., estamos a que distância desse exoplaneta que é nosso destino? – pergunto.

– Não entendo o que quer dizer – responde a voz de minha mãe. – Vocês estão a caminho de Titã para resgatar Minerva Cusk.

– Não acredito em você – digo, depois me arrependo. Agora o s.o. sabe onde a informação de meu eu anterior provavelmente estava localizada. Vou precisar achar um novo lugar para armazená-la para o futuro eu. Se isso for algo que eu vá mesmo fazer.

– Independentemente no que decidiu acreditar – diz o s.o. –, ainda preciso que você foque a missão atual. A *Diligência Coordenada* sofreu inúmeros pequenos danos em sua jornada. Preciso que você e o espaçonauta Celius os reparem, para manter a integridade da nave.

– s.o. – falo apesar do abismo em meu estômago –, estou inclinado a acreditar que a única razão pela qual temos tantos pequenos danos é porque você está pilotando esta nave sem uma tripulação humana há milhares de anos. Não existe nenhum motivo para haver tantas tarefas incompletas que Rover não pudesse resolver. Isso não deveria acontecer durante os meses que leva para chegar a Titã.

O s.o. fica em silêncio. Levanto-me.

– Preciso ver Kodiak.

– Você não está sozinho na nave, correto. Mas o espaçonauta Celius não deseja vê-lo.

– Sei que é isso que você alega, s.o. – retruco, esfregando uma mão na outra. – Mas tenho algumas coisas para contar que ele com certeza vai querer ouvir.

-* Tarefas restantes: 4909 *-

Kodiak e eu estamos parados em frente à ampla janela da 06, olhando para as estrelas. Elas parecem tão reais. Mas não podem ser tocadas ou cheiradas. Apesar da evidência diante dos olhos, estou acreditando cada vez mais que elas não são reais.

– Não era assim que eu esperava que esta jornada começasse – diz Kodiak com rispidez.

– Eu também não, acredite – digo.

– Estava pronto para me isolar, considerar você um inimigo e pronto, para que pudesse focar minha missão. Mas essas evidências... – Sua voz vai diminuindo. Posso senti-lo olhando para mim.

– Adeus, Minerva – sussurro enquanto pressiono a testa na tela.

--* Tarefas restantes: 4909 *-_

Estamos parados ao lado da eclusa de ar da *Aurora*. Todos os trajes já se foram, exceto um. Seu capacete está inteiro, mas foi severamente danificado, um arranhão entalhado através da frente dele. Kodiak o segura na altura do rosto, examinando o dano.

Eu o observo, perguntando-me aonde essa evidência levará sua mente.

Finalmente ele fala.

– Desculpa. Parece que fiz uma bagunça da última vez.

Estico o braço e pego sua mão. A mão desse estranho que vai se tornar tudo menos isso. Ele endurece, então me surpreende segurando a minha de volta com ferocidade. Como se tivesse perdido o equilíbrio em um penhasco, confiando no estranho mais próximo para impedir sua queda.

--* Tarefas restantes: 4909 *-_

Convido Kodiak para vir tomar café da manhã comigo. Ouço a porta laranja se abrindo antes mesmo do alarme matinal tocar. Viro para o lado no beliche e peço ao s.o. para projetar o horário da nave. São 4h25 em Mari. Não que seja provável que sequer exista uma Mari ainda. Quanto acendo a luz, assusto-me ao ver Kodiak no vão da porta, encarando-me.

Eu me levanto de qualquer jeito.

– O que foi, o que foi?

Sua voz sai muito baixa.

– Não consegui dormir. Eu esperava que... aparentemente você tem um violino, certo? Você tocaria para mim?
– Sim – digo, passando a mão pelo cabelo. – É claro. Vamos descobrir onde ele está.

-* Tarefas restantes: 4909 *-

Não sei exatamente quanto tempo fico tocando. O s.o. aparece entre os movimentos, pedindo que trabalhemos na nivelação da proteção externa da nave, mas Kodiak levanta o dedo para silenciá-lo antes de voltar a seu devaneio, de olhos fechados, sentado no chão com os braços em volta dos joelhos.
– Você poderia começar no início da seção silenciosa? – pede ele. – Aquela que começa *tan, tan tun*?
Volto ao começo do adagio, o cavalete de policarbonato do violino impedindo o instrumento de tocar muito mais alto que o zumbido da nave. A delicadeza da música parece combinar. Um sorriso se espalha pelos traços de Kodiak, e as rugas de sua testa se suavizam. Continuo a tocar.

-* Tarefas restantes: 4799 *-

Nenhuma tarefa que o s.o. tenha é urgente o bastante para atrapalhar nossas sessões musicais. Vasculho a cópia parcial de internet da nave atrás de partituras, surpreendendo Kodiak com um novo recital a cada manhã. Quando elas acabam, componho minhas próprias peças, combinações de harmonias inspiradas pelo espaço, que crio encostando gentilmente o dedinho na corda para produzir frequências agudas. Não acho que Kodiak goste delas tanto quanto das clássicas, mas ele finge que gosta.
Ao longo das semanas, o s.o. para de nos apresentar tarefas na hora da música. Como continuo rebatendo suas histórias so-

bre o resgate de Minerva, ele também desiste de falar de Titã. É claro que sim. Mentir não está funcionando, então ele parou.

Depois da hora diária de música, completamos com diligência as tarefas solicitadas pelo s.o. Kodiak usa o único traje espacial restante na *Aurora* para trabalhos externos, enquanto eu trabalho nas entranhas da nave. O s.o. parece aceitar essa espécie de trégua. Mesmo assim, sou assombrado por aquela imagem de Rover entrando no quarto, cortando habilmente a garganta de meu eu anterior. Monto armadilhas e alarmes, para que acorde caso Rover entre.

Isso não é vida. Odeio essa consciência dolorosa de que vou morrer assim que nossas tarefas forem completadas. Mas pode ser que Kodiak e eu tenhamos um plano para evitar isso.

-* Tarefas restantes: 3010 *-

Estou sentado de pernas cruzadas em frente à grande janela da 06, olhando para a imensidão. Nosso chá acabou – os Ambroses anteriores devem ter desfrutado dele um pouquinho demais –, mas posso bebericar água quente, infusionada com os sabores do policarbonato. Nham. Pelo menos não preciso me preocupar com cânceres de crescimento lento causados pelo plástico aquecido. Estou certo de ter vários que crescem mais rápido e que vão acabar com tudo muito antes. Então... uhul?

Ouço as batidas do passo mais pesado de Kodiak, então seu corpo está pressionado contra a tela, os ombros empurrando a janela enquanto ele olha para as estrelas de mentira.

– s.o., reverta as telas em janelas – tento, não pela primeira vez.

O s.o. não responde. Ele não responde a muitas coisas esses dias; acho que sabe que qualquer coisa que revelar só vai diminuir sua vantagem.

– É mesmo impressionante – diz Kodiak, os olhos nas estrelas. – Alta resolução.

– Isso não faz com que elas sejam de verdade – falo.

– Não, infelizmente não – concorda Kodiak. Ele me olha em silêncio.

– O quê? – pergunto.

Ele dá de ombros, ainda me olhando. Então volta a alisar as estrelas com os dedos, liderados pelo do meio, um maneirismo de Dimokratía.

– No que está pensando? – pressiono.

– Na última eleição de Dimokratía.

– Vejo que está fazendo um uso bem livre de "eleição".

De modo surpreendente, Kodiak ri.

– Sim, foi a quinta eleição seguida com o mesmo resultado. Houve muitos discursos exaltados. O país inteiro parou a fim de considerar se deveríamos voltar a uma fronteira geográfica firme em vez da colcha de retalhos de regiões economicamente interligadas que a Terra se tornou.

– Começando com a troca proposta da Patagônia pela área pesqueira de Bangladesh! – termino. – Em um debate em sala de aula, fui designado para defender o lado "limites econômicos" dessa proposta.

– Sim. Então você se lembra? Essa questão parecia a maior preocupação que qualquer ser humano já teve. Tudo aquilo, a política, as guerras, os trabalhos de literatura...

– ... mesmo os antigos reis, os homens da caverna primitivos!

A irritação toma seu rosto.

– Posso terminar?

– Desculpa, só fui ficando animado. Venho de uma família do tipo que interrompe.

– Tudo isso acabou agora. Essas coisas não importavam. – Ele coloca a ponta de um dedo sobre a Terra enquanto ela viaja pela tela, brilhante e azul e minúscula, a conta de um joalheiro.

– Daqui, até nosso sol seria pequeno demais para representar usando luz visível – falo.

– Um uso bem livre do termo "daqui" – diz ele, fazendo uma careta.

– É, claro.

– Só queria que o presidente Gruy pudesse ter visto isso, que todos nós pudéssemos. Fica um pouco mais fácil manter a perspectiva, ser... mais gentil com os outros.

– Ser mais gentil com os outros, gosto desse jeito de colocar a questão – digo.

– Obrigado. Disse especialmente para você.

Dou um soco nele.

– Isso foi engraçado. Você é engraçado, Kodiak.

Ele dá de ombros, depois esfrega um deles. Fingindo que o machuquei. Mesmo se empregasse toda a força, não tenho certeza de que conseguiria.

– Eu ia chegar a algum lugar – continua ele. – Esta manhã estava pensando que essa *aleyet* que estamos vendo, acho que "vista" seria a palavra mais próxima na língua de Fédération, se nós realmente *groya*, acho que "entendêssemos" é o mais próximo disso... – Ele começa a morder o lábio, claramente frustrado com seu vocabulário. De repente me parece injusto que conversemos no idioma de Fédération o tempo todo. É apenas o idioma que a Corporação Cusk sempre usa. Que outras injustiças posso não ter considerado até agora?

– Pode ser que não tenhamos palavras melhores para isso – arrisco uma interrupção. – Isso seria muito típico de Fédération, não ter palavras para coisas silenciosas. De qualquer forma, estou familiarizado com "*aleyet*" e "*groya*".

As sobrancelhas de Kodiak se juntam. Agora o irritei de novo. É um campo minado, meu Kodiak. Ele prossegue.

– Esse *entendimento* de nossa *vista* tira um pouco da angústia de nossa situação. Muitos organismos vivem por uma estação, para que aqueles que vêm depois tenham uma chance. Libélulas, narcisos, o polvo. Podemos aceitar isso?

– Bem, somos programados para não aceitar nossa própria morte. Narcisos têm uma postura bem mais relaxada em relação a isso.

– Ok, mas juntos podemos ser como narcisos.

Aperto sua nuca.

– Isso foi fofo.

– Não me provoque.

– Não estava, na verdade. Adoro narcisos. – *Porque eram os favoritos de Minerva*, acrescento em silêncio, tocando na imagem da Terra na "janela".

Sua voz fica mais baixa.

– Sei o que fiz milhares de anos atrás. A estação off-line para pilotar e a mudança de rota. Não acho que faria esse tipo de coisa agora.

– Não sabemos quantas cópias ainda restam de nós. Até onde sabemos, os próximos poderiam ser os últimos.

– Pode ser o que quer que a gente precise que seja.

Kodiak não diz mais nada. Ele passa o braço ao meu redor e me puxa para perto do peito, esmagando-me contra seu calor. Então balança a cabeça. Estou num nível muito baixo em seu corpo para sentir diretamente, mas percebo a mudança nos músculos de seu peito.

Agora estou tão acostumado com Kodiak que ele não precisa falar, não precisa esclarecer com palavras o que tem em mente. Acho que sei o que está propondo por seu batimento cardíaco, pela vida alterada correndo pelas veias dele, pelas palavras que disse e pelas palavras que não está se permitindo dizer. Há um tipo de vibração emanando dele.

Desencosto a cabeça de seu peito, encaro seus olhos cor de mel.

– Acho que sei o que você quer que a gente faça – sussurro.

– Acho que você sabe – ele murmura de volta.

Kodiak vira a cabeça para olhar diretamente em meus olhos. A luz pontilhada brinca na bochecha dele, na garganta, e então no peito assim que abre o zíper da parte de cima do macacão. O traje fica preso na metade do torso, e o ajudo a descascá-lo até a cintura. A princípio hesitantes, minhas mãos brincam sobre sua pele, aprendendo o formato dos músculos logo abaixo.

– Ah. Não foi isso que achei que você queria dizer. Mas não é nenhum incômodo.

Seus dedos puxam o zíper de meu macacão, então estão em meu corpo. Deslizam pelo elástico da cintura antes de fazerem uma pausa.

– Estou feliz que esteja aqui comigo – digo.

– É, eu também – diz ele entre os beijos. Sua respiração é quente contra meu rosto.

– Você acha que deveríamos ir devagar? – pergunto.

Sua mão viaja mais fundo sob o elástico, desaparecendo até o pulso.

– Não sinto nenhuma necessidade particular de ir devagar – responde ele num suspiro enquanto observa meu rosto.

– Que bom. Nem eu.

-* Tarefas restantes: 3010 *-

Depois, ele me abraça forte, minhas costas escorregadias contra sua barriga. Passa os lábios delicadamente perto de minha orelha.

– Foi sua primeira vez? – pergunta ele.

Dou um tapa nele, brincando.

– O quê, *parecia* que era minha primeira vez?

– Bem...

– Na verdade – digo –, acho que foi minha primeira vez. Oficialmente. Mas não a de Ambrose.

Ele me puxa para mais perto.

– Teremos muito tempo para praticar.

Penso por um segundo.

– Espera aí, você quis dizer minha primeira vez na vida ou minha primeira vez acolhendo?

– Acolhendo? O que significa isso?

– O que acabamos de fazer. Você doou, eu acolhi.

Kodiak ri com desdém e faz um gesto que não reconheço, dedos dobrados tremendo.

– Ah, o dialeto delicado de Fédération.

Reviro os olhos.

– Vocês ainda usam *hut* e *shihut*, ativo e passivo?

– É claro. Faz mais sentido.

– A menos que o *shihut* esteja literalmente em atividade.

– Tão sensível.

– É uma hierarquia, Kodiak. Ativo e passivo não são termos de valor neutro. Um implica mais valor, o que tem tudo a ver com homofobia. E homofobia, na verdade, tem tudo a ver com misoginia, porque aos olhos de Dimokratía acolher é ser mulher, e ser mulher é ser inferior. As palavras importam.

– Ok, ok – diz Kodiak. – Em todo caso, obrigado por me "acolher".

Limpo a garganta, então começo a passar as mãos por seu peito, alisando os pelos.

– Esta *foi* a primeira vez de Ambrose acolhendo, por sinal.

– Você geralmente é *hut*?

– Ahã.

Kodiak ri.

– Parece um enigma. Dois ativos estão juntos no espaço...

– Estou preparado para ser versátil – digo.

– Sim, e você foi maravilhoso nisso – fala Kodiak. – Eu também estou preparado – continua ele um momento depois. – Na verdade, eu já fiz isso, durante o treinamento.

Balanço a cabeça.

– Inacreditável. Estava eu aqui pensando que seria você que precisaria pegar o jeito.

– Eram muitos caras vivendo juntos num espaço apertado, no auge da vida, todos em forma, geralmente muito suados, então é claro que de vez em quando éramos *erotiyets*... – diz ele, a voz sumindo.

– Ok, entendi, obrigado.

Não consigo evitar; alguma coisa nessa troca toda me deixou dando risadinhas. Kodiak se junta a mim, o corpo inteiro estremecendo junto ao meu.

Assim que recupero o fôlego, suspiro.

– Ficarei ansioso por essas sessões práticas.

– Eu também – sussurra ele. – Podemos incluí-las no cronograma. Cinco vezes por dia. Talvez possamos abaixar para quatro vezes por dia daqui alguns anos.

– Cinco vezes por dia! Isso significa que está quase na hora de...

– Ahã.

Outra coisa me ocorre.

– Sabe, antes de começarmos essa diversão tão prazerosa, pensei que tinha outra coisa que você queria que a gente fizesse, uma coisa que precisaríamos manter em segredo.

– Tinha uma coisa – sussurra ele. – Pensei que fosse *você* que estava nos pressionando para fazer isso no lugar.

– Aquela coisa, aquela coisa indizível – murmuro. – A nave, ela não será capaz de...

– Shh – faz ele, colocando um dedo em meus lábios. Eu o beijo, olhando-o. Kodiak assente com a cabeça.

Lágrimas enchem meus olhos. Coloco o cobertor leve sobre nós e digito no tablet off-line: **Vamos lá, temos um assassinato para cometer.**

-* Tarefas restantes: 3010 *-

Finalmente estamos prontos para colocar nossa rebelião em ação. Estamos diante da entrada da sala do motor da *Aurora* – e do conjunto de clones de Kodiak. Para entrar, tudo que precisamos fazer é saltar para a g-zero e atravessar o policarbonato impresso. Se Rover não estivesse bloqueando o caminho.

Ele não se move, apenas mantém os braços estendidos, pronto para nos eletrocutar. Dois braços de Rover são mais que suficientes para defender o espaço estreito.

Se nossos eus anteriores não nos tivessem preparado para este combate.

Kodiak dá dois passos rápidos na direção de Rover. Ele entra em movimento no mesmo instante, chicoteando os braços para a frente.

... e é quando jogo a bomba pem*.

Ela atinge Rover antes que Kodiak o faça – e, como o robô está ocupado atacando Kodiak, não pode se defender do projétil. Quando a bobina bate no invólucro de Rover, o policarbonato fino envolvendo a bateria se quebra e libera 1000 kV. Não é o bastante para causar nenhum dano ao restante da sala, mas é para acabar com Rover. Com um lampejo de luz branca, seus braços despencam no chão.

– Obrigado pelos diagramas, Ambrose antigo – sussurro.

– Pra cima deles – diz Kodiak, abrindo com o próprio corpo o caminho através do revestimento impresso da sala do motor e para dentro do espaço em g-zero além. – Venha rápido, antes que o s.o. possa ativar outro Rover para mandar atrás de nós.

– Não precisa pedir duas vezes – falo enquanto o sigo até a área do motor.

É um labirinto de superfícies sibilantes de metal. Barulhos estranhos de batida nos cercam, fora do alcance da luz fraca e tremeluzente de nossas lanternas de cabeça. Seguindo as instruções deixadas por nossos antigos eus, seguimos o caminho até o cabideiro, onde, como previsto, há sete Kodiaks enfileirados, um após o outro.

– Abominações – Kodiak vocifera.

---

* Bomba de pulso eletromagnética. [N. T.]

Flutuo ao longo da fila, olhando para Kodiak, Kodiak imóvel e Kodiak repetido, seu lindo rosto transformado em horripilante pela embalagem à vácuo e pelos sucos conservantes.

Kodiak quase vomita quando coloca a mão no primeiro. Usa um pedaço afiado de policarbonato para cortar o plástico.

– Você não quer que eu faça isso? – sussurro.

Ele balança a cabeça.

– Precisa ser eu. Não quero que você tenha que conviver com o fato de ter me matado. Você faz com os seus.

A parte de cima da cobertura plástica agora está aberta. A cabeça do clone pende. Kodiak coloca uma palma sobre a própria testa. Por um momento, os Kodiaks estão frente a frente, cópias quase exatas de si mesmos.

A voz do s.o. vem de algum outro lugar da nave. Para podermos detectá-la daqui, dentro das áreas inabitadas, a voz de minha mãe com certeza deve estar ribombante.

– Não façam isso! Vocês estão colocando em risco o único futuro da humanidade.

Kodiak segura a lâmina de policarbonato no pescoço do clone.

– Isso é assassinato! – Surge o choro afogado do s.o. – A história vai julgá-los severamente.

– Que julguem! – Murmura Kodiak enquanto arrasta a lâmina pela garganta do clone.

O clone não tem batimento cardíaco, e não há gravidade, então o sangue emerge da garganta cortada em uma linha fina de bolhas. Kodiak corta mais fundo. Embora essa criatura nunca tenha vivido, preciso desviar os olhos da carnificina.

– Não vou parar – diz Kodiak, cansado por causa do esforço – até ter cortado a medula espinhal. Então... vamos saber... que acabou mesmo.

Coloco uma mão em suas costas, chocado pela magnitude do que estamos fazendo.

Vamos destruir a nós mesmos.

Se destruirmos nossas outras cópias, todas menos o último par, o s.o. não terá outra opção senão nos manter vivos pelo maior tempo possível. Além disso, vai ter os recursos para fazer isso, já que não haverá muitos clones futuros para alimentar.

O S.O. não pode se dar ao luxo de nos matar cedo, não quando não pode contar com cópias futuras. Pode ser que não saiamos desta nave – *definitivamente* não vamos sair desta nave –, mas podemos viver nossa pequena existência em paz.

– Pronto, acabou – diz Kodiak, afastando-se de seu feito.

– É horrível – digo baixinho.

– É mesmo. Agora, que barulho é esse? – pergunta Kodiak, inclinando a cabeça enquanto espanta glóbulos flutuantes de sangue e cartilagem.

– É o S.O. O S.O. está berrando.

-* Tarefas restantes: 3010 *-

Voltamos entorpecidos de nossa missão assassina. Agora que terminamos, o S.O. ficou em silêncio. O que ele diria? Agora não há como voltar atrás, não há nada de que possa nos convencer.

Acho difícil reunir energia para me mover, e ainda assim meu corpo está tremendo. A enormidade do que fizemos fica me inundando.

Estou desesperado por uma distração. Estou desesperado por uma conexão. Estou desesperado para saber que não estou sozinho.

Eu nos puxo para o chão, coloco um cobertor sobre nós. A luz difusa faz a pele de Kodiak brilhar. Seguro seu queixo. Dentro da sombra do cobertor, esse simples gesto parece chocantemente íntimo. Algo chocantemente íntimo é de fato do que preciso.

1º de maio de 18 281, Era Comum
(2199 tarefas restantes)

Querido Ambrose,
Feliz Dia da Aniquilação! Faz um ano desde que destruímos os clones, então decidimos que seria uma boa ocasião para atualizar as mensagens para nossos eus futuros.

A cerimônia acabou de acabar – mais sobre isso em instantes –, então estou me sentindo um pouco para baixo. Na verdade, não exatamente para baixo, seria mais para emocionado mesmo. Um combo de coisas. Fico olhando para o espaço, esperando ver meu corpo lá fora, mas assim que se afastou das luzes da Diligência Coordenada, *ele desapareceu.*

Fizemos uma gambiarra na impressora portátil e depositamos texto nas paredes da nave, então você vai acordar com esta mensagem em todo lugar. Até agora Rover nos permitiu – não há mais necessidade de enganar nossos futuros clones, afinal, já que você é o único que sobrou. O S.O. provavelmente vai acordá-lo no último minuto possível para aumentar as chances de sucesso da missão. Se for assim, você será o tripulante de um navio naufragando.

Sinto muito por isso.

Kodiak diz oi.

O que mais? Foi um ano tranquilo, provavelmente o mais tranquilo que qualquer um dos clones já conheceu. Depois do "massacre", o S.O. ficou dócil. Não éramos mais descartáveis, o que parece ter mudado tudo. As telas piscaram e depois ficaram transparentes, mostrando as estrelas de verdade ao redor. ("Pelo menos supomos que sejam as estrelas de verdade", Kodiak pontua enquanto escrevo. Ele não é o cara mais otimista, como você deve ter percebido.) Descobrimos que faltam cerca de doze mil anos de viagem antes de chegarmos ao exoplaneta. É melhor começarmos a cuidar da pele se quisermos estar bonitos na chegada. De qualquer forma, é bom ter informações concretas para variar.

Em nosso tempo de vida, não vamos chegar perto de nenhuma estrela e com certeza de nenhum planeta. Estamos no equivalente ao oceano aberto, caminho livre a todo o nosso redor, sem pontos de referência à vista. Kodiak e eu somos nossos próprios pontos de *referência. Ele riu de mim assim que li isso em voz alta. Aparentemente, sou exagerado.*

Mantivemos os corpos no centro gelado e protegido de radiação do motor, e decidimos dar a eles sepultamentos no espaço. Esta é a cerimônia que acabamos de fazer. Cadáver de clone expulso da eclusa de ar enquanto toco violino. Faremos um sepultamento por ano, até que acabem os corpos. Vamos lamentar pelas vidas que nunca foram. Vamos brindar ao futuro, ao clone escolhido. A você. À glória que virá de todo esse sofrimento. (Não comece a me provocar sobre o drama, Kodiak!)

Você era o penúltimo Ambrose da fila, mas por algum motivo foi você que escolhemos. Gostei de seu olhar congelado. Você tinha um quê de perspicácia. Pensamento idiota, eu sei.

Percebo que estamos virando dois esquisitões com síndrome da cabana, talvez? Fazer um funeral pelo potencial de uma coisa, lamentar a perda de alguém que nunca viveu, tudo esquisito. Às vezes assisto a vídeos antigos da Terra e não consigo imaginar nenhum daqueles humanos normais fazendo o que fizemos. Mas eles não foram clonados e enviados para o espaço sob falsos pretextos. Então quem são eles para julgar?

Todos os humanos que fizeram aqueles vídeos, todos os humanos que eles produziram em gerações futuras estão mortos. O normal não funcionou para eles. Nós somos o novo normal, porque somos o novo humano. O único humano.

Com o tempo, vou atualizando esta carta. Deseje-me sorte com a síndrome da cabana. Eu te amo.

Sinceramente,
Ambrose #13

1º de maio de 18 282, Era Comum
(1470 tarefas restantes)

Feliz Dia da Aniquilação! Mais um ano de vida por aqui. Desta vez, enviamos um corpo de Kodiak. Ele despareceu de vista algumas horas atrás. Tinha uma cicatriz no braço, como todos os outros. Isso não surgiria em um clone – algum estagiário de laboratório na Terra provavelmente precisou fazer o corte, e então simular o crescimento do tecido cicatricial. Essa era um pouquinho mais desleixada que as outras, parecia quase uma cruz. O estagiário devia estar tendo um dia ruim. Ou talvez esse Kodiak fosse sua primeira tentativa.

Continuando. Kodiak passou os primeiros meses de nosso tempo de vida desconectado emocionalmente – tenho certeza de que ele vai fazer a mesma coisa no de vocês. Então, surpresa!, foi minha vez de me afastar. Eu só ficava muito irritado com cada coisinha que ele fazia. Estralar os dedos, morder as cutículas (às vezes exatamente ao mesmo tempo! Como ele consegue fazer isso?!), comer de boca aberta, falar "humm" quando não tem certeza do que dizer em seguida, brigar comigo quando o interrompia, mesmo que remotamente. Enfim, uma noite dessas, eu o arrastei para fora da cama e o ataquei, chorando e gritando de raiva. Decidimos que eu deveria fazer um retiro. Enquanto Kodiak cuidava da nave, mudei-me para o vídeo da praia de Minerva, caminhando pela praia digitalizada. O vídeo era grande, então pude percorrer o caminho todo de Mari até o oceano Índico. Não vi Kodiak por seis semanas.

Eu realmente o odiava quando parti. Ódio total. Queria mordê-lo, machucá-lo, destruí-lo. Havia momentos em que queria matá-lo, e não poderia dizer o motivo. Minha raiva era assustadora. Mas e no fim daquelas férias, Ambrose? Eu o ataquei de novo. Só que dessa vez foi com meus braços o abraçando o mais apertado possível, meus lábios beijando cada pedaço de pele que pude alcançar, chorando de alívio pela companhia dele, de alívio por ele.

Você ama Kodiak. Este é o milagre escondido em tudo isso: vocês podem amar um ao outro mais profundamente que qualquer outro ser humano já amou, já precisou amar, já teve a oportuni-

dade de amar. Bem, talvez Adão e Eva, sim, mas você e eu sabemos que não acreditamos na existência deles.

Surpreenda Kodiak chupando um dos dedos dele, do nada. Ele vai gostar.

Atenciosamente,
Ambrose #13

1º de maio de 18 290, Era Comum
(*399 tarefas restantes*)

Feliz Dia da Aniquilação! Estamos mais velhos do que nunca. Vinte e quatro! Bem, talvez os Kodiak e Ambrose originais tenham chegado à velhice antes que a civ humana terminasse. Mas certamente somos os clones mais velhos que a nave produziu.

Estou gravando um vídeo de nós dois no computador da nave, caso queiram saber a aparência que vão ter um dia. Espero que o S.O. não o delete. Em seu atual estado mental, não acho que vá. Agora que não precisa mentir para nós, não é o inimigo que já foi um dia. Foi neutralizado.

Sabe do que mais? Todas essas refeições cuidadosamente balanceadas e porcionadas vão funcionar muito bem para você. Mas acontece que o Kodiak de dezessete anos tem o metabolismo muito mais rápido que o de vinte e quatro. É difícil imaginar, mas o tanquinho a seu lado neste momento tem tendência a engordar. Ele reduziu as porções em um terço, tentando recuperar a forma. Digo a ele para não se preocupar com isso, mas ele insiste. Aliás, acho o Kodiak de agora tão sexy quanto o antigo, então provavelmente você também vai. Uma carninha extra no bumbum, se é que me entende.

Esta vida? De modo surpreendente, parece completa. Houve alguma dor, mas conseguimos começar ver nossa nave como uma sesmaria no velho oeste. Tipo uma versão menor de como será em seu exoplaneta?

Com amor,
Ambrose #13

1º de maio de 18 301, Era Comum
(1 tarefa restante: não vamos testar o S.O. chegando a 0)

Feliz Dia da Aniquilação! Grandes novidades do ano: sinais de rádio da Terra tem o caminho livre até nós de novo, então nosso transmissor começou a receber notícias antigas de lá. Alguns bolsões de humanos devem ter sobrevivido ao pior da devastação da guerra, porque os programas de rádio estão de volta.

Houve menção aos espaçonautas enviados para explorar o exoplaneta, como uma curiosidade num programa de perguntas e respostas. Então nunca mais fomos mencionados. O S.O. pesquisou todas as bandas. Essa onda de rádio viajou muito para chegar até nós, então representava muitos milhares de anos após o lançamento. Fomos esquecidos, perdidos no ruído da guerra entre Dimokratía e Fédération.

Não existe mais centro de controle de missão. Só existem vocês. Ninguém vai saber se forem bem-sucedidos ou falharem. Ninguém vai noticiar o dia da chegada.

Esta vida é sua para que você faça dela o que quiser.
Com amor,
Ambrose #13

1º de maio de 18 303, Era Comum
(1 tarefa restante)

Feliz Dia da Aniquilação! Temos trinta e sete anos agora, que tal?! Honestamente, não achei que fôssemos sobreviver tanto. Kodiak teve um tumor na tireoide que precisei aprender a remover, mas está se recuperando bem, considerando tudo. Rover é um bom enfermeiro.

    Atualização sobre o histórico de transmissões de rádio da Terra (por sinal, estou gravando-as no armazenamento do S.O. para que você mesmo possa examiná-las): pouco depois de gravar a última carta para você, houve outra explosão de falatório, tudo porque um asteroide estava se aproximando. Eles improvisaram uma nave para interceptá-lo, mas não devem ter sido bem-sucedidos. Houve um pico imenso no sinal de rádio da Terra, então depois nenhuma comunicação. Do tipo emitido pelo Sol. Do tipo liberado por uma explosão gigante.

    Não houve mais transmissões da Terra, nunca mais.
    Vocês são tudo que existe.
    Com amor,
    Ambrose #13

1º de maio de 18304, Era Comum
(1 tarefa restante)

Feliz Dia da Aniquilação! Aqui vai a surpresa deste ano: começamos um jardim. Coletamos um asteroide e, antes de depositá-lo no motor para propulsão, Kodiak notou o que parecia uma coisinha folhosa cor de ferrugem nos detritos. Congelado, pobre brotinho do além. Ele o removeu com muito cuidado e colocou na água. Pareceu sensato supor que mesmo uma planta alienígena fosse precisar de água. Isso tudo foi em um tanque de contenção selado, é claro.

O broto se revelou um pequeno musgo, não crescendo muito, mas enterrando as gavinhas no fundo do tanque. Só posso presumir que morrerá logo, mas a verdade é incontestável. Encontramos o primeiro extraterrestre.

Pode não ser o serzinho verde e humanoide de Marte que sempre imaginamos, mas há vida lá fora! Isso me dá esperança na missão, no que você vai encontrar no exoplaneta. Quando a planta morrer, vou prensá-la e guardá-la para que você possa vê-la. Talvez ela possa viver com vocês no exoplaneta, essa viajante no oceano aberto do espaço, retirada da água por dois homens apaixonados.

Com amor,
Ambrose #13

11 de junho de 18 304, Era Comum
(1 tarefa restante)

Kodiak está morto. O tumor que extraímos era só um indício do tanto que havia crescido dentro do corpo dele.
 O universo não tem mais nenhuma luz.
 Vou me juntar a ele esta noite.
 Abrace seu Kodiak bem apertado.
 Eu te amo.
 Ambrose #13

PARTE SEIS

Ambrose: 1 restante.

Kodiak: 1 restante.

"Chegada iminente."

Eu estou vivo?

Você está?

Tento engolir, mas não tenho saliva.

– Água – rosno.

– Na cabeceira – diz uma voz. É minha mãe.

– Mãe? Você está aí?

– É melhor para sua saúde descansar agora, mas preciso que você se movimente assim que possível. A nave está correndo um grande perigo.

Meus olhos saem de foco e então se concentram em uma mão. É a minha, mas a observo como se fosse de outra pessoa quando ela bate na bandeja de policarbonato ao lado.

– Minerva – digo. – Qual é o status da baliza de emergência de Minerva?

– Não precisa se preocupar com isso. Não há mais nenhuma emergência relacionada a Minerva Cusk.

– Não entendo – falo, minha voz rouca. Começo a mexer no acesso venoso no braço, preparando-me para o momento em que vou estar forte o bastante para me levantar.

– Você está desorientado. Sua última memória verdadeira é de uma consulta médica na Terra, um exame completo antes de ir ao espaço resgatar Minerva.

Arquejo.

– Sim.

A voz de minha mãe continua.

– Resgatar Minerva não é mais sua missão. Em vez disso, vocês são os primeiros humanos a colonizar o segundo planeta orbitando Sagittarion Bb, a cerca de trinta mil anos de viagem da Terra. Se adapte a essa realidade o mais rápido possível. Nossa chegada é iminente.

Pisco os olhos com pesar.

– Em dois dias vamos entrar na atmosfera do planeta. Sua pressão está muito baixa para você arriscar se mover e machucar seu cérebro macio. Sua encarnação prévia gravou uma mensagem para você. Gostaria que eu a projetasse enquanto o acesso venoso o hidrata?

– Tenho zero ideia do que você está falando – consigo dizer ao s.o.

– Você vai entender – responde a voz de minha mãe. – Vou começar a reprodução agora.

-* Tarefas restantes: N/A *-

Kodiak vai se tornar seu segundo eu. Mas, a princípio, você vai olhá--lo e pensar em um homem que precisa de amor e está implorando para que você o forneça. Em você ele vê alguém que vai possuí-lo e manipulá-lo.

É minha voz que estou ouvindo, consigo processar até aí, mas além disso perdi a habilidade de me concentrar. Os pensamentos se espalham. Enquanto escuto, meus olhos começam a focar. As paredes têm uma cor estranha – como ferrugem. O formato da sala é como no modelo da *Diligência* onde treinei, mas as paredes estão... fofas.

Seu original aprendeu na infância a que a atração leva, e que o amor é uma perda de poder. Essas lições têm mais influência sobre você do que pensa, e você as entende menos do que deveria. Vocês preferem os padrões emocionais que conhecem, e estes foram definidos no orfanato para Kodiak, e com seus irmãos Cusk e cuidadoras para você.

Ambrose, amor à "primeira vista" é quando você conhece alguém de acordo com as lições da infância, aprendidas com os pais, sobre o que você acha que o amor deve ser. E o que nossa mãe nos ensinou? Quem manteve o filho, mas enviou os clones dele para viver uma temporada por vez com um estranho, sem consideração pelo sofri-

mento deles? Quem achou que o legado dela e de Ambrose fazia com que valesse a pena infligir a tantas cópias essa tortura?

Kodiak não corresponde aos modelos que você aprendeu quando criança, e você não corresponde aos dele. Mas essa sensação aparentemente natural de "encaixe" é uma construção. O amor que Kodiak e eu dividimos nesta vida é prova disso.

A partir desse e de outros pensamentos espalhados em minha voz, entendo que esse tal de "Kodiak" também está na nave. Ele esteve nesta nave junto com... alguma versão de mim. Experimento meus músculos, pronto para correr ou lutar.

Kodiak também está acordando neste momento. A voz dele está lhe contando a mesma informação. Do próprio jeito Kodiak de ser, é claro.

Por que diabos eu deveria me importar com isso? E por que minha voz está fora de minha cabeça, dizendo coisas que não me lembro de pensar? A menos que seja apenas uma membrana vocal, como a de minha mãe.

Sento-me, balanço as pernas para os lados. Má ideia. Grito e caio de volta na maca.

Minha voz retorna. *Se estão acordados agora, é porque são os últimos de nossa espécie. Nós preparamos a* Diligência Coordenada *para vocês. Vocês são nosso destino.*

– Minerva, onde está Minerva? – falo, arquejando.

Isso não é uma inteligência falando com você, mas uma gravação. O S.O. *voltará em alguns instantes, usando a voz de nossa mãe. Não é nossa mãe, embora agora curiosamente eu conheça melhor o* S.O. *do que já conheci a mulher que nos deu à luz. Ou deu à luz o Ambrose original, devo dizer. Sou o Ambrose de cerca de doze mil anos atrás. Se tiver a sorte de acordar, isso significa que o* S.O. *conseguiu pilotar a* Diligência Coordenada *por doze mil anos de viagem pelo espaço profundo, sem recorrer a pilotos ou engenheiros humanos. Através de uma parte vazia da galáxia, mas ainda assim é improvável que vocês tenham chegado. Se estiver vivo, deve sua vida ao* S.O. *Suas metas agora estão alinhadas. Você conhecerá a verdade da missão. Terá com a nave uma relação diferente da que qualquer um de nós teve até agora.*

Meu cérebro percorre essas palavras. Caio da maca, todos os meus nervos se acendendo a partir daí. Quando me preparo para ficar em pé, minhas mãos tocam... musgo? O chão está coberto por um *musgo* cor de ferrugem.

A voz de minha mãe:

– Ambrose, preciso que você pilote assim que puder. Mas fique parado por enquanto. Sua pressão está muito baixa. Aviso quando puder se mover com segurança.

– Mãe? Onde você está? – pergunto. Minha voz parece um soluço. Talvez seja um soluço. Quero virar a cabeça, quero ver minha mãe. Meu estômago embrulha. Não consigo virar a cabeça. Pensei que estivesse em frente ao quarto de minha mãe, depois em uma praia, depois eu estava em uma nave, e agora estou em um estranho chão de floresta.

As paredes estão cobertas pelo mesmo musgo cor de ferrugem. Gavinhas e estolhos de uma planta macia cobrem cada superfície. O ar tem um cheiro pesado de nitrogênio, como uma estufa.

– Por que minha voz estava falando comigo mais cedo?

Minha mãe – meu s.o. – não precisa de tempo para pensar. Suas palavras começam antes que as minhas terminem.

– Aquilo foi gravado muitos milhares de anos atrás. Aquelas palavras serão úteis para você e podem ser repetidas à vontade assim que essa crise passar. Vou explicar tudo que puder, mas não temos tempo agora. Vou pedir que use as qualidades que levaram a Corporação Cusk a aprová-lo para esta missão. Aceite o que não pode saber e trabalhe sem saber exatamente o porquê.

Sério? É por isso que fui escolhido?

Um hemisfério de robô entra tiquetaqueando na câmara, uma cápsula marrom em seus braços de torno.

– Isso é para você – diz a voz de minha mãe. – Coma. Então precisamos pôr mãos à obra. O exoplaneta está próximo.

-* Tarefas restantes: N/A *-

É como se eu tivesse a pior ressaca imaginável, e meus arrotos de merda ou minha voz gravada tagarelando sobre hábitos sentimentais de relacionamento não estão ajudando.

O tempo todo fico deitado no chão, ouvindo mas não ouvindo enquanto flexiono as juntas, enquanto começo a mexer os músculos. A nave ronca e sacode. Seu casco geme.

Você pensa no amor como uma eletricidade atordoante. Acha que se não estiver nesse estado elevado, o relacionamento está falhando. Isso é mentira, uma infecção contraída da música popular e dos vídeos de fantasia, que condenou todos os seus romances curtos na academia, pobre Sri. Essa ligação de apoio que você e Kodiak sentem um pelo outro não tem a ver com pele, pele, pele, embora tenha a ver com isso também. Não é o calor do corpo dele contra o seu no fundo do tanque de água. Em vez disso, é o fato de estarem juntos no fundo do tanque de água.

Gostaria de poder desligar as palavras que estou dizendo a mim mesmo. Mas não vejo como fazer isso.

Eu me levanto e consigo me manter em pé, os nervos acendendo nas pernas.

Há uma figura no vão da porta.

– Ambrose? – pergunta ele.

– Você deve ser Kodiak – consigo falar, vomitando logo em seguida.

-* Tarefas restantes: N/A *-

Quando consigo abrir os olhos de novo, não vejo Kodiak.

Em vez disso vejo toda aquela vegetação fofa e enferrujada.

– O que é isso? – pergunto ao s.o. É como se estivesse deitado em um campo.

– Um organismo multicelular simples que, como as plantas da Terra, absorve dióxido de carbono e produz oxigênio via respiração. Esse aqui faz isso, notavelmente, sem clorofila ou luz solar. Seus predecessores o trouxeram a bordo há doze mil anos, e tem prosperado aqui desde então, apesar dos esforços de Rover para eliminá-lo.

Meus olhos se arregalam enquanto observo as folhas a minha frente. Folhas alienígenas.

Movimento é agonia, mas não posso ficar parado, não quando estou deitado em alguma pradaria extraterrestre. Consigo me levantar.

– A planta alienígena é parte de nosso problema, na verdade – continua o S.O. – Ela elevou a concentração de oxigênio na atmosfera da *Diligência Coordenada* a níveis instáveis. O oxigênio é um radical livre, corrosivo para minha fiação e perigoso para suas próprias células. Também é altamente explosivo nessa proporção, aumentando muito nossos riscos conforme entramos na atmosfera do exoplaneta. O casco da *Diligência Coordenada* já tem muitos danos superficiais, qualquer um dos quais poderia se provar catastrófico durante o estresse da aterrissagem.

Meus pensamentos se recusam a se conectar. Estou em uma praia, estou no passado ou no futuro, estou vivo ou em minha mente? Isso é o mais próximo dessa sensação. Meu cérebro em pânico me diz que estou descobrindo como é o momento da morte do corpo, que a neuroquímica de minha mente está gritando coisas sem sentido na escuridão até que a eletricidade se apague.

Rolo até encostar em uma parede, enviando arrepios por minha coluna.

– Minerva – tento de novo.

– Sua irmã está morta há quase trinta mil anos – diz a voz de minha mãe secamente.

Minha boca abre e fecha.

– Todos os humanos estão mortos, exceto você e Kodiak.

Meu estômago fez uma pequena viagem até a boca antes que a nave começasse essa última sequência de barulhos, mas agora está morando ali: os únicos gosto e cheiro que sinto são de ácido estomacal; a única coisa que vejo é vapor. Vomito.

– Sinto muito – diz o S.O.

Vomito no musgo enferrujado que cobre as paredes e o chão, cambaleio alguns passos para a frente antes que o musgo se levante para me acertar enquanto minha visão se torna preta.

-* Tarefas restantes: N/A *-

– Prepare-se! Prepare-se! – surge a voz de minha mãe. Abro os olhos para uma nova escuridão: fumaça espessa, tons de cinza permeados de preto. – Minha fiação está pegando fogo. Não sei por quanto tempo mais poderei falar com você.

Quando tusso, as linhas individuais de dor em meus pés se conectam. Sou uma rede brilhante de sangue e nervos pulsantes. A nave rotaciona, fazendo-me dar cambalhotas através da fumaça enquanto parede vira teto vira chão.

Estou sendo puxado. Rover está me arrastando para algum lugar.

Um terrível som de algo se despedaçando, e então o casco chacoalha, as paredes aumentando a rotação. A fumaça começa a diminuir conforme um vento gelado passa pela nave. Não a torrente explosiva de uma eclusa de ar aberta, mas a brisa de uma sala negligenciada cujo entorno das janelas ficou quebradiço.

Temos uma corrente de ar.

Uma nave espacial não deveria ter uma corrente de ar.

– S.O.! – grito.

Não há resposta. As luzes apagam, acendem, apagam. Rover me solta e corre para algum outro lugar da nave. A fumaça diminui o suficiente para que eu possa ver o beliche. A última coisa que o S.O. me pediu para fazer foi me preparar, então devo me preparar. Consigo me arrastar para cima da cama, para ajustar o cinto de segurança ao redor do corpo. As luzes da nave estão leitosas por trás do ar poluído. Mesmo no caos do momento, noto que o cinto é de policarbonato – deve ter sido reimpresso na nave. Também ele está coberto por uma camada do musgo enferrujado alienígena. A nave mergulha, empurrando meu corpo contra o cinto, esticando o fino material antes que eu caia de novo na cama.

Cuspo o ácido estomacal. Fumaça enche o ar de novo, o fedor de uma combinação de borracha queimada e algo primitivo. Um tipo de queimadura de freezer com alto teor de octano.

Então o vento está de volta, soprando através de nave. Arquejo quando o ar fresco atinge meu rosto.

Trilhas de condensação na nave.

Uma nave espacial não deveria ter trilhas de condensação.

A nave não está mais sacudindo de um lado a outro – em vez disso, estou pressionado contra o beliche, meus lábios se afastando dos dentes conforme as forças-g aumentam. Então ela começa a girar, e sou empurrado contra o cinto, contra a parede, contra o cinto, contra a parede.

Meu sangue parece sólido, entrando no coração como uma saraivada de balas e o deixando tão violentamente quanto. Minhas veias incham e colapsam, incham e colapsam. Quer seja pela dor ou pela pressão, meus pensamentos se fragmentam, indo para praias e Minerva e o estranho grandalhão que vi meio de relance nas luzes piscantes de emergência. No meio disso tudo estão a voz de minha mãe e a minha e a de alguém chamado Kodiak, todas brigando por minha atenção.

--*--

Sonho com Titã, com a descida em direção a lagos negros de metano líquido, sendo que as únicas luzes na atmosfera grossa vêm das lâmpadas de meu transporte – curiosamente, um submarino. *Ambrose*, gritam os lagos negros na voz de Minerva. *Vamos apostar corrida até a ponta. Me encontre aqui. Me leve para casa com você.*

Quando acordo novamente, o ar está limpo. Algo que pode ser a luz do luar se esgueira pelas superfícies da nave em tons perolados. As paredes estão inteiras ao meu redor, embora o teto não esteja mais lá. Engolindo a dor latejante no crânio, inclino-me para fora do beliche.

O corredor leva não à próxima câmara, mas às estrelas. Um espantoso banho de luzes, girando através do céu do crepúsculo. Nuvens se amontoam contra ele.

Nuvens. Atmosfera.

Nós batemos. Nós batemos e a nave se abriu como uma noz.

Uma brisa assobia pelas bordas afiadas. Um alto-falante crepita.

O s.o. está tentando falar comigo? Olho na direção do som.

O s.o. não está tentando falar comigo. A crepitação é um incêndio.

Não é como nada que eu já tenha visto fora de um laboratório. Um brilho verde fraco dança nas paredes da nave. É um fogo das fadas, mas ainda assim consigo sentir o calor emanando dele. Quando a brisa noturna atinge as chamas, elas se levantam para cumprimentá-la, ondulando como um lençol sendo estendido sobre a cama. A composição de gases desta atmosfera deve ser diferente daquela da Terra para produzir um fogo parecido com este.

O musgo alienígena está em chamas. A chama está se espalhando.

Mexa-se, Ambrose!

Minhas mãos dedilham o cinto de segurança, lutando para soltar a fivela. Golpeio freneticamente o botão, mas está emperrado. Puxo as duas tiras de policarbonato, esperando rompê-las. Mas se a correia se manteve durante um pouso forçado, não vai se partir sob meus braços franzinos. Eu me forço a fazer uma pausa.

Pense, Ambrose!

Repouso contra o beliche. Agora que a pressão parou, a fivela se abre com um clique.

Ah.

Rolo para fora, tento ficar de pé e não consigo, tombando no chão em vez disso. Coloco as duas mãos na superfície do beliche e puxo, conseguindo me arrastar para uma posição de joelhos.

Já estou tonto. Minha pressão ainda deve estar baixa. É melhor eu desistir de ficar de pé.

Em vez disso engatinho em direção às estrelas, o corredor se curvando em minha visão e depois se endireitando quando chego à borda rasgada da nave. A porta laranja se balança no ar noturno. Suas margens estão desgastadas, cercadas de espinhos de policarbonato. Eu me preparo, então salto entre aqueles dentes para o céu noturno.

Minhas pernas cedem, fazendo-me rolar por um barranco escorregadio. Quando paro, estou meio submerso em água – ou não água, percebo logo, algo mais pegajoso que água. Deito-me de costas, observando o céu noturno frio e suas estrelas misteriosas.

Não vou desmaiar. Não neste planeta desconhecido com perigos desconhecidos.

Há algo como o rosto sorridente de um gato no céu, orelhas pontudas e boca aberta e dentes. É uma constelação de estrelas, de novas estrelas. O primeiro mito deste mundo novo. *Olá, Gato do Céu*. Envolvo meus braços com o traje. Está frio aqui – não do tipo dano celular instantâneo, mas preciso colocar alguma roupa quente rápido.

Logo descubro a fonte da luz. Parece uma lua cheia, mas é pequena demais e brilhante demais. É um sol distante.

Nessa distância pálida não pode ser o sol que este planeta está orbitando, ou eu estaria congelado a essa altura. O sol principal deve estar do outro lado do planeta, no período noturno. Pousamos em um sistema solar binário. Sagittarion Bb, o segundo "b" é para seu segundo sol. O mito cresce. *Gato do Céu e suas Duas Estrelas de Estimação.*

Sacudo a cabeça.

– Kodiak? – arrisco gritar para a noite.

Como não há resposta, imagino predadores alienígenas à espreita, todos os vídeos de horror que já vi se fundindo em minha imaginação. Tentáculos e presas e abraços viscosos.

Mas há apenas a brisa. Nenhum outro som de vida. Posso estar sozinho aqui. Podemos estar sozinhos aqui, se Kodiak tiver sobrevivido à batida.

O único outro ser humano no universo.

– Kodiak!

Qual é o tamanho deste planeta? Tem alguma coisa que possamos comer nele? Quanto tempo vai durar esta noite? A brisa vai se transformar em uma supertempestade? Não recebi treinamento sobre nenhuma das respostas, porque fui enviado aqui em uma missão falsa. Pelo que estou vendo, só posso supor que o que minha voz gravada me disse seja verdade.

Não vou deixar este planeta me dominar. Vou encontrar um jeito de seguir em frente.

Pense, Ambrose. A menos que tenham me mandado aqui apenas para morrer, o que faria desta a operação mais cara da história, o centro de controle de missão deve ter fornecido as informações de que vou precisar para sobreviver neste exoplaneta em alguma parte da nave.

– S.O. – chamo. Nenhuma resposta.

Saio da poça e, balançando como um surfista iniciante, consigo ficar em pé. A paisagem é baixa e quase reta, coberta de protuberâncias macias e úmidas que não consigo distinguir bem com essa luminosidade fraca. Na escassa luz estelar, consigo ver a devastação que o acidente da nave causou neste planeta desavisado. Duas marcas de frenagem gigantes brilham, iluminadas desde dentro por algum tipo de fosforescência acionada pela fricção – suponho que de algum microrganismo que viva no solo. Mais evidência de vida. As faixas brilhantes apontam para longe na distância; a nave derrapou por um bom trecho antes de parar aqui.

– Kodiak? – chamo de novo. Porém suponho onde ele esteja. Uma marca de frenagem leva ao pedaço quebrado de nave onde acordei. A outra desparece dentro de um lago escuro antes de reaparecer na outra margem. A nave deve ter se partido em duas. Kodiak está na outra metade. Se é que está vivo.

Embora tudo que minha mente me diga seja *dor*, *dor*, *dor*, tento trazê-la à lógica na base da ameaça. A prioridade um é encontrar roupas quentes, preferivelmente um traje espacial, pois quem sabe que tipo de organismos ou esporos estranhos já podem ter entrado em meu corpo? Preciso encontrar um jeito de me hidratar. E preciso rastrear Kodiak.

Veja só, Minerva. Parece que no fim das contas vou montar um resgate extraterrestre em um acampamento-base.

-_-*-_-

A *Diligência* nunca mais será uma nave, isso é certo. A carcaça está aberta em três lados, e câmaras inteiras estão faltando, provavelmente espalhadas por este planeta. Não encontro trajes espaciais nos detritos, mas há um capacete quebrado – curiosamente, parece riscado por uma ferramenta mais que apenas danificado numa queda –, e, na noite mal iluminada pelo sol, encontro um suprimento de cobertores, todos empilhados. Enrolo os braços e as pernas e o torso com eles, prendendo com as correias de segurança do beliche. Tiro um cano dos destroços para usar de suporte e começo a traçar o caminho brilhante em direção à outra metade da *Diligência Coordenada*, chamando o nome de Kodiak enquanto caminho.

Estou sem fôlego assim que começo, e só fica pior. Primeiro acho que meu corpo está respondendo ao trauma de acordar e depois sofrer um acidente, mas então percebo que, por causa do pouco oxigênio, provavelmente estou com mal de altitude, além das outras reclamações atuais de meu corpo. Pelo menos não sobrou nada no estômago que possa sair.

Logo provo que estou errado, deixando uma poça de material orgânico no chão escuro. Embora fracamente iluminada pelo sol distante, esta noite parece permanente. Até que possa resgatar os dados no computador da nave, não tenho como saber quanto dura a rotação deste planeta. A noite dele poderia durar só algumas horas, ou o equivalente a seis meses ou mais.

O horror mora ao lado da imaginação conforme faço a caminhada noturna. É como se o universo tivesse se rachado, ou revelado que esteve rachado o tempo todo, que sempre estivemos nos equilibrando sobre um vazio. Esta terra estranha, com o céu desconhecido e a essência desconhecida, e esta jornada estranha que meu corpo surrealmente leve está empreendendo para salvar um estranho ameaçam me mandar girando para dentro desse vazio.

Uma luz aparece no horizonte conforme eu marcho, e a princípio penso que estou tendo meu primeiro vislumbre do sol maior. Mas não; escalei uma elevação rasa de solo fragmentado e consegui ver a segunda metade da nave caída, as superfícies refletindo a luz do distante segundo sol do planeta.

Acelero, meus passos facilmente se tornando saltos na baixa gravidade.

Fico atento a qualquer som, a qualquer movimento no céu e a sinais de vida evoluída. Mas esses microrganismos sob meus pés parecem ser tudo até agora. Kodiak e eu podemos ser o que há de mais evoluído por aqui.

– Kodiak! – grito.

O vento assobia.

Minha visão fica mais clara conforme me movo, e a princípio penso que é porque estou me aproximando dos destroços flamejantes. Percebo, porém, que a aurora está finalmente chegando. A orbe que está emergindo é do mesmo tamanho e da mesma cor do sol que sempre conheci.

Será que eu já vi aquele sol da Terra?

Este planeta tem uma suave cor verde-amarelada, é rochoso, todas as suas superfícies cobertas por charnecas de algas. É um pouco como pode ter sido a aparência da Terra primitiva. O sol e o vento e o frio são os únicos inimigos, e, sem predadores e presas, a vida não precisa se movimentar, ter olhos e dentes. Ela pode ser... mole.

— Kodiak? — chamo.

Há outra porta laranja aqui, iluminada pelos sóis duais. Diferente da minha, esta está selada. A nave atrás dela é virtualmente idêntica à minha.

— Kodiak?

Dou uma risadinha, então paro. Por que acabei de *rir*?

Salto facilmente até a porta e uso meu peso — mais leve aqui, mas ainda útil para esses propósitos — para puxar a tranca para baixo.

A *Aurora* está no escuro. Dou um passo, depois outro, absorvendo o texto no idioma de Dimokratía na parede, o chão de policarbonato mal iluminado pelos raios do sol distante.

— Kodiak?

Desta vez ouço uma resposta. Um gemido. Atravesso rápido o corredor. Quanto mais me afasto da porta laranja, mais escuro fica, até que estou navegando principalmente pela audição e pelo tato, confiando nas memórias de treinar em um modelo de minha própria nave.

— Kodiak? Estou aqui.

Ele está na mesma sala que eu, mas não consigo ver nada.

— Lanterna... na parede — diz ele, as palavras estranguladas.

Tateio pela parede até encontrá-la, então a ligo com um clique.

Kodiak está em posição fetal, iluminado em sombras dançantes pela lanterna, as mãos enfiadas entre as coxas.

— Perna — fala ele. — Quebrada.

Tem um calombo na panturrilha dele, visível mesmo por baixo do tecido do traje.

— Posso? — pergunto.

Ele assente com a cabeça, fazendo uma careta. Com a lanterna entre os dentes, levanto com cautela a perna da calça. O osso não rompeu a pele, mas definitivamente vai precisar de correção e imobilização. Se conseguirmos deixar a impressora portátil operacional, vamos fazer um gesso sintético.

— Está sentindo muita dor? — indago. — Posso ver se consigo achar remédios.

– Sua voz – diz ele entredentes. – Você está bêbado?

– Não, não estou bêêêbado – respondo. Bem. Acho que isso soou mesmo arrastado.

Kodiak funga.

– Narcose. Tem mais nitrogênio nesta atmosfera do que estamos acostumados. A julgar por minha dor de cabeça, também há traços de cianeto.

Quem é esse cara?

– A dor de cabeça também poderia ser, hum, da tíbia fraturada.

– Fíbula. Caso contrário teríamos um grande problema. Falando em... – Ele faz uma careta, a voz falhando.

– Tala. Certo. Estou indo.

– E talvez uns analgésicos. Se encontrar algum.

– Achei que você pudesse aceitar minha oferta.

_-*-_

Tranco a porta laranja para aproveitar quaisquer que possam ser os níveis mais baixos de nitrogênio dentro da *Aurora* por enquanto. Nas três noites seguintes, Kodiak e eu não saímos da nave. Vivemos à base da lanterna. Ele manca pela baia da engenharia, rangendo os dentes de dor enquanto tenta restabelecer a energia da nave. Fico olhando pelas janelas, observando nosso ambiente. Esse é o tipo de exposição gradual à atmosfera do exoplaneta que teríamos feito se nossa nave não tivesse batido.

A julgar pelo progresso do sol primário, os dias no exoplaneta duram cerca de trinta e uma horas terrestres. O céu é azul, mas com matizes verdes.

Não parece sequer haver muitas condições climáticas, não importa a hora do dia. Minha hipótese é que o s.o. bateu de modo intencional em um dos polos do planeta para evitar climas extremos, o que também ajudaria a explicar a umidade do solo. É claro, as estações poderiam durar muitos anos terrestres cada. Podemos estar no equivalente a dez anos de inverno.

Pelo menos estou esperando que seja inverno. Tenho andado por aí enrolado em cobertores. É melhor que isso não seja o verão.

Conseguimos uma alimentação rudimentar para os sistemas da *Aurora*, o bastante para eu colocar um pedaço da parede da nave no microscópio e aumentar a escrita minúscula que se repete nela como papel de parede. É a carta que minha voz prometeu ter deixado para mim quando eu estava na *Diligência*. Aquela que explicaria o que houve com minhas cópias prévias.

Eu a transfiro para o bracelete para poder lê-la ao longo do dia. Para descobrir a verdade sobre o que aconteceu antes.

Leio alguns trechos para Kodiak durante o jantar. Ele não comenta, só me encara enquanto leio, os olhos brilhando.

_-*-_

A julgar pelo texto, aparentemente meus antigos eus de início resistiram às notícias de que eram clones, de que Minerva estava morta, à coisa toda. Aqui nesta nave escura de Dimokratía, cuidando de um estranho machucado em um planeta desconhecido, acho tudo até fácil de aceitar. Afinal, tenho a prova de que preciso em minha frente. Existe um exoplaneta porque estou nele. Podemos ser os últimos seres humanos porque também é isso que meus olhos dizem. Pousar aqui é algo mais fantástico do que ser um clone.

Kodiak mantém uma movimentação mínima, engatinhando com o cotovelo até um ponto da nave para trabalhar nele, então terminando o que conseguir antes de arriscar esbarrar a perna de novo. Seu rosto não transparece muita dor, mas ainda assim sei a agonia que deve estar sentindo. Construímos para ele a melhor tala possível, amarrando um colchão fino à perna, mas claramente isso não é o bastante.

Tudo que o centro de controle de missão da Cusk colocou na nave para a nossa chegada está atrás de uma porta cinza do lado de fora da *Diligência*. Aparentemente passei muitas vidas imaginando o que tinha atrás dela. Mas por enquanto estamos presos na *Aurora*.

Não há nenhuma chance de fazermos o caminho de volta para a *Diligência* no futuro próximo, não com Kodiak nessa condição.

Ele e eu passamos muito tempo olhando um para o outro enquanto trabalhamos lado a lado. Olhos iguais a esses viajaram por todo o seu corpo; mãos iguais a essas seguraram as suas, abriram aquele macacão e exploraram o que há por baixo. Isso vai acontecer de novo a julgar pelas mensagens que deixamos. Estudo a linha de seu pescoço e imagino. Estudo seus cílios escuros e imagino. Estudo a potência de suas pernas e imagino.

Ele me olha de volta, e sei que também está imaginando.

No terceiro dia, acordo e me dirijo ao meu agora usual lugar na maior janela da *Aurora*, com vista para as planícies bioluminescentes. Meu ritmo se reajustou a esses dias mais longos – mas, é claro, acho que nunca estive vivo durante nenhum outro ritmo circadiano. Este planeta não é meu novo lar; é o único lar que já tive.

Cada vez que deparo com essa vista, espero encontrar algum horror selvagem vagando acima do horizonte, ou arranha-céus de tempestades estranhas caindo sobre nós. Mas é sempre a mesma paisagem calma. Um mundo primordial, com apenas as formas mais simples de vida.

O s.o. fez bem de nos direcionar para cá.

Kodiak se aproxima devagar para se sentar a meu lado, a perna imobilizada esticada à frente.

– Como está se sentindo? – pergunto.

– Bem o bastante – responde ele. – Amanhã vamos para a *Diligência*.

_-*-_

Chegamos lá bêbados. Não bêbados de um jeito divertido, não bêbados do jeito "beijando Sri em um campo", mas bêbados do jeito nauseado "estamos com problemas". Estamos inquietos e confusos quando a nave se avulta à nossa frente.

A *Diligência* não está selada como a *Aurora*, então não há como descomprimir o nitrogênio para fora de nossa corrente sanguínea.

Um conteúdo maior de nitrogênio é nossa nova realidade; simplesmente vamos ter que conviver com isso até que nosso corpo se adapte. Seguimos até a câmara de refeições, agora com um buraco na lateral, as formas de vida unicelulares brilhantes deste planeta se espalhando pelas bordas irregulares.

– Temos companhia para o jantar – diz Kodiak, apertando os olhos para o carpete de organismos.

Nós nos sentamos e apoiamos a cabeça nas mãos.

– Me sinto realmente cagado – digo.

Kodiak assente com a cabeça.

– É. Esse é um jeito de encarar.

Ele fecha os olhos com pesar, as pálpebras trêmulas.

Tento fechar meus olhos, mas o mundo está girando demais. Eu os abro de novo e consigo fazê-lo se endireitar só o bastante para me impedir de vomitar.

– Também estou sobrecarregado – falo. – Totalmente sobrecarregado.

Ele não faz nada a princípio, e a solidão incha dentro de mim. Então há uma mão em meu pescoço. Não consigo evitar; pressiono a bochecha nela. Kodiak massageia meu ombro. Parece a coisa mais bondosa que qualquer um já fez. Quando ele abre os braços, eu me jogo com tudo.

_-*-_

Estamos parados em frente à porta cinza.

Não poderia dizer que estamos sóbrios agora, não exatamente, mas depois de algumas horas nos segurando um no outro e tremendo, somos capazes de ficar em pé. Até conseguimos beber um pouco de água, resgatada das ruínas da 04.

– Vá em frente – diz Kodiak bruscamente, apontando para a porta.

– Talvez juntos? – sugiro.

Suas mãos aparecem ao lado das minhas. Juntos ativamos a porta. Ele solta um suspiro antes de abrir, estremecendo.

Ficamos de mãos dadas.

Em um reflexo, ligo a lanterna de cabeça. Então a desligo, porque neste exato momento uma luz pisca dentro da câmara.

– Olha isso! – digo sob o fraco brilho laranja. Uma bateria massiva cobre uma parede da câmara de armazenagem, seus fios desaparecendo no chão. – Energia auxiliar!

Kodiak se abaixa para examinar um cabo particularmente grosso que leva a uma caixa sem identificação.

– Um gerador. Que parece funcionar à base de metano. Esperto.

– Vou supor, já que o centro de controle de missão pensou em desenhá-lo desse jeito, que o metano seja grande parte do que há nesses lagos rasos no entorno. – O metano não tem cheiro, e, sem energia nas naves, ainda não fui capaz de realizar testes para determinar a composição da atmosfera, exceto baixo teor de oxigênio e obviamente alto teor de nitrogênio. O centro de controle de missão teria sido capaz de selecionar este planeta com base na espectroscopia: mesmo a tantos anos-luz de distância, poderiam ter determinado quais cores de luz estavam sendo absorvidas no planeta, o quanto suas partículas atmosféricas deformavam a luz, e o tamanho delas, e assim ter uma ideia muito boa do quão acolhedor à vida humana o ambiente seria. Não é um acidente que seja aqui que o S.O. tenha se esforçado tanto para nos trazer.

Kodiak se inclina para além da caixa, movendo-se com uma agilidade surpreendente, considerando a perna imobilizada, e me entrega um envelope grande, preto e acolchoado.

Eu o abro. Dentro há um livro. Um livro vintage de verdade! Capa dura de policarbonato, impresso em páginas de plasticina. Há um título na frente: *Sobrevivendo em Sagittarion Bb*.

– Esta parece uma boa leitura – digo e abro na página um.

– Podemos transformá-la numa história para dormir? – pergunta Kodiak. Ele ri, mas então para e me olha, e estou olhando para ele.

– É meio-dia – falo e estico a mão. – Mas pode ser hora de ir para a cama na Terra.

Ele fica ali parado sem pegar minha mão. Seu corpo se assoma ao lado do meu.

Olhando fixamente em meus olhos, Kodiak me envolve com os braços pesados, apertando-me forte contra o peito. Ele tem o cheiro deste planeta: limpo, um pouco barrento. Respiro o aroma humano, aproveito a sensação de seu corpo esquentando o meu.

– Tem coisas que eu disse a mim mesmo para aprender com você – sussurra Kodiak, o queixo repousando no topo de minha cabeça. – Algo sobre acolher e doar?

– Sim – respondo, sorrindo. – Temos muito tempo para as aulas.

Fico em silêncio, segurando o livro preto no peito enquanto observo a paisagem alienígena.

– Entre esses momentos, vamos lutar para sobreviver.

_-*-_

De alguma maneira, antes do fim de duas semanas, construímos um complexo completo. Não há nada casual sobre o processo – nossa própria vida depende de fazer isso do jeito certo, e trabalhamos duro por vinte e cinco das trinta e uma horas terrestres de cada dia.

Começamos colocando o gerador perto do pântano raso de metano, então teremos uma fonte virtualmente ilimitada de energia. O suprimento de aterrissagem da *Diligência* também veio equipado com algas, as quais passei a maior parte do tempo cultivando em um jardim. Não é qualquer alga, mas um produto de bioengenharia, de modo que cada espécie produz uma proteína, uma gordura ou um carboidrato. É óbvio, não são as proteínas, as gorduras e os carboidratos mais saborosos, mas juntos vão fornecer uma refeição completa.

Enquanto Kodiak trabalha em energizar nossos sistemas, planto as espécies individuais de algas sob uma lâmina de policarbonato desenvolvida para intensificar a radiação solar baixa do exoplaneta. Há muito que eu desejava estar fazendo – como construir uma casa adequada –, mas a comida está mais para baixo em nossa pirâmide de necessidades.

Uma manhã, Kodiak rolou da cama antes de mim. Sinto falta do calor dele, que desaparece tão rápido no policarbonato. Enquanto me levanto meio grogue, desejando um pouco do café de que minha mente se lembra, mas meus lábios nunca experimentaram de fato, ouço Kodiak chamar meu nome.

Ele está na frente da estufa, agachado ao lado do que aparenta ser Rover. Ou melhor, dois Rovers que ele combinou para fazer uma esfera completa, com braços emergindo do equador. É muito esquisito e também muito fofo.

– O que você fez? – pergunto a Kodiak, dando um beijinho rápido em sua boca.

– Veja! – fala Kodiak. – Rover, diga "olá" para o Ambrose.

Rover rotaciona e rola pela vegetação no chão, até chegar bem em minha frente.

– Olá, Ambrose – diz o s.o. – Esta é minha forma agora. Vim para ajudar você e Kodiak.

O som da voz de minha mãe neste planeta estranho me faz perder o fôlego. Quando ele volta, lágrimas estão escorrendo de meus olhos.

– Oi, s.o.

– Vou cuidar melhor das algas que qualquer um de vocês. Por favor, me deixem assumir essas tarefas. Também ficarei feliz em começar a construção de alojamentos mais espaçosos.

– Kodiak – falo –, isso é incrível. O s.o. está *aqui*.

Rover esférico continua tagarelando.

– Tomarei cuidado para as espécies de algas não escaparem da estufa de policarbonato. Não queremos nenhuma interação inesperada com os organismos do exoplaneta. Posso ajustar as quantidades para alterar sua ingestão nutricional, e até produzir um combustível de jato alternativo caso algum dia vocês queiram que eu imprima veículos. Há muitos designs de engenharia em meu armazenamento.

– Vou tomar café da manhã – digo ao s.o. enquanto ele fica zunindo pela estufa, cuidando e regando.

– Boa ideia – assente Kodiak. – Estou faminto.

Enquanto tomamos sopa de alga, leio em voz alta para ele a partir do livro preto que estava escondido atrás da porta cinza: se o centro de controle de missão estiver certo, Sagittarion Bb tem décadas de estabilidade ambiental, seguidas de estações de ciclones lentos. Não sabemos em que ponto desse ciclo pousamos, mas é relativamente seguro supor que não vamos enfrentar os tais ciclones por alguns anos terrestres. Talvez até décadas. Em algum momento, no entanto, precisaremos ser capazes de evacuar rápido para outra parte do planeta.

– Vou começar a estudar os designs de veículos no armazenamento do s.o. – digo. – No fim, vamos precisar tornar essa base inteira móvel.

– Olha só isso – fala Kodiak, inclinando-se sobre uma muleta impressa enquanto cutuca a parede de nossa estrutura mais recente. Ela empurra de volta, como um pula-pula inflável.

– Isso é, hum, divertido – respondo.

– Ambrose, consegui fazer com que flutue! Com a composição certa de gases dentro das paredes ocas de policarbonato, deixará de ser um alojamento e se transformará em...

– Um veículo!

– Um balão flutuante, sim. Então assim que estivermos com tudo pronto, podemos prever os padrões de clima e transportar nossa instalação inteira conforme necessário.

– Vamos torcer para que isso não seja necessário por muito tempo.

– Sim, *nhut*.

– "*Nhut*". Já está na hora de eu aprender um pouco da língua de Dimokratía. Não é justo que tudo isso tenha sido em meus termos.

Kodiak olha para mim com uma gratidão repentina.

– Obrigado. Ficaria feliz em te ensinar meu idioma. – Fico parado seu lado, o braço largado por cima de seu ombro. Ele é um estranho, um amante, e meu companheiro de vida. Vivemos e morremos muitas vidas juntos, e estremeço toda vez que essa verdade estranha toma conta de mim.

– Ei, você encontrou algum regulamento sobre como nomear este planeta? – pergunto a ele.

– É você que está estudando o livro preto. Pensei que você tinha dito que era Sagittarion Bb.

– É. Como você se sente construindo o último esforço da humanidade em uma coisa chamada Sagittarion Bb? – Ele dá de ombros. – Estava pensando que poderíamos chamá-lo por um nome um pouquinho mais significativo.

– Como "Terra"?

Aquilo cala minha boca na hora. A civilização da Terra se foi. Somos os últimos seres humanos vivos. Isso faz daqui a Terra? A ideia me faz sentir como se a narcose tivesse voltado, como se eu pudesse flutuar direto até a atmosfera e sair voando descontrolado pelo céu azul-esverdeado. Tudo ao redor parece gigante.

– Ambrose, você está bem? – pergunta Kodiak, olhando-me com nervosismo.

– Estou um pouco tonto, acho. – Não consigo olhar em seus olhos, então olho para o céu, o que me dá uma vista do pálido segundo sol. Isso só me deixa mais tonto. – Acho que não quero que aqui seja outra Terra. Quero que seja outra coisa. Uma coisa nova. Uma coisa melhor do que foi a Terra.

Sem ter exatamente a intenção, sento-me com pesar. Kodiak se ajoelha a meu lado, acariciando minhas costas.

– Tudo isso foi muita coisa para se adaptar – consigo falar.

Kodiak me surpreende acenando com a cabeça. Sem se importar com o lodo que encharca-lhe a calça, ele se senta a meu lado, pega minhas mãos suadas nas dele. A batalha que enfrentamos nos aproximou.

– Será que se entupir de alga manipulada faria você se sentir melhor?

Dou risada sem querer.

– Acho que não, curiosamente.

Ele esfrega os dedos no meio de minhas palmas, forte o bastante para machucar. Forte o bastante para reviver.

– O que faria você se sentir melhor?

Eu olho nos olhos dele. Todos os meus primeiros pensamentos sobre o que me faria sentir melhor envolvem os lábios carnudos dele, envoltos pela barba por fazer. Mas há algo maior que isso nesta minha cabeça cheia.

– Sei que ela está morta há trinta mil anos. Mas sinto falta de Minerva.

Ele levanta meu queixo para poder me olhar nos olhos.

– Tenho uma ideia sobre isso – começa ele. – Já que Sagittarion Bb não está dando muito certo, me pergunto se você também teve essa ideia.

Olho profundamente em seus olhos.

– Não sei, será que tive?

Sei aonde ele quer chegar e me surpreendo ao começar a chorar. Kodiak afasta as lágrimas com os dedões. A pele dele é tão macia, tão nova.

– Bem-vindo a Minerva – diz ele.

_-*-_

Há quatro estufas agora, e o Rover esférico está no processo de imprimir a quinta. Um zumbido mecânico baixinho corta o ar da manhã enquanto nosso zelador robô passa entre as primeiras quatro, cuidando das espécies de algas, testando a composição certa de oxigênio, nitrogênio, água. A quinta unidade está reservada para cultivar outra coisa.

Enquanto o S.O. cuida com diligência da horta, caminho entre os berços de terra da última estufa, passo os dedos pelas plantas fofas e macias que são das cores da ferrugem e de tijolos. Elas prosperam no solo de Minerva tão bem quanto na nave. Eu me pergunto quão competitivo era o mundo natal da planta para que ela seja tão robusta em tantos tipos de ambientes. Que ecossistema disparatado estamos formando aqui, com seres de três mundos diferentes.

Estamos em Minerva há seis meses, o que significa que o S.O. e eu precisamos ajustar os fertilizantes da plantação de algas para evitar a exaustão. Com um balde de gorduras, proteínas e carboidratos extrudados pendurado no cotovelo, retorno à mesa de nossa base, com sua mistura de cadeiras, tanto recentemente impressas quanto recuperadas da *Diligência*. Coloco os elementos para aquecer e misturar em nossa refeição usual, então abro o livro preto na aba "Mês 6" enquanto espero Kodiak voltar para o almoço.

Não dormi muito na noite anterior e não consigo impedir minha visão de se turvar enquanto leio linhas e linhas de porcentagens recomendadas de nitrogênio. Quase perco a nota no rodapé de uma página de plasticina: *Bem-vindos ao seu sexto mês, espaçonautas Cusk e Celius. Agora que estão estabelecidos, podem acessar mensagens especiais para vocês na memória armazenada da* Diligência. *Partição 07:14, código Bb06.*

Assim que Kodiak aparece no horizonte, fazendo progresso lento em direção à nave, estou de pé e sacudindo os braços.

– Rápido, rápido!

_-*-_

O jovem está sentado em uma cadeira de armar em uma sala vazia. O lugar seria totalmente irreconhecível exceto pela janela atrás dele, que brilha com o céu azul, luz solar invadindo o quadro. O céu da Terra. O sol da Terra.

O garoto está vestido com os mais elegantes acessórios de Fédération: um aro de ouro ao redor da cabeça, uma capa creme do tecido mais macio, com a bainha de prata. Impressões de pele caras brilham nas bochechas e no pescoço.

Ele sou eu.

– Bem, isso é estranho – diz o garoto com minha voz.

– Não brinca – sussurro de volta, desviando os olhos para Kodiak. Ele está impassível, as mãos apertadas na frente da boca, mal piscando enquanto assiste à gravação.

– Sou Ambrose Cusk. Você sabe disso. Porque você também é Ambrose Cusk. – Ele assobia, constrangido. – Sou o original. Nós nos separamos depois que fiz aquele exame médico. Eles gravaram o meu, o nosso, cérebro ali. Há uns dois meses. Agora sei a verdade. A baliza de emergência de Minerva nunca foi acionada, aquele centro de controle de missão mentiu para mim. Mas você precisava acreditar nisso para ter a vontade de sobreviver a cada vez que era acordado, então é por isso que mapearam meus neurônios enquanto *eu* ainda acreditava também. Nossa mãe viu para onde a Terra estava inevitavelmente indo, criou um plano para continuar a espécie humana, queria que a própria descendência fosse a fundação desse segundo estágio, fosse aquela a carregar o bastão da civilização humana. – Ele ri com pesar. – Você sabe, típico de nossa mãe. Ela sempre foi uma mulher de ambições simples.

Ele olha para alguém fora da câmera, então balança ligeiramente a cabeça.

– Ninguém nunca me perguntou o que eu achava desse plano – continua ele. – Fiquei furioso por causa dele um tempão, pelo que ele ia fazer comigo, com você, sem sua permissão. O violino foi meu pequeno e único gesto de rebelião: insisti que o centro de controle de missão lhe desse isso. É o mesmíssimo que crescemos tocando. Uma coisinha que você teve em vez de mim. Pelo menos, como está ouvindo isso, você chegou ao exoplaneta. Sinto muito que não houvesse um mais perto. Você é o clone sortudo, o sentido de tudo isso. Vocês também são provavelmente os últimos seres humanos vivos. Você e qualquer que seja o espaçonauta que Dimokratía acabou selecionando. A missão era simplesmente ambiciosa demais para ser realizada sem o envolvimento de todos, Cusk, Fédération e Dimokratía, e Dimokratía não teria investido se não pudesse colocar alguém a bordo também.

Ambrose brinca com uma pulseira de ouro.

– Espero que ele seja legal com você. – Ele olha para fora da câmera de novo, onde claramente há alguém monitorando o que diz; talvez o almirante da Academia, talvez nossa mãe. Ambrose assente com a cabeça. – Guarde esta gravação para que o restante da humanidade possa vê-la. Deixe que saibam quem os enviou e por quê. Vocês deveriam chamar o planeta de Cusk. Esse é o sonho de nossa mãe.

Kodiak de repente está de pé, rápido o bastante para derrubar a cadeira na vegetação lamacenta. Ele sai cambaleando da carcaça destruída da 06.

– O que foi? – pergunto.

– Delete isso! – grita ele sobre o ombro conforme se afasta pisando firme.

– Kodiak! – chamo, correndo atrás dele enquanto essa versão de mim, morta há muito tempo, continua tagarelando no fundo.

Ele está de costas para mim, com o céu roxo-esverdeado do crepúsculo de Minerva à sua frente, as planícies bioluminescentes se espalhando abaixo.

Os ombros de Kodiak tremem. Eu me aproximo dele, coloco uma mão em seu ombro. Ele fica imóvel.

Posiciono-me em sua frente. Olhando em seus olhos, certificando-me de que tudo bem abraçá-lo agora, pressiono-me contra ele.

No fundo, o Ambrose da Terra ainda está falando.

– Você está bem, Kodiak? – pergunto.

Ele soluça em resposta, as lágrimas molhadas em minha bochecha.

– Shh. – Conforto-o. – Shh.

Ele treme e balança, o corpo tomado por convulsões. Fico encostado nele, o abraçando, em choque silencioso por suas lágrimas.

– Eu os odeio – ele finalmente consegue dizer. – Odeio todos eles.

– Há uma gravação sua em seguida – falo. – Você não quer ouvir o que o Kodiak original tem a dizer?

– Não. – Ele estremece. – Ele não merece que eu o escute. Nenhum deles merece.

Assinto com a cabeça encostada em sua bochecha.

– Ok. Vamos desligar, mas não quero deletar. Tudo bem?

Ele se afasta, coloca as mãos gentilmente em meus ombros, vira-me para o outro lado.

– Olhe para esse pôr do sol.

O céu é uma explosão violenta de tons verdes e rosa e roxos, o distante segundo sol de Minerva salpicando tudo de vermelho e laranja.

– É tão lindo – sussurro.

Kodiak encosta em mim, os braços envolvendo meu torso enquanto me abraça apertado.

– Não me leve a mal. Amo estar aqui com você. Estou maravilhado com o que estamos fazendo juntos. É assustador e incrível, tudo ao mesmo tempo. Mas é nosso. Não deles. Nosso.

Aceno com a cabeça, grato pelo calor do corpo de Kodiak em minhas costas, seus braços me apertando tão forte. Grato pela simplicidade do que ele acabou de dizer.

Nunca assistimos ao restante das gravações.

--*--

Houve uma coisa boa de assistir a esses vídeos: Kodiak encontrou meu violino nos destroços. Ele me deu de presente no aniversário de um ano de nossa chegada.

É um marco importante de várias maneiras. Toco-o a manhã toda, então o coloco de lado. Kodiak e eu estamos parados solenemente na frente da porta cinza. Há uma coisa que precisamos tirar de lá. Uma coisa viva.

Considerando como ficamos perto da *Diligência* durante nossas primeiras semanas, é surpreendente a distância a que chegamos agora. Por vezes, passamos dias longe dos destroços, dormindo em lentos aerobarcos flutuantes de policarbonato, acordando de nosso abraço apertado só quando o s.o. começa a cuidar das plantações de algas.

A *Diligência* tem afundado vagarosamente na lama. A sala 06, que um dia foi o principal ponto de observação das estrelas ao redor – reais e falsas –, agora está escura e afundada até a metade em metano líquido. É só uma questão de tempo até que a nave desapareça completamente, torne-se uma ruína para residentes futuros escavarem e examinarem.

A sala cinza se elevou mais em direção ao céu conforme a ponta mais pesada afundou. Precisamos escalar para alcançá-la, usando os mesmos degraus que nossos clones anteriores devem ter usado quando estava em g-zero.

Há um zumbido lá dentro.

Bem no fundo do compartimento há um equipamento zunindo. Kodiak e eu colocamos as mãos nele, como pais esperando um bebê. Como pais esperando um bebê. As vibrações dão uma sacudida extra a cada 1,3 segundos, quando o braço da centrífuga passa por nós. As revoluções resultam em uma força idêntica à gravidade da Terra para otimizar o desenvolvimento fetal.

Do lado de fora da máquina há um relógio, que está em contagem regressiva desde que Kodiak e eu ativamos o aparelho de gestação há duzentos e dezessete dias de Minerva. Só faltam sete minutos.

Não pudemos escolher qual embrião se desenvolveria primeiro. De acordo com o livro de Minerva, há milhares de zigotos congelados no interior protegido da unidade, extraídos de estirpes genéticas de toda a Terra, de Fédération e Dimokratía e dos poucos territórios não incorporados, para evitar endocruzamentos nas futuras gerações do planeta. Vamos realocar o aparelho de gestação para nossa base e então ir selecionando esses embriões por milhares de anos, contanto que haja seres humanos vivos em Minerva para criá-los.

Às vezes, imagino o que vai acontecer se Kodiak e eu morrermos em uma tempestade aberrante, se essas crianças selvagens vão crescer cultuando pedaços de policarbonato e um violino parcialmente quebrado, desenterrando uma nave caída e estudando os artefatos em busca de informações sobre os velhos deuses que os abandonaram para descobrir sozinhos o significado do mundo.

Talvez todos os pais recentes tenham uma versão dessa preocupação. Mas a nossa é extrema.

Faltam só seis minutos. Seguro a mão livre de Kodiak.

Passamos as últimas semanas nos preparando para este momento. Vasculhando as naves atrás de qualquer material macio que tenha sobrado, introduzindo espécies de algas que produzem uma mistura de nutrientes parecida com leite materno, criando um ambiente menor e aconchegante com a temperatura mais alta. Um berçário.

Conversamos infinitamente sobre nomes. O nome dessa criança poderia homenagear pessoas que estão mortas há milhares de anos, líderes e pensadores da Terra que nossa nova sociedade deveria reconhecer. Mas ainda não vamos dar um nome a ela. Estamos vivendo como pioneiros, e é mais provável que essa criança morra do que sobreviva. Assim que ela chegar ao segundo aniversário terrestre, decidiremos seu nome.

Só faltam quatro minutos agora.

Penso no nosso lar há muito abandonado, atingido por um asteroide, provavelmente perdendo a atmosfera nesse processo. Não só os humanos destruídos se isso aconteceu: tudo erradicado, exceto talvez alguma bactéria marinha anaeróbia.

Penso neste planeta fértil e primordial, maduro e inexplorado.

Penso no s.o. e na *Diligência Coordenada*, seus milhares de anos viajando através do universo para encontrar um novo lar. Seu Rover assassino, agora o gentil jardineiro de um novo mundo.

Kodiak encosta a orelha na cabine de gestação, um olhar maravilhado no rosto. Um novo pai.

Falta um minuto.

Coloco meu rosto ao lado do dele, olhando-o nos olhos enquanto a centrífuga desacelera. As vibrações diminuem.

Nós nos afastamos em direção à abertura da sala cinza, onde ela se transforma na face do céu azul-esverdeado de Minerva, empoleirada sobre um raio frio de luz solar. Não sabemos de quanto espaço a cabine precisa para o nascimento. Nunca testemunhamos um.

O timer chega a zero. Por um momento, tudo fica imóvel.

Então um painel na cabine de gestação se abre com um clique. Kodiak e eu observamos e aguardamos. Minha mão está na dele. Dou um beijo nele na lateral do pescoço.

– É agora.

Um choro.

Kodiak sobe até a cabine de gestação e arqueja. Ele se vira com uma pequena criatura humana nas mãos. Está se mexendo. Bracinhos e perninhas, dedinhos nas mãos e nos pés. Todo melado com uma gosma transparente.

Um bebê.

Limpo o rostinho, seguro o recém-nascido de ponta-cabeça para abrir as vias aéreas. Então o aconchego na curva do braço, aquecendo-o com o calor de meu próprio corpo.

Kodiak se junta a mim, acariciando o rosto do bebê, seu calor se unindo ao meu.

Nosso bebê nasceu.

AGRADECIMENTOS

Nunca em minha vida de escritor uma página de agradecimentos pareceu mais justificada. Já é complicado manter os eventos de um romance em ordem, mas neste a logística atingiu um nível completamente novo. Meu cérebro não seria capaz de produzir este livro sozinho.

Tive muita ajuda de todo tipo de seres humanos. Aqui estão alguns em particular aos quais gostaria de agradecer:

Michael Howard, consultor principal da NASA, mergulhou de cabeça com uma leitura generosa e astuta.

A matemática Edith Starr me ajudou com todo tipo de logística do espaço-tempo.

… assim como meu marido, Eric Zahler, que aguentou o saleiro e o pimenteiro representando espaçonaves e sinais antigos de rádio durante nossos jantares em casa, mesmo quando isso significava deixar esfriando a deliciosa massa que ele preparou. Não poderia ter escrito sobre o amor de uma vida inteira sem primeiro experimentar um com ele.

Os membros de meu grupo de escritores, Marie Rutkoski, Jill Santopolo, Marianna Baer, Anne Hetzel e Anna Godbersen, estiveram em minha linha de frente de feedbacks, como sempre.

No momento em que comecei a tomar notas para este livro, há quatro anos, Nicole Melleby era minha primeira aluna do MFA em escrita criativa na Fairleigh Dickinson University. Agora ela é uma estrela da ficção infantojuvenil e uma maravilhosa e astuta parceira de críticas. Minerva para sempre!

Emily Greenhill, também uma ex-aluna e excelente escritora, ajudou-me a manter a *Diligência Coordenada* na rota – assim como Minna Proctor, minha colega na FDU, que colaborou para que eu me aprofundasse nas feridas emocionais por trás do comportamento régio de Ambrose.

Minha mãe odeia ficção científica. Este livro não a fez mudar de ideia, mas ainda assim ela fez a melhor revisão de estilo que você poderia imaginar. Esse é outro tipo de amor.

Sou um grande fã dos romances de Elana K. Arnold (leia-os!), e me deixou nervoso ter sua genialidade voltada a um rascunho deste livro. Mas ter uma mente tão sábia e generosa quanto a dela nestas páginas foi indispensável. Obrigado a todos os meus colegas no MFA em escrita para jovens da Hamline.

Meu amigo escritor Justin Deabler tem um cérebro e um coração igualmente impressionantes e foi fundamental para este livro, do começo ao fim. Seu romance de estreia, *Lone Stars* ("*Estrelas solitárias*"), é algo a se ficar de olho!

As amigas escritoras e companheiras de almoço (ou de telefone, nestes tempos de pandemia do coronavírus) Donna Freitas e Daphne Benedis-Grab têm sido fontes fundamentais de apoio por mais de uma década – confiei muito nelas para esta obra, como sempre.

Acho que Richard Pine, meu agente, é capaz de fazer quase qualquer coisa. Sou grato todos os dias por seu esforço em levar meus livros até as mãos certas.

Katherine Tegen, Tanu Srivastava e a família estendida da Katherine Tegen Books/HarperCollins: vocês foram um lar tão acolhedor. Tenho sorte por estar publicando este livro com vocês.

Sarah Maxwell nos deixou perplexos ao ilustrar uma capa que trouxe mais intensidade – e mais beleza – do que eu ousaria esperar. Obrigado. Todos deveriam conferir sua arte.

Meu editor, Ben Rosenthal: quando propus esta obra esquisita e difícil de editar, você nem pestanejou. Em vez disso, só se inclinou para a frente e disse "Vamos nessa". Você é uma grande fonte de sabedoria e apoio.

Agradecimentos calorosos aos revisores do mundo inteiro e em especial a Laura Harshberger, que esteve à frente deste livro. Peço desculpas por todas as aspirinas.

Fontes NEXT, TIEMPOS
Papel PÓLEN BOLD 70 g/m²
Impressão IMPRENSA DA FÉ